DE JALOEZIEMAN EN ZES ANDERE VERHALEN

JO NESBØ BIJ UITGEVERIJ CARGO

De roodborst

Nemesis

Dodelijk patroon

De verlosser

De sneeuwman

De vleermuisman

Headhunters

Het pantserhart

De schim

De kakkerlak

Politie

De zoon

Bloed op sneeuw

Middernachtzon

De dorst

Het mes

Koninkrijk

Bloedmaan

Rateiland

Jo Nesbø

De jaloezieman

EN ZES ANDERE VERHALEN

Vertaald door Annelies de Vroom

CARGO

2023

AMSTERDAM

De vertaling van dit boek is mede tot stand gekomen
door een subsidie van NORLA

Cargo is een imprint van Uitgeverij De Bezige Bij, Amsterdam

Eerste druk oktober 2023
Oorspronkelijke titel *Sjalusimannen og andre fortellinger*
Oorspronkelijke uitgever Aschehoug, Oslo
Omslagontwerp Buro Blikgoed
Omslagillustratie Unsplash
Foto auteur Thron Ullberg AEG
Vormgeving binnenwerk Peter Verwey, Heemstede
Druk en bindwerk CPI Books GmbH, Leck
ISBN 978 94 031 6301 7
NUR 305

uitgeverijcargo.nl

FSC
www.fsc.org
MIX
Papier | Ondersteunt verantwoord bosbeheer
FSC® C083411

Bij de productie van dit boek is gebruikgemaakt van papier dat het keurmerk van de Forest Stewardship Council (FSC®) mag dragen. Bij dit papier is het zeker dat de productie niet tot bosvernietiging heeft geleid.

Oh, beware, my lord, of jealousy;
It is the green-ey'd monster, which doth mock
the meat it feeds on.

William Shakespeare, *Othello*

INHOUD

LONDEN

Ik ben niet bang om te vliegen. De kans voor een gemiddelde vliegtuigpassagier om te sterven in een vliegtuigcrash is één op elf miljoen. Anders gezegd: de kans om in een vliegtuigstoel te sterven aan een hartaanval is acht keer groter.

Ik wachtte tot het vliegtuig was opgestegen en zijn evenwicht had gevonden voor ik opzij leunde en op een zachte, en hopelijk kalmerende, toon deze statistiek aan de snikkende, bevende vrouw bij het raam serveerde.

'Maar natuurlijk zegt statistiek niet zoveel als je bang bent,' voegde ik eraan toe. 'Ik zeg het omdat ik precies weet hoe je je voelt.'

Jij – die tot nu toe onafgebroken uit het raam had gestaard – draaide je langzaam om en keek me aan. De kwestie in de businessclass is dat de extra centimeters tussen de stoelen maakt dat je met een beetje concentratie jezelf kunt inbeelden dat je alleen bent. Er bestaat een stilzwijgende afspraak onder de passagiers van de businessclass dat je deze illusie niet verstoort door meer te zeggen dan korte beleefdheidsfrasen en vragen over eventuele praktische zaken (is het oké als ik het scherm voor het raam naar beneden trek?). Aangezien de extra beenruimte ervoor zorgt dat je zonder gecoördineerde samenwerking elkaar kunt passeren voor een toiletbezoek, toegang tot de bagageruimte enzovoorts is het heel goed mogelijk elkaar volledig te negeren, ook als de vliegreis een halve dag duurt.

Ik maakte uit je gezichtsuitdrukking op dat je lichtelijk verbaasd was dat ik businessregel nummer één verbrak. Iets aan jouw ongecompliceerde, elegante kleding – een rok en een trui in kleuren die ik niet vond matchen, maar ik neem aan dat ze dat wel deden, gebaseerd op de persoon die ze droeg – zei me dat het een poos geleden was dat je economyclass had gereisd, als je het ooit al had gedaan. Maar je huilde, dus was jij niet degene die de onzichtbare muur naar beneden had gehaald?

Aan de andere kant huilde je met je gezicht afgewend van mij en daarmee gaf je duidelijk aan dat je het niet wilde delen met je medepassagiers.

Maar geen troostende woorden bieden zou als koud overkomen dus ik hoopte dat je mijn dilemma begreep.

Jouw gezicht was bleek en behuild en toch wonderbaarlijk, bijna elfachtig mooi. Of kwam het juist door het bleek en behuild zijn dat je zo mooi leek? Ik heb altijd een zwak gehad voor het breekbare, het kwetsbare. Ik gaf je het servet dat de stewardess voor de *take-off* onder de waterglazen had gelegd.

'Hartelijk dank,' zei je, je pakte het servet aan, duwde het onder het ene oog tegen de uitgelopen make-up en dwong jezelf tot een glimlach. 'Maar dat geloof ik niet.' Toen draaide je je weer om naar het raam, legde je voorhoofd tegen het plexiglas alsof je je wilde verstoppen en je lichaam schokte weer van het huilen. Wat geloofde je niet? Dat ik niet wist hoe je je voelde? Hoe dan ook, ik had mijn plicht gedaan en vanaf nu liet ik je met rust. Ik zou een film gaan kijken en proberen te slapen, hoewel ik er niet op rekende meer dan een uur slaap te krijgen. Het lukte me zelden te slapen tijdens een vlucht, hoelang die ook duurde en vooral niet als ik wist dat ik moest slapen. Over zes uur zou ik in Londen zijn en dan weer terug naar New York gaan.

Het lampje *fasten your seat belts* ging uit en de stewardess liep door het gangpad, schonk opnieuw water in de lege glazen die op de brede, solide armleuningen stonden. Voor vertrek had de piloot gemeld dat de vlucht van New York naar Londen vijf uur en tien minuten zou duren. Om ons heen hadden sommigen al hun stoel in slaapstand gezet en dekens over zich heen getrokken terwijl anderen met hun gezicht verlicht door de videoschermen voor zich wachtten op de maaltijd. Zowel ik als de vrouw naast me had bedankt voor een maaltijd toen de stewardess voor vertrek met de menukaart rondging. Tot mijn vreugde vond ik een film in de categorie *Classics*, *Strangers on a Train*, en ik wilde mijn koptelefoon opzetten toen ik jouw stem hoorde: 'Het is mijn man.'

Ik hield de koptelefoon in mijn hand en draaide me naar je om.

De mascara zat als dramatische toneelschmink rond je ogen. 'Hij bedriegt me met mijn beste vriendin.'

Ik wist niet of het niet een beetje vreemd was om die persoon nog steeds te omschrijven als je beste vriendin, maar ik wilde je niet corrigeren.

'Het spijt me,' zei ik. 'Het was niet mijn bedoeling om me te bemoeien...'

'Je hoeft je niet te verontschuldigen, het is fijn als mensen belangstelling tonen. Dat gebeurt veel te weinig. We zijn immers doodsbang voor iets schokkends en verdrietigs.'

'Daar heb je gelijk in,' zei ik en ik wist niet of ik de koptelefoon zou wegleggen of niet.

'Ik neem aan dat ze nu samen in bed liggen,' zei je. 'Robert is altijd geil. En Melissa ook. Op dit moment liggen ze tussen mijn zijden lakens te neuken.'

Mijn hersenen tekenden automatisch het beeld van een echtpaar van in de dertig; hij verdiende heel veel geld en jij besliste over het beddengoed. Onze hersenen zijn experts in stereotypen. Af en toe vergissen ze zich. Af en toe hebben ze gelijk.

'Dat moet een afschuwelijk gevoel zijn,' zei ik zonder een al te dramatische toon.

'Ik ga dood,' zei je. 'Dus je vergist je wat het vliegtuig betreft. Ik hoop dat het neerstort.'

'Maar ik ben nog niet klaar met dit leven,' zei ik, een bezorgd gezicht trekkend.

Een ogenblik staarde je me alleen maar aan. Misschien was het een misplaatste grap of op z'n minst slecht getimed en ook een beetje brutaal gegeven de situatie. Je had immers net gezegd dat je dood wilde en je had zelfs een plausibel motief gegeven. Deze grap kon opgevat worden als niet gepast en ongevoelig of als een bevrijdende afleiding van de onmiskenbare somberheid. *Comic relief*, wordt het genoemd, tenminste als het werkt, hoe dan ook, ik had spijt van de grap, ja, ik hield zelfs mijn adem in. Toen lachte je. Het was als een rimpeling in een modderplas, die onmiddellijk weer weg was, maar ik kon weer ademhalen.

'Rustig maar,' zei je zacht. 'Alleen ik wil dood.'

Ik keek je vragend aan, maar je ontweek oogcontact en keek in plaats daarvan langs me heen.

'In die rij daar hebben ze een baby,' zei je. 'Die krijst misschien de hele nacht in de businessclass, wat vind jij daarvan?'

'Wat moet ik daarvan vinden?'

'Je zou denken dat de ouders begrijpen dat de passagiers die hier zitten extra hebben betaald omdat ze willen slapen. Misschien moeten ze direct na de vlucht naar een vergadering of hun werk.'

'Tja, zolang de luchtvaartmaatschappijen baby's toestaan in de businessclass is het niet de verantwoordelijkheid van de ouders dat ze van de mogelijkheid gebruikmaken.'

'Dan moeten de luchtvaartmaatschappijen worden gestraft omdat we voor de gek worden gehouden.' Je veegde voorzichtig onder het andere oog, je had het servet dat ik je had gegeven verwisseld voor een meegenomen Kleenex. 'Ze maken met foto's van slapende passagiers reclame voor de businessclass.'

'Uiteindelijk zullen de maatschappijen hun straf krijgen, we blijven natuurlijk niet bereid te betalen voor iets wat we niet krijgen.'

'Maar waarom gebeurt het dan toch?'

'Heb je het over de ouders of de luchtvaartmaatschappijen?'

'Ik begrijp dat ouders het doen omdat ze meer geld dan schaamte hebben. Maar de luchtvaartmaatschappijen moeten toch geld verliezen als hun product minder waard wordt?'

'Maar het zal hun reputatie ook schaden als ze bekend komen te staan als weinig kindvriendelijk.'

'Het kind zal het geen moer uitmaken of het huilt in de business- of economyclass.'

'Je hebt gelijk, ik bedoelde weinig ouders-met-baby's-vriendelijk.' Ik lachte. 'Luchtvaartmaatschappijen zijn waarschijnlijk bang dat het lijkt op een vorm van apartheid. Het probleem kan natuurlijk worden opgelost door ouders met huilbaby's in de businessclass naar de economyclass te sturen en hun plaats aan een glimlachende, makkelijke persoon met een goedkoop ticket te geven.'

Jouw lach was mild en aantrekkelijk en dit keer kwam die tot je ogen. Je zou denken – en ik dacht het – dat het onbegrijpelijk is dat iemand zo'n knappe vrouw als jij zou willen bedriegen, maar het is nu eenmaal zo: het gaat niet om uiterlijke schoonheid. Ook niet om innerlijke.

'Wat voor werk doe jij?' vroeg je.

'Ik ben psycholoog en doe onderzoek.'

'Waar doe je onderzoek in?'

'Mensen.'

'Uiteraard. Wat heb je ontdekt?'

'Dat Freud gelijk had.'

'Waarin dan?'

'Dat mensen, enkele uitzonderingen daargelaten, niet veel waard zijn.'

Je lachte. 'Amen, meneer...'

'Zeg maar Shaun.'

'Maria. Maar dat meen je toch niet, Shaun?'

'Dat mensen over het algemeen niet veel waard zijn? Waarom zou ik dat niet menen?'

'Je hebt bewezen dat je compassie hebt en compassie is zinloos voor een echte misantroop.'

'Oké, maar waarom zou ik liegen?'

'Om dezelfde reden, je hebt compassie. Je bent meegaand door te zeggen dat je ook vliegangst hebt. En als ik je vertel dat ik word bedrogen, troost je me door te vertellen dat de wereld vol slechte mensen zit.'

'Oei. Ik dacht dat ik hier de psycholoog was.'

'Zie je, zelfs jouw beroepskeuze verraadt je. Je moet toegeven dat dit je eigen bewering weerspreekt. Jij bent een waardevol mens.'

'Ik zou willen dat het zo was, Maria, maar ik ben bang dat mijn ogenschijnlijke compassie slechts het resultaat is van een burgerlijke, Engelse opvoeding en dat ik voor niemand van waarde ben, behalve voor mezelf.'

Je draaide je lichaam bijna onmerkbaar een paar graden naar me toe. 'Dan is het je opvoeding die jou waardevol maakt, Shaun. En wat dan nog? Het gaat om wat je doet en niet om wat je denkt of voelt dat jou waardevol maakt.'

'Ik geloof dat je overdrijft. Mijn opvoeding zorgt er alleen voor dat ik de regels van fatsoenlijk gedrag niet overtreed, ik offer me nergens echt voor op. Ik pas me aan en vermijd onplezierige zaken.'

'Als psycholoog ben je in elk geval waardevol.'

'Ook daarin stel ik teleur, ben ik bang. Ik ben niet intelligent of ambitieus genoeg om een remedie tegen schizofrenie te ontdekken. Als het vliegtuig nu neerstort zal de wereld alleen een tamelijk saai artikel in een wetenschappelijk tijdschrift dat gelezen wordt door een handjevol psychologen, missen over *confirmation bias*, dat is alles.'

'Ben je koket?'

'Ja, ik ben ook koket. Dat kan nog toegevoegd worden aan mijn ondeugden.'

Nu lachte je schaterend. 'Geen vrouw en kinderen die je missen als je verdwijnt?'

'Nee,' antwoordde ik kort. Omdat ik de stoel aan het gangpad had kon ik het gesprek niet beëindigen door uit het raam te kijken en te doen of ik daarbeneden in het nachtelijk duister in de Atlantische Oceaan iets interessants zag. Om het tijdschrift uit de rugleuning van de passagier voor me te halen, was al te demonstratief.

'Sorry,' zei je zacht.

'Het is goed,' zei ik. 'Wat bedoelde je toen je zei dat je doodgaat?'

Onze blikken kruisten elkaar en het was de eerste keer dat we naar elkaar keken. Hoewel het wellicht achteraf redeneren is, geloof ik dat we beiden een glimp van iets opvingen, iets wat maakte dat we toen al wisten dat dit een ontmoeting was die alles kon veranderen. Ja, die alles al had veranderd. Mogelijk dacht jij dat ook omdat je je over de armleuning naar me toe boog, maar je stopte toen je merkte dat ik verstijfde. Jouw parfumlucht deed me aan haar denken, het was haar geurtje, ze was terug.

'Ik ga me van het leven beroven,' fluisterde je.

Toen leunde je achterover in je stoel en nam me op.

Ik weet niet wat mijn gezicht uitdrukte, maar ik wist dat je niet loog.

'Hoe ben je van plan het te doen?' was alles wat ik kon zeggen.

'Zal ik je dat vertellen?' Je vroeg het met een ondoorgrondelijke, bijna vrolijke glimlach.

Ik dacht na. Wilde ik het horen?

'Het is overigens niet helemaal waar,' zei je. 'Ten eerste ga ik me niet van het leven beroven, ik heb dat al gedaan. Ten tweede ga ik het niet doen, maar zij.'

'Zij?'

'Ja, ik heb het contract...' Je keek op je horloge, een Cartier, ik wilde wedden dat het een cadeau was van Robert. Vóór of na dat hij ontrouw was? Na. Melissa was niet de eerste, hij was haar de hele tijd ontrouw geweest. '... vier uur geleden ondertekend.'

'Zij?' herhaalde ik.

'Het zelfmoordbedrijf.'

'Je bedoelt... in Zwitserland? Hulp bij zelfdoding?'

'Ja, alleen actiever. En met dit verschil dat ze je van het leven beroven zonder dat het er als zelfmoord uitziet.'

'O?'

'Je kijkt alsof je me niet gelooft.'

'Ik... nou ja, ik ben gewoon verbluft.'

'Dat snap ik. Dit moet onder ons blijven want het contract heeft een geheimhoudingsclausule, dus ik mag het eigenlijk aan niemand vertellen. Het is alleen...' Je lachte terwijl je ogen zich tegelijkertijd weer vulden met tranen. '... zo onverdraaglijk eenzaam. En jij bent een vreemde. En psycholoog. Jullie hebben toch geheimhoudingsplicht?'

Ik schraapte mijn keel. 'Als het om cliënten gaat, ja.'

'Dan ben ik jouw cliënt. Ik weet dat je nu tijd hebt voor een consult. Wat is jouw honorarium?'

'Ik ben bang dat we dat niet zo kunnen doen, Maria.'

'Uiteraard niet, dat druist in tegen de regels van jouw beroep. Maar je kunt toch naar me luisteren als privépersoon?'

'Je moet begrijpen dat het ethisch gezien problematisch voor me is als een suïcidaal persoon me in vertrouwen neemt zonder dat ik probeer in te grijpen.'

'Je begrijpt het niet, het is te laat om in te grijpen. Ik ben al dood.'

'Je bent al dood?'

'Het contract is onherroepelijk, ik zal binnen de komende drie weken vermoord worden. Ze vertellen je voordat je het contract ondertekent dat er geen paniekknop is, als ze dat wel toestaan dan kunnen er allerlei juridische complicaties uit voortkomen. Je zit naast een lijk, Shaun.' Je lachte, maar nu was de lach hard en bitter. 'Jij kunt toch wel mijn drinkmaatje zijn en een poosje naar me luisteren?' Je strekte een lange, slanke arm uit naar de serviceknop en die liet een helder en eenzaam sonargeluid horen in de donkere cabine.

'Goed,' zei ik. 'Maar ik ga je geen advies geven.'

'Prima. En jij belooft het niet verder te vertellen, zelfs niet na mijn dood?'

'Dat beloof ik. Hoewel ik niet zie waarom dat zo belangrijk voor jou is.'

'O, dat is het wel. Als ik de clausule verbreek kunnen ze een enorme som geld opeisen als boete en dan blijft er nog maar heel weinig over voor de organisatie waaraan ik per testament mijn geld heb nagelaten.'

'Waarmee kan ik van dienst zijn?' vroeg de stewardess die zich geruisloos naast ons had gematerialiseerd. Jij leunde over me heen en bestelde voor ons beiden een gin-tonic. De halsopening van je trui viel iets open, ik zag blote, bleke huid en nu rook ik dat je haar geur niet had. Jouw geurtje was lichtzoet, kruidig, als benzine. Ja, benzine. En een houtsoort waarvan de naam me niet te binnen schoot. Het was haast een mannelijke geur.

Toen de stewardess het servicelampje had uitgedaan en wegliep, schopte je je schoenen uit, draaide je half in je stoel en strekte je je in nylon verpakte, smalle enkels waardoor ik aan ballet moest denken.

'Het zelfmoordbedrijf houdt kantoor in Manhattan,' zei je. 'Het is een advocatenfirma en ze claimen dat alles juridisch is dichtgetimmerd en daar twijfel ik niet aan. Ze beroven bijvoorbeeld geen mensen van het leven die mentaal in de war zijn, je moet een grondige psychiatrische test ondergaan voordat het contract kan worden ondertekend. En je moet ook eventuele levensverzekeringen opzeggen zodat ze niet aangeklaagd kunnen worden door verzekeringsmaatschappijen. Er zijn ook nog veel andere clausules, maar de belangrijkste is de verklaring van geheimhouding. In de VS gaan de rechten van twee volwassen partijen bij het vrijwillig aangaan van een afspraak verder dan in veel andere landen, maar als hun praktijken bekend raken dan zijn ze uiteraard bang voor de reacties van politici die ze zullen dwingen te stoppen. Ze maken geen reclame, hun cliënten zijn uitsluitend bemiddelde mensen die over hen gehoord hebben via *word of mouth*.'

'Het is begrijpelijk dat ze zich gedeisd houden.'

'Hun cliënten eisen natuurlijk ook discretie, zelfmoord is hoe dan ook met schaamte omgeven. Net als abortus. Abortusklinieken doen niets illegaals, maar ze maken op de gevel geen reclame voor hun bedrijf.'

'Dat is waar.'

'Het businessmodel is gebaseerd op discretie en schaamte. De cliënten zijn bereid grote bedragen te betalen om fysiek en psychisch zo prettig en onverwacht mogelijk om het leven te worden gebracht. Het belangrijkste is echter dat het gebeurt op een manier dat noch de familie en vrienden noch de omgeving verdenkingen van zelfmoord krijgen.'

'En hoe wordt dat gedaan?'

'Dat krijgen we natuurlijk niet te horen, alleen dat er ontelbare methodes zijn en dat het binnen drie weken nadat het contract is ondertekend zal plaatsvinden. We krijgen ook geen voorbeelden te horen want dan zullen we bewust of onbewust bepaalde situaties vermijden en dat zou onnodige stress triggeren. Het enige wat we te horen krijgen is dat het volkomen pijnloos zal zijn en dat we het echt niet zien aankomen.'

'Ik begrijp dat het voor iemand belangrijk kan zijn te verbergen dat hij zelfmoord pleegt, maar waarom is dat bij jou het geval? Zou het niet juist een manier zijn om wraak te nemen?'

'Op Robert en Melissa, bedoel je?'

'Als jij overlijdt door wat duidelijk een zelfmoord is dan zal dat niet alleen een gevoel van schaamte geven, maar ook van schuld. Robert en Melissa zullen zichzelf de schuld geven, maar ook min of meer bewust elkaar. Dat zien we keer op keer. Heb je bijvoorbeeld ooit de scheidingsstatistieken gezien van ouders van wie hun kind zich van het leven heeft beroofd? Of de zelfmoordstatistieken bij deze ouders?'

Je keek me alleen maar aan.

'Het spijt me,' zei ik en ik voelde dat ik een beetje bloosde. 'Ik neem zomaar aan dat jij wraakzuchtig bent alleen maar omdat ik zeker weet dat ik dat zou zijn.'

'Je vindt dat je jezelf nu van een slechte kant laat zien, Shaun?'

'Ja.'

Je lachte hard en kort. 'Het is goed omdat ik uiteraard wraak wil. Maar jij kent Robert en Melissa niet. Als ik me van het leven zou beroven en een brief achterlaat waarin ik Robert van ontrouw beschuldig dan zou hij dat natuurlijk ontkennen. Hij zou erop wijzen dat ik ben behandeld voor depressies, wat klopt, en dat ik op het laatst ook tekenen van paranoia heb vertoond. Melissa en hij zijn discreet geweest waardoor niemand ervan weet. Ik gok dat zij in de periode na mijn begrafenis zal daten met een van de zakenlieden uit Roberts kringen. Ze cirkelen altijd om haar heen en ze heeft kans gezien om niet het predicaat *cockteaser* te krijgen terwijl ze dat wel is. Daarna zullen Robert en zij een stel worden en beweren dat hun gezamenlijke verdriet ze samen heeft gebracht.'

'Oké, jij bent misschien een grotere misantroop dan ik.'

'Dat weet ik wel zeker. En waar ik echt kotsmisselijk van word, is dat Robert diep vanbinnen een zekere trots zal voelen.'

'Trots?'

'Dat een vrouw niet kon leven met het idee dat ze hem niet voor zichzelf kon hebben. Zo zal hij het zien. En zo zal Melissa het ook zien. Door mijn zelfmoord zal zijn aanzien stijgen waardoor zij uiteindelijk gelukkiger zullen zijn.'

'Meen je dat?'

'Zeker. Ken je de theorieën van René Girard over *mimetic desires* niet?'

'Nee.'

'Girards theorie zegt dat de mens weliswaar zijn basale behoeften wil bevredigen, maar dat hij verder niet weet wat hij wil. Dus we bootsen onze omgeving na, we waarderen wat anderen waarderen. Als je hoort dat Mick Jagger sexy is dan wil je hem uiteindelijk ook hebben, ook al vond je hem aanvankelijk lelijk. Als Roberts aanzien stijgt door mijn zelfmoord dan zal Melissa hem nog liever hebben en zullen ze samen nog gelukkiger worden.'

'Ik begrijp het. En als het eruitziet dat je bent gestorven door een ongeluk of een natuurlijke oorzaak?'

'Dan is het effect het tegenovergestelde. Ik word iemand die door het toeval of het lot sterft. Robert zal mijn overlijden en mijn nagedachtenis anders bekijken. Ik zal langzaam maar zeker een heldenstatus krijgen. De dag dat Melissa hem op de zenuwen gaat werken – en dat gaat ze doen – zal hij zich alleen maar mijn mooie kanten herinneren en verlangen naar wat we hadden. Ik heb hem twee dagen geleden een brief gestuurd waarin ik hem vertel dat ik hem verlaat omdat ik mijn vrijheid terug wil.'

'Wil dat zeggen dat hij niet weet dat jij op de hoogte bent van zijn ontrouw met Melissa?'

'Ik heb al hun berichten op zijn telefoon gelezen, maar er tegen niemand iets over gezegd, behalve nu aan jou.'

'En wat was de bedoeling van de brief?'

'In het begin zal het een opluchting voor hem zijn dat hij niet degene hoeft te zijn die weggaat. Het zal hem geld besparen bij de scheiding en hij zal te boek staan als de *good guy*, zelfs als hij al snel samen gaat wonen met Melissa. Maar na een poosje zal het zaad dat met de brief is geplant gaan groeien. Dat ik hem heb verlaten om vrij te zijn, maar ook omdat ik geweten moet hebben dat ik iemand kon tegenkomen die beter is dan hij. Ja, misschien dat er al iemand was. Zodra Robert dát denkt...'

'... ben jij degene met de *mimetic desires*. Daarom ben je naar het zelfmoordbedrijf gegaan.'

Je haalde je schouders op. 'Dus hoe hoog zijn de scheidingscijfers bij ouders van wie hun kind zelfmoord heeft gepleegd?'

'Wat?'

'En wie van de ouders pleegt zelfmoord? De moeder toch?'

'Tja, zeg het eens,' zei ik en ik vestigde mijn blik op de stoel voor me. Ik voelde dat jouw ogen op mij rustten terwijl je wachtte op een uitgebreider antwoord. Ik werd gered door twee lage, brede glazen die uit het donker getoverd leken en op de armleuning tussen ons in belandden.

Ik kuchte. 'Is het niet onverdraaglijk om zo lang te moeten wachten? Elke ochtend wakker worden met de gedachte dat je misschien vandaag zal worden vermoord.'

Je aarzelde, je wilde me niet zo makkelijk laten ontsnappen, maar ten slotte gaf je het op en antwoordde: 'Niet als de gedachte dat ik vandaag misschien niet word vermoord erger is. Hoewel we natuurlijk af en toe bevangen worden door doodsangst en een overlevingsinstinct hebben waar we niet om hebben gevraagd, is de angst voor doodgaan niet groter dan de angst om te leven. Maar daar ben jij als psycholoog natuurlijk mee bekend.' Je legde overdreven de nadruk op het woord psycholoog.

'Dat is waar,' zei ik. 'Er is onderzoek gedaan naar een nomadenstam in Paraguay waarin de stamhoofden bepalen of iemand te oud is geworden en een te grote last voor de stam. Is dat het geval dan wordt die persoon vermoord. De persoon in kwestie weet niet of en wanneer dat gaat gebeuren, maar iedereen accepteert dat het zo gaat. De stam overleeft in een gebied waarin weinig voedsel te vinden is en lange tochten gemaakt moeten worden. De zwakkeren worden opgeofferd om de gezonde leden in leven te kunnen houden. Misschien hebben de terdoodveroordeelden vroeger in een donkere nacht hun oudtante neergeknuppeld. Toch blijkt uit onderzoek dat de onzekerheid tot extreme stress leidt en dat is waarschijnlijk de oorzaak van de kortere levensverwachting binnen de stam.'

'Natuurlijk is het stressvol,' zei je, je gaapte en strekte je nylonvoet zodat die mijn knie beroerde. 'Ik had liever gehad dat het korter dan drie weken duurde, maar ik neem aan dat het tijd kost om de beste en veiligste methode te vinden. Als het er bijvoorbeeld uit moet zien als een ongeluk en tegelijkertijd pijnloos moet zijn, dan vergt dat goede planning.'

'Krijg je je geld terug als het vliegtuig neerstort?' vroeg ik en ik nam een slok van mijn gin-tonic.

'Nee, ze zeiden dat ze bij iedere cliënt grote onkosten maken en aangezien hun cliënten suïcidaal zijn, willen ze het geld veiligstellen voor het geval de cliënt vrijwillig of eerder sterft.'

'Hm, dus jij hebt nog maximaal eenentwintig dagen te leven?'

'Bijna twintig en een halve.'

'Juist, en wat ben je van plan in die dagen te gaan doen?'

'Doen wat ik nog nooit eerder heb gedaan. Praten en drinken met vreemden.'

Je leegde je glas in een lange teug. Mijn hart begon al sneller te kloppen alsof het al wist wat er zou gaan komen. Je zette het glas neer en legde je hand op mijn arm. 'En ik wil met je vrijen.'

Ik wist niet wat ik moest antwoorden.

'Ik ga nu naar het toilet,' zei je. 'Als jij over twee minuten komt dan ben ik daar nog steeds.'

Ik voelde iets gebeuren, een innerlijk gejuich dat niet alleen uit lust voortkwam, maar iets wat effect had op heel mijn lichaam, een soort wedergeboorte, iets wat ik al lang, heel lang, niet meer had gekend en waarvan ik me had afgevraagd of ik het ooit nog zou beleven.

'Ik ben trouwens niet zo stoer,' zei je. 'Ik moet weten of je van plan bent te komen.'

Ik nam een slok om tijd te winnen. Je keek naar mijn glas terwijl je wachtte.

'Stel nu dat ik een vriendin heb,' zei ik en ik hoorde dat mijn stem hees was.

'Die heb je niet.'

'Stel nu dat ik jou niet aantrekkelijk vind of dat ik homo ben?'

'Ben je bang?'

'Ja, ik schrik van vrouwen die op seksueel gebied het initiatief nemen.'

Je bestudeerde mijn gezicht alsof je naar iets op zoek was.

'Oké,' zei je. 'Dat accepteer ik. Het spijt me, dit is totaal niet wie ik ben, maar ik heb de tijd niet om om de hete brij heen te draaien. Dus wat doen we?'

Ik voelde dat ik rustig werd. Mijn hart klopte nog snel, maar de paniek en de vluchtreflex verdwenen. Ik draaide het glas rond in mijn hand. 'Reis je direct na de landing in Londen verder?'

Je knikte. 'Reykjavik. Ik heb een uur om over te stappen. Waar denk je aan?'

'Een hotel in Londen.'

'Welk?'

'Het Langdon.'

'Het Langdon is prima. De medewerkers kennen je naam als je er langer dan een dag logeert. Tenzij ze vermoedens hebben dat het gaat om een buitenechtelijke relatie, dan hebben ze teflonhersenen. Maar we zullen daar in elk geval niet langer dan een dag verblijven.'

'Je bedoelt…'

'Ik kan mijn reis naar Reykjavik een dag uitstellen.'

'Weet je het zeker?'

'Ja, ben je blij?'

Ik dacht daarover na. Ik was niet blij. 'Maar wat nu als…' begon ik, maar ik maakte mijn zin niet af.

'Ben je bang dat ze zullen toeslaan terwijl jij bij me bent?' vroeg je en tikte vrolijk je glas tegen het mijne. 'Dat je ineens een lijk in je handen hebt?'

'Nee,' zei ik lachend. 'Ik bedoel, stel nu dat we verliefd worden? En jij hebt ondertekend dat je dood moet. Dat besluit is onherroepelijk.'

'Het is te laat,' zei je en je legde jouw hand op de mijne.

'Ja, dat zeg ik immers.'

'Nee, ik bedoel dat het voor het andere te laat is. We zijn al verliefd.'

'Is dat zo?'

'Een beetje. Genoeg. Zoveel dat ik blij ben dat ik nog drie weken heb.'

De maan scheen door het raam achter me en gaf jou een vage stralenkrans.

'Waar denk je aan?' vroeg je.

'Ik denk dat ik snel wakker moet worden uit deze droom want dit gebeurt niet.' Je lachte, kneep in mijn hand, stond op en zei dat je snel weer terug was.

Terwijl jij op het toilet was, kwam de stewardess onze glazen halen en ik vroeg of we twee extra hoofdkussens konden krijgen.

Toen je terugkeerde had je je opnieuw opgemaakt.

'Dat is niet voor jou,' zei je, je had mijn blik gelezen. 'Je vond het leuk dat de make-up was uitgelopen, of niet?'

'Ik vind allebei mooi,' zei ik. 'Dus voor wie heb je je dan wel opgemaakt?'

'Wat denk je zelf?'

'Voor hen?' vroeg ik en ik knikte naar de cabine.

Je schudde je hoofd. 'Ik las laatst een onderzoek waarin de meeste vrouwen verklaarden dat ze zich opmaakten om zichzelf te behagen. Maar wat bedoelen ze met behagen? Gaat het om de afwezigheid van onbehagen? Het onbehagen om gezien te worden zoals ze zijn? Is make-up niet onze zelfgecreëerde boerka?'

'Wordt make-up niet net zo goed gebruikt om iets te benadrukken in plaats van te verbergen?' vroeg ik.

'Iets benadrukken is het verbergen van iets anders. Alle bewerkingen – hoewel het ook iets duidelijk maakt – zijn een dekmantel. Degene die zich opmaakt wil dat de make-up de aandacht richt op haar mooie ogen zodat de te grote neus niet zo opvalt.'

'Maar is dat een boerka? Willen we niet allemaal gezien worden?'

'Niet iedereen. En niemand wil gezien worden zoals die is. Wist je trouwens dat vrouwen in de loop van hun leven net zoveel tijd kwijt zijn aan zich opmaken als mannen in landen als Israël en Zuid-Korea aan hun dienstplicht?'

'Nee, maar het klinkt als een vergelijking van willekeurige gegevens.'

'Precies, maar niet een willekeurige vergelijking van gegevens.'

'O, nee?'

'De vergelijking is door mij gekozen en is uiteraard op zich een valide observatie. *Fake news* hoeft niet noodzakelijkerwijs te gaan om foute gegevens, er kan ook sprake zijn van manipulatieve bewerking. Wat zegt de vergelijking over mijn opvatting en over genderpolitiek? Zeg ik dat mannen hun land moeten dienen en hun leven riskeren terwijl vrouwen ervoor kiezen zich mooi te maken? Misschien. Maar er is slechts een kleine taalkundige correctie nodig in deze vergelijking waaruit zou blijken dat vrouwen net zo bang zijn om te laten zien wie ze eigenlijk zijn als landen bang zijn om veroverd te worden door vreemde mogendheden.'

'Ben je journalist?' vroeg ik.

'Ik ben redacteur bij een tijdschrift dat het papier niet waard is waarop het wordt gedrukt.'

'Een damesblad?'

'Ja, in de ergste betekenis van het woord. Heb jij bagage?'

Ik aarzelde.

'Ik bedoel als we in Londen landen, kunnen we dan direct een taxi nemen?'

'Alleen maar handbagage,' zei ik. 'Je hebt nog geen antwoord gegeven waarom je je hebt opgemaakt.'

Je tilde je hand op en ging met je wijsvinger over mijn wang, precies onder mijn oog, alsof ook ik had gehuild.

'Een andere vergelijking van toevallige feiten,' zei je. 'Er gaan elk jaar meer mensen dood aan zelfmoord dan aan oorlogen, terreuraanslagen, drugsmoorden, crimes passionnels, ja, zelfs moorden in het algemeen. Je bent zonder twijfel de meest waarschijnlijke moordenaar van jezelf. Daarom heb ik me opgemaakt. Ik keek in de spiegel en kon het naakte gezicht van mijn moordenaar niet verdragen. Niet nu ik verliefd ben.'

We keken elkaar aan. Net toen ik mijn hand optilde om jouw hand te pakken, pakte jij de mijne.

'Is er niets wat we kunnen doen?' fluisterde ik ineens buiten adem alsof ik al op de vlucht was. 'Kunnen we het contract niet afkopen?'

Je hield je hoofd scheef alsof je me vanuit een andere hoek wilde bekijken. 'Als dat mogelijk was dan was het niet zeker dat we verliefd waren geworden,' zei je. 'Dat we onbereikbaar zijn voor elkaar is een belangrijk deel van de aantrekkingskracht, denk je niet? Is zij ook gestorven?'

'Wie?'

'De andere. De vrouw over wie je het niet wilt hebben toen ik vroeg of je vrouw en kinderen had. Het verlies waardoor je bang bent weer verliefd te worden op iemand die je weer gaat verliezen. Waardoor je aarzelde toen ik vroeg of je bagage had. Wil je erover praten?'

Ik keek je aan. Wilde ik dat?

'Weet je zeker dat je...'

'Ja, ik wil het horen,' zei je.

'Hoeveel tijd heb je?'

'Haha.'

We bestelden nieuwe drankjes en ik vertelde. Af en toe stelde jij een vraag, maar voor het grootste deel luisterde je alleen maar.

Toen ik eindelijk klaar was, werd het al licht omdat we naar de zon toe vlogen. En je huilde weer.

'Zo triest,' zei je en je legde je hoofd op mijn schouder.

'Ja,' zei ik.

'Doet het nog steeds pijn?'

'Niet de hele tijd. Ik vertel mezelf dat ze niet wilde leven dus dat haar alternatief beter was.'

'Geloof je dat?'

'Jij gelooft het toch ook?'

'Misschien,' zei je. 'Maar ik weet het niet zeker. Ik ben net als Hamlet een twijfelaar. Misschien is het dodenrijk een nog groter tranendal.'

'Vertel me iets over jezelf.'

'Wat wil je weten?'

'Alles. Begin gewoon, als ik op een bepaald punt meer wil weten dan vraag ik het.'

'Oké.'

Je vertelde. En het beeld van het meisje werd steeds duidelijker, duidelijker zelfs dan wat ik zag van de vrouw die tegen me aan zat geleund met haar hand onder mijn arm. Op een gegeven ogenblik schudde het vliegtuig door de turbulentie en dat gaf je stem een komisch vibrato waarom we beiden moesten lachen.

'We kunnen ervandoor gaan,' zei ik toen je had gezegd dat er niets meer te vertellen was.

Je keek me aan. 'Hoe dan?'

'Jij neemt een eenpersoonskamer in het Langdon. Vanavond laat je bij de receptie een bericht achter voor de hotelmanager die de volgende ochtend weer aanwezig is. Je schrijft dat je je in de Theems gaat verdrinken. Je gaat naar de rivier, naar een plek waar niemand je kan zien, je doet je schoenen uit en zet ze op de kade. Ik kom je halen met een huurauto. We rijden naar Frankrijk en nemen vanuit Parijs een vlucht naar Kaapstad. Voor je paspoort zorg ik.'

'Doe je dat?' Je bleef naar me kijken. 'Wat voor psycholoog ben je eigenlijk?'

'Ik ben geen psycholoog.'

'Dat ben je niet?'

'Nee.'

'Wat ben je dan?'

'Wat denk je?'

'Jij bent de man die me gaat vermoorden,' zei je.

'Ja,' zei ik.

'Jullie hebben een stoel naast me gereserveerd al voordat ik naar New York kwam om te tekenen.'

'Ja.'

'Maar je bent echt verliefd op me geworden?'

'Ja.'

'Hoe zou het gaan gebeuren?'

'In de rij voor de pascontrole. Een injectie. De werkzame stof zou binnen een uur uit je bloed zijn. Uit de obductie zou blijken dat je gestorven bent aan een gewone hartaanval. Hartaanvallen zijn de belangrijkste doodsoorzaak in jouw familie. De testen die we hebben uitgevoerd hebben uitgewezen dat jij dat risico ook loopt.'

Je knikte. 'Als we vluchten dan komen ze ook achter jou aan?'

'Ja, het gaat bij alle partijen om veel geld, ook voor degene die de opdracht uitvoert. Dat betekent dat wij ook een contract moeten ondertekenen, maar zonder de limiet van drie weken.'

'Een zelfmoordcontract?'

'Dat geeft ze de mogelijkheid ons wanneer dan ook te doden zonder juridische risico's. Het is duidelijk dat ze het contract zullen uitvoeren als we niet loyaal zijn.'

'Zullen ze ons niet vinden in Kaapstad?'

'Ze zullen onze sporen volgen, daar zijn ze goed in en die zullen naar Kaapstad leiden. Maar daar zijn we dan niet meer.'

'Waar zijn we dan?'

'Is het goed dat ik nog wacht met dat te vertellen? Ik beloof je dat het een goede plek zal zijn. Zon en regen, niet te koud, niet te warm. En de meeste mensen verstaan er Engels.'

‘Waarom wil je dit doen?’

‘Om dezelfde reden die jij hebt.’

‘Maar jij bent geen zelfmoordkandidaat, jij verdient waarschijnlijk een vermogen met wat je doet. En nu ben je bereid om je eigen leven te riskeren.’

Ik probeerde te lachen. ‘Welk leven?’

Je keek om je heen, leunde naar me toe en kuste mijn lippen licht. ‘Wat nu als je het niet fijn vindt om met me te vrijen?’

‘Dan dump ik je in de Theems,’ zei ik.

Je lachte en kuste me opnieuw. Iets langer, de lippen iets meer open.

‘Je zult ervan houden,’ fluisterde je in mijn oor.

‘Ja, ik ben bang van wel.’

Je sliep met je hoofd tegen mijn schouder. Ik zette je stoel in de slaapstand en spreidde een deken over je heen. Toen zette ik mijn stoel ook naar achteren, deed het licht uit boven ons en probeerde te slapen.

Toen we landden in Londen had ik je stoel weer rechtop gezet en je veiligheidsgordel vastgemaakt. Je zag eruit als een slapend kind op kerstavond, je had een lachje rond je lippen. De stewardess kwam langs en verzamelde de waterglazen die al sinds ons vertrek van JFK tussen ons in op de armleuning hadden gestaan toen je huilend uit het raam had gestaard.

Ik stond voor de pascontrole voor loket 6 toen ik personeel in reflecterende vesten met een rood kruis erop naar de gate zag rennen terwijl ze een brancard op wielen voortduwden. Ik keek op mijn horloge. Het poeder dat ik in je waterglas had gedaan voordat we opstegen van JFK, werkte langzaam, maar was wel betrouwbaar. Je was nu bijna twee uur dood en uit de obductie zou blijken dat het een hartaanval was en niets anders. Ik wilde huilen, dat had ik bijna elk keer. Tegelijkertijd was ik gelukkig. Het was werk dat zin gaf aan het bestaan. Ik zal je nooit vergeten, je was speciaal.

'Kijk in de camera,' zei de controleur tegen me.

Ik moest een paar tranen wegknipperen.

'Welkom in Londen,' zei de controleur.

DE JALOEZIEMAN

Ik keek naar de propeller aan de vleugel van het ATR 72-vliegtuig met veertig zitplaatsen. Onder ons, badend in de zee en de zon, lag een woestijnkleurig eiland. Geen zichtbare vegetatie, alleen geelwit kalksteen. Kalymnos.

De piloot meldde dat het een turbulente landing kon worden. Ik sloot mijn ogen en leunde achterover in mijn stoel. Al sinds mijn kinderjaren wist ik dat ik zou sterven door een val. Of preciezer: ik zou vanuit de lucht in zee vallen en verdrinken. Ik kan me zelfs de dag herinneren waarop ik deze zekerheid kreeg. Mijn vader was een van de onderdirecteuren van het familiebedrijf waarvan zijn oudste broer, oom Hector, de directeur was. Wij kinderen waren dol op oom Hector omdat hij altijd cadeaus voor ons had en we in zijn auto mochten zitten, de enige Rolls Royce-cabriolet in heel Athene. Vader kwam meestal thuis van kantoor als ik al in bed lag, maar die avond was hij vroeg. Hij zag er moe uit en na het eten had hij in zijn werkkamer een lang telefoongesprek met grootvader gevoerd en ik kon horen dat hij kwaad was. Toen ik net in bed lag, kwam hij op de bedrand zitten en ik vroeg hem een verhaal te vertellen, hij dacht even na en vertelde vervolgens over Ikaros en diens vader. Ze woonden in Athene, maar ze waren op het eiland Kreta toen de vader, een beroemde en rijke beeldhouwer een paar vleugels van veren en was maakte waarmee hij door de lucht kon vliegen. De mensen waren dolenthousiast over deze prestatie en de vader en zijn familie werden overal met groot respect behandeld. Toen de vader de vleugels aan Ikaros gaf, maande hij zijn zoon dat hij dezelfde route moest nemen als hij altijd deed, dan zou alles goed gaan. Maar Ikaros wilde naar andere plaatsen vliegen en nog hoger dan zijn vader komen. Toen Ikaros de wind onder de vleugels had gekregen raakte hij zo in extase van zo hoog boven de grond en de andere mensen te zijn dat hij vergat dat het niet dankzij zijn bovenmenselijke gaven was dat hij dit kon, maar dat het kwam door de vleugels die zijn vader aan hem had gegeven. In zijn overmoed vloog hij hoger dan zijn vader, kwam hij te dicht bij de zon en smolt de was in de vleugels. Ikaros viel in zee en verdronk. Terwijl ik opgroeide, dacht ik altijd dat vaders versie van de Ikaros-mythe een vroegtijdige waarschuwing was voor zijn oudste zoon. Aangezien oom Hector kinderloos was werd ik gezien als de toekomstige directeur van de firma. Pas als volwassene hoorde ik dat het bedrijf indertijd bijna failliet was gegaan door Hectors stupide gokken in de goudhandel, dat grootvader hem had ontslagen, maar dat hij zijn aanspreektitel en kantoor voor de show mocht behouden. In de praktijk was mijn vader de hoogste baas. Ik ben er nooit achter gekomen of het verhaal over mij ging of over oom Hector, maar het had indruk gemaakt want ik had er sindsdien nachtmerries over: ik viel of ik verdronk. Hoewel, sommige nachten kwam de droom als iets warms en behaaglijks, een slaap waarin alles wat slecht was ophield. Wie zegt dat je niet kunt dromen dat je doodgaat?

Het vliegtuig schudde en ik hoorde de andere passagiers happen naar adem toen we twee keer in een zogeheten luchtzak vielen en je een moment het gevoel had gewichtloos te zijn. En dat je laatste uur was geslagen, maar dat was uiteraard niet zo.

Terwijl we het vliegtuig verlieten wapperde de Griekse vlag flink bij het kleine terminalgebouw. Op het moment dat ik langs de cockpit liep hoorde ik een van de twee piloten tegen een stewardess zeggen dat het vliegveld zojuist was gesloten en dat ze waarschijnlijk niet terug konden naar Athene.

Ik volgde de passagiers die in een stoet het terminalgebouw in liepen. Een man in een blauw politie-uniform stond ons voor de bagageband met zijn armen over elkaar geslagen op te nemen. Ik zette koers in zijn richting, hij keek me vragend aan en ik knikte bevestigend.

'George Kostopoulos,' zei hij terwijl hij een grote hand met lange, zwarte haren op de handrug naar mij uitstak. De handdruk was stevig, maar niet overdreven zoals af en toe het geval was als collega's uit de provincie onze ontmoeting als een krachtmeting met de hoofdstad beschouwden.

'Fijn dat u zo snel kon komen, meneer Balli.'

'Zeg maar Nikos,' zei ik.

'Het spijt me dat ik je niet eerder herkende, maar er zijn niet zoveel foto's van je en ik dacht dat je... eh, ouder was.'

Ik ben – waarschijnlijk van mijn moederskant – gezegend met een uiterlijk dat met de jaren niet veel verandert. Mijn haar was grijs en de krullen waren verdwenen, maar verder was alles intact en ik woog nog steeds vijfenzeventig kilo schoon aan de haak, al was er wel sprake van reductie van spiermassa.

'Is negenenvijftig niet oud genoeg, vind je?'

'Ja, jemig.' Hij liet zijn stem volgens mij een beetje lager klinken en glimlachte vanonder een snor die mannen in Athene al twintig jaar geleden hadden afgeschoren. Zijn blik was mild en ik zou geen problemen krijgen met George Kostopoulos.

'Sinds ik op de Politieacademie zat heb ik al over jou gehoord en dat is al een hele poos geleden. Heb je nog meer bagage?'

Hij keek naar de bagage die ik bij me had. Toch kreeg ik een ogenblik de indruk dat hij om meer vroeg dan ik fysiek met me meedroeg. Niet dat ik hem daar antwoord op zou kunnen geven. Ik tors misschien meer bagage mee dan anderen, maar die is van het type dat je in je eentje moet dragen.

'Alleen handbagage,' zei ik.

'Franz Schmid, de broer van de vermiste, zit op ons bureau in Pothia,' zei George terwijl we de terminal uit liepen op weg naar een bestofte, kleine Fiat met vlekken op de voorruit. Ik nam aan dat de auto geparkeerd had gestaan onder pijnbomen om te kunnen profiteren van de schaduw, de taaie hars kon je uiteindelijk alleen met een mes wegschrapen. Zo is het nu eenmaal. Als je je vuisten optilt om je gezicht te beschermen, is het hart onbeschermd. En omgekeerd.

'Ik heb in het vliegtuig het rapport gelezen,' zei ik, mijn tas op de achterbank leggend. 'Heeft hij al iets meer verteld?'

'Nee, hij blijft bij zijn verhaal. Zijn broer Julian heeft om zes uur 's morgens hun kamer verlaten en is niet teruggekomen.'

'Julian zou gaan zwemmen, las ik.'

'Dat zegt Franz ja.'

'Maar je gelooft hem niet?'

'Nee.'

'Verdrinkingsgevallen zijn toch niet zo ongebruikelijk op een vakantie-eiland als Kalymnos?'

'Klopt, en ik had Franz geloofd als er geen getuigen waren die vertellen dat Julian en hij de avond daarvoor hadden gevochten.'

'Ja, ik las het.'

We kronkelden over een smalle weg met gaten naar het dal met kale olijfbomen en kleine, witte stenen huizen die aan weerszijden stonden van wat de hoofdweg moest zijn.

'Ze hebben zojuist het vliegveld gesloten,' zei ik. 'Ik neem aan vanwege de wind.'

'Dat gebeurt steeds,' zei George. 'Dat is het nadeel van een vliegveld aanleggen op het hoogste punt van een eiland.'

Ik begreep wat hij bedoelde: zodra we tussen de berghellingen kwamen, hingen de vlaggen slap aan de stok.

'Mijn avondvlucht gaat gelukkig vanaf Kos,' zei ik. De secretaris van de afdeling Moord had de reisroute gecheckt voordat mijn chef me toestemming gaf om te vertrekken. Hoewel we prioriteit gaven aan zaken waarbij buitenlandse toeristen waren betrokken, had hij me die toestemming gegeven op voorwaarde dat ik maar één werkdag weg was. Als de legendarische inspecteur Balli kreeg ik gewoonlijk de vrije hand, maar ook ik moest me nu houden aan budgetbeperkingen. En de chef had gezegd: de zaak heeft geen lijk, geen mediabelangstelling en er was zelfs geen sprake van een moordverdenking.

Die avond ging er geen vliegtuig terug van Kalymnos, maar wel van het internationale vliegveld op Kos dat op veertig minuten varen met de veerboot lag, dus hij had grommend ja gezegd. Hij herinnerde me nog wel aan het kleinere budget voor de maaltijden en dat ik de dure toeristenrestaurants links moest laten liggen als ik niet uit eigen zak wilde betalen.

'Ik ben bang dat de boot naar Kos evenmin gaat,' zei George.

'In dit weer? De zon schijnt en het waait nauwelijks, behalve dan daarboven.'

'Ik weet dat het er vanaf hier onschuldig uitziet, maar je moet over een open stuk zee om bij Kos te komen en er zijn al heel wat schipbreuken geweest in zonnig weer als dit. We zullen een hotelkamer voor je reserveren. Misschien luwt de wind morgen.'

Ik begreep dat 'misschien luwt de wind' in plaats van het optimistischer 'de wind luwt vast' een weersvoorspelling was die niet in mijn – en mijn chefs – voordeel was. Ik dacht bedroefd aan de beperkte inhoud van mijn tas en een beetje minder droevig aan mijn chef. Misschien kon ik hier wat rust krijgen. Ik ben van het type dat gedwongen moet worden vakantie te nemen zelfs als ik weet dat ik die nodig heb. Misschien komt dat omdat ik als vrouw- en kinderloze man zo weinig ervaring heb met vakantievieren dat het als verspilde tijd voelt en mijn zelfgekozen eenzaamheid alleen maar onderstreept.

'Wat is dat?' vroeg ik wijzend naar de bergwand aan de overkant. Daar, van alle kanten omgeven door steile wanden, lag iets wat op een dorp leek. Maar er was geen teken van leven te zien, het leek of iemand een maquette had uitgehakt in steen, een verzameling kleine, lego-achtige huizen met rondom een stenen muur in dezelfde eentonige grijze kleur.

'Dat is Paleochora,' zei George. 'Byzantijns, twaalfde eeuw. Als inwoners van Kalymnos vijandige schepen zagen naderen, vluchtten ze daarheen om zich te verschansen. Sommige bewoners hebben zich daar in 1912 verstopt toen de Italianen kwamen, en tijdens de Tweede Wereldoorlog toen de geallieerden Kalymnos bombardeerden omdat het eiland een basis was van de Duitsers.'

'Ziet eruit als een *must-see*,' zei ik en ik zei maar niet dat noch de huizen, noch de vestingmuur er bijzonder Byzantijns uitzagen.

'Tja,' zei George. 'Of nee. Van een afstand ziet het er beter uit, de laatste restauratie is door de johannieters gedaan en stamt uit de zestiende eeuw. Alles groeit dicht, veel afval en er lopen veel geiten en zelfs de kapellen worden gebruikt als latrines. Je kunt via een stenen trap boven komen, maar sinds er onlangs een lawine is geweest is dat nog moeilijker geworden. Maar als het je erg interesseert dan kan ik altijd een gids voor je regelen. Je zult gegarandeerd een heel stenen dorp voor jezelf hebben.'

Ik schudde mijn hoofd, maar mijn nieuwsgierigheid was natuurlijk geprikkeld. Ik laat me altijd uitdagen door iets wat me afwijst, wat me buitensluit. Onbetrouwbare verhalen, vrouwen, logische problemen, menselijk gedrag, moordzaken. Alles wat ik niet begrijp. Ik ben een man met een begrensd intellect, maar een onbegrensde nieuwsgierigheid. Dat is helaas een frustrerende combinatie.

Pothia bleek een levendig doolhof van lage huizen, smalle eenrichtingswegen en stegen. Hoewel het toeristenseizoen al lang voorbij was nu november in aantocht was, liepen er veel mensen op straat.

We parkeerden bij een gebouw aan de haven met twee verdiepingen, waar vissersboten en niet al te extravagante jachten zij aan zij lagen. Een kleine autopont en een snel passagiersschip met zitplaatsen beneden- en bovendeks lagen aan de kade. Verderop stond een groep mensen, duidelijk buitenlandse toeristen, op de kade te discussiëren met een man in een soort marine-uniform. Sommige toeristen hadden rugzakken met bundels touw aan weerskanten van het bovenste deel. Dat had ik ook gezien bij enkele passagiers van mijn vlucht. Klimmers. Kalymnos was lange tijd alleen een zon- en strandeiland geweest, maar de laatste vijftien jaar, lang nadat ik mijn klimschoenen had opgeborgen, was het ook de bestemming geworden voor klimmers uit heel Europa, vooral degenen die rotswanden wilden beklimmen. De man in marinekleding gebaarde met zijn armen dat hij er ook weinig aan kon doen en wees naar de zee. Hier en daar waren witte schuimkoppen te zien, maar die waren niet gevaarlijk hoog voor zover ik dat kon beoordelen.

'De problemen doen zich zoals gezegd verderop voor en kun je van hieruit niet zien,' zei George, die duidelijk mijn gezichtsuitdrukking had begrepen.

'Dat is vaak zo,' zei ik zuchtend en ik probeerde het feit te accepteren dat ik voorlopig gevangenzat op dit kleine eiland dat om de een of andere reden nu nog kleiner leek dan vanuit de lucht.

George ging mij voor in het politiebureau, liep langs een balie en ik groette links en rechts van me de mensen in de rommelige, smalle kantoortuin waar niet alleen de meubels er gedateerd uitzagen maar ook de vierkante pc-schermen, de koffieautomaten en de lijvige kopieermachine.

'George!' riep een vrouw vanachter een scheidingswand. 'Een journalist van *Kathimerini* heeft gebeld. Hij vroeg of het klopt dat we de broer van de vermiste hebben gearresteerd. Ik heb gezegd dat ik zou vragen of je wil terugbellen.'

'Je mag hem zelf bellen, Christine. Zeg dat er nog niemand is gearresteerd in deze zaak en dat we verder geen commentaar hebben.'

Ik begreep uiteraard dat George rust wilde om te werken en dat hij probeerde om de hysterische journalisten en andere verstorende elementen op afstand te houden. Of misschien wilde hij mij, de man uit de hoofdstad, alleen maar laten zien dat ze in de provincie ook professioneel zijn. En het was beter voor de sfeer van onze samenwerking dat ik hem liet begaan, dus ik zou mijn ervaring niet gebruiken om hem uit te leggen dat spitsvondigheden tegenover de pers meestal een slechte strategie was. Het was natuurlijk waar dat zolang Franz Schmid zich vrijwillig had gemeld voor ondervraging, hij technisch gezien niet was gearresteerd of opgepakt. Maar wanneer bekend werd – er was hier geen sprake van als – dat Franz al urenlang op het bureau werd gehouden en dat de politie dat geheim leek te houden, dan zou dat een vruchtbare bodem zijn voor het type speculaties waar de media hun brood mee verdienden. Het was beter om wat meer te zeggen en de journalisten iets tegemoet te komen. Bijvoorbeeld door te zeggen dat de politie met iedereen praat die een beter beeld kan geven van wat er was gebeurd, inclusief de broer van de vermiste.

'Kopje koffie en iets eten?' vroeg George.

'Bedankt, maar ik wil het liefst meteen aan het werk.'

George knikte en bleef voor een deur staan. Hij fluisterde. 'Franz Schmid zit hierbinnen.'

'Oké,' zei ik en ik liet mijn stem ook zakken, maar fluisterde niet. 'Is het woord advocaat al gevallen?'

George schudde zijn hoofd. 'We hebben gevraagd of hij de ambassade wilde bellen of de Duitse consul op Kos, maar hij zei: 'Wat kunnen jullie doen om mijn broer te vinden?'

'Wil dat zeggen dat je hem niet hebt geconfronteerd met je verdenkingen?'

‘Ik heb gevraagd naar de vechtpartij en er verder geen commentaar op gegeven. Maar hij begrijpt vast dat er een reden is waarom we hem hebben gevraagd hier te wachten tot jij er bent.’

‘En wat heb je hem over mij verteld?’

‘Dat je een specialist uit Athene bent.’

‘Een specialist waarin? In het vinden van vermiste personen? Of in het vinden van moordenaars?’

‘Dat heb ik niet gezegd en hij vroeg er niet naar.’

Ik knikte en George bleef een paar seconden staan voor hij doorhad dat ik pas naar binnen zou gaan als hij weg was.

De kamer waar ik binnenstapte was ongeveer drie bij drie. Het enige licht kwam van twee kleine ramen hoog in de muur. De persoon in de kamer zat bij een kleine, vierkante tafel waarop een kan met water en een glas stonden. De tafel was hoog en de man achter de tafel lang. Hij had beide onderarmen op het blauwgeverfde tafelblad gelegd en de ellebogen stonden in een hoek van negentig graden. Hoe lang zou hij zijn? Eén meter negentig? Hij was slank, zijn gezicht was doorleefder dan je zou verwachten van een achtentwintigjarige en gaf onmiddellijk de indruk van een gevoelig karakter. Of misschien was het feit dat hij zo rustig leek, tevreden met hier zo te zitten alsof zijn hoofd zo vol zat met emoties en gedachten, dat hij geen stimuli van buitenaf nodig had? Op zijn hoofd had hij een muts met horizontale strepen in rastakleuren en met een kleine, discrete schedel aan de zijkant. Onder de muts kwamen donkere krullen vandaan, zulke had ikzelf ook ooit gehad. De ogen lagen zo diep dat ik er geen contact mee kon maken. Op hetzelfde moment bedacht ik me dat hij iets bekends had. Het duurde een paar seconden voor mijn hersenen het tevoorschijn konden halen. Een lp-hoes die Monique op haar kamer in Oxford had. Townes van Zandt. Hij zit bij net zo'n tafel, in bijna dezelfde houding en ook met een uitdrukkingsloos gezicht dat toch zo'n gevoelige indruk maakt, zo naakt, zo onbeschermd.

'*Kalimera*,' zei ik.

'*Kalimera*,' antwoordde hij.

'Niet slecht, meneer...' Ik keek naar de map die ik uit mijn tas had gehaald en voor me op tafel had gelegd. 'Franz Schmid. Betekent dit dat je Grieks spreekt?' Ik vroeg het in mijn erg Britse Engels en hij antwoordde zoals verwacht.

'Nee, helaas.'

Met mijn vraag had ik hopelijk ons startpunt geëtaleerd. Dat ik tabula rasa was, dat ik niets van hem wist, dat ik geen reden had voor enige vorm van vooringenomenheid, dat hij – als hij dat wilde – zijn verhaal kon veranderen tegenover deze nieuwe luisteraar.

'Mijn naam is Nikos Balli, ik ben inspecteur op de afdeling Moord van de politie in Athene. Ik ben hier om hopelijk elke verdenking dat jouw broer slachtoffer is geworden van iets crimineels weg te nemen.'

'Denken jullie dat dat het geval is?' De vraag werd kalm en zonder intenties uitgesproken, hij kwam op me over als een praktisch ingesteld man die slechts de feiten wenste te weten. Of hij wilde die indruk wekken.

'Ik weet niet wat de plaatselijke politie denkt, ik kan alleen voor mezelf spreken en voorlopig denk ik niets. Wat ik weet is dat moord zelden voorkomt. Maar moord is zo schadelijk voor de Griekse toeristensector dat het belangrijk is om de buitenwereld te laten zien dat we bij verdenking van een misdrijf de zaak niet licht opnemen. Het is net als bij vliegtuigongelukken: je moet de oorzaak vinden en het mysterie oplossen omdat men weet dat hele luchtvaartmaatschappijen failliet gaan vanwege één onopgehelderd ongeluk. Ik zeg dit om duidelijk te maken waarom ik vragen naar details ga stellen die irritant irrelevant kunnen lijken, vooral voor iemand wiens broer wordt vermist. En dat het kan klinken alsof ik ervan overtuigd ben dat jij of iemand anders hem heeft vermoord. Maar als moordonderzoeker is het mijn taak om de hypothese te testen dat er een moord gepleegd is en ik ben ook geslaagd als het me lukt om deze hypothese te verwerpen. Is dat goed?'

Franz Schmid glimlachte even zonder dat de lach zijn ogen bereikte. 'U klinkt als mijn grootvader.'

'Pardon?'

'Wetenschappelijke methode. Programmering van het object. Hij was een van de Duitse wetenschappers die voor Hitler is gevlucht en Amerika heeft geholpen de atoombom te ontwikkelen.' Hij zweeg en ging met zijn hand over zijn gezicht. 'Het spijt me, ik zit uw tijd te verspillen. Ga uw gang.'

Franz Schmid en ik keken elkaar aan. Hij maakte een vermoeide, maar ook opmerkzame indruk die getuigde – voor zover ik het kon inschatten – van intelligentie. Ik wist niet in hoeverre hij me doorhad. Wanneer hij zei 'programmering van het object', refereerde hij duidelijk aan het feit dat ik mijn motief om hem te helpen had geformuleerd: dat het zou kunnen bijdragen aan het vinden van zijn broer. Dat was standaardmanipulatie, zoals je die kon verwachten. Maar ik vermoedde dat Franz Schmid ook de wat geraffineerdere manipulatie had doorzien. Namelijk waarom ik me al bij voorbaat had verexcuseerd voor de agressiviteit in het verhoor die het gevolg was van het economische cynisme van de Griekse overheden. Op die manier zou ik zelf de aardige, eerlijke smeris blijven. Iemand die Franz Schmid in vertrouwen kon nemen.

'Laten we teruggaan naar gisterochtend toen jouw broer verdween.'

Ik observeerde de lichaamstaal van Franz terwijl ik naar zijn verhaal luisterde. Hij was geduldig, zat niet voorovergebogen en sprak niet snel en luid zoals mensen doen wanneer ze onbewust denken dat hun verklaring de sleutel is voor de oplossing van de zaak of hun onschuld zal bewijzen. Maar het tegenovergestelde was er ook niet. Hij wrong zich niet in allerlei bochten alsof hij in een mijnenveld was, hij aarzelde niet, zijn verklaring kwam in een rustige, gelijkmatige stroom woorden. Misschien omdat hij de verklaring had geoefend in gesprekken met anderen. Het zei me in elk geval niet zoveel, vaak was de getuigenis van de schuldige logischer en overtuigender dan die van de onschuldige. De reden kon zijn dat de schuldige voorbereid is en zijn verhaal klaar heeft, terwijl de onschuldige er een niet-geredigeerd verhaal uitgooit, alles vertelt zoals het op dat moment in zijn hoofd opkomt. Dus hoewel ik observeerde en interpreteerde, was voor mij de lichaamstaal van secundair belang. De verhalen zijn mijn specialiteit. Terwijl ik me concentreerde op zijn verhaal trokken mijn hersenen uiteraard ook een paar conclusies gebaseerd op andere observaties. Bijvoorbeeld dat Franz Schmid een soort hipster leek te zijn, ondanks afwezigheid van een baard, iemand die rondloopt met een muts op en met een dik flanellen overhemd aan terwijl het warm is. Maar hij had wel zijn jas uitgetrokken, want te oordelen naar de grootte van de jas die op de haak aan de muur hing moest die wel van hem zijn. De mouwen van het flanellen overhemd waren opgestroopt en de blote onderarmen disproportioneel gespierd in vergelijking met de rest van zijn lichaam. Tijdens het praten bestudeerde hij af en toe zijn vingertoppen en drukte hij voorzichtig op zijn vingerkootjes die dikker waren dan normaal. Het horloge rond zijn linkerpols was een Tissot T-Touch en ik wist dat die een hoogtemeter en een barometer had. Franz Schmid deed met andere woorden aan rotsklimmen.

Uit de achtergrondinformatie bleek dat Franz en Julian Schmid Duitse ouders hadden, allebei Amerikaans staatsburger waren, in San Francisco woonden en ongetrouwd waren. Franz werkte als programmeur bij een IT-bedrijf en Julian deed de marketing voor een bekende producent van klimuitrustingen. Terwijl ik naar hem luisterde dacht ik erover na hoe het Amerikaans-Engels de wereld had veroverd. Hoe mijn veertienjarige nichtje als een Amerikaanse tiener klonk als ze met haar buitenlandse vriendinnen van de internationale school in Athene sprak.

Franz Schmid vertelde dat hij om zes uur 's morgens wakker was geworden in de kamer die hij en zijn broer Julian huurden in een huis direct aan het strand in Massouri. Een druk stadje op een kwartier rijden van Pothia. Julian was opgestaan en maakte zich klaar om weg te gaan, daar was Franz wakker van geworden. Julian zou zoals altijd het achthonderd meter brede stuk zee overzwemmen naar het naburige eiland Telendos, iets wat hij elke ochtend deed. Heen en terug. De reden dat hij dat zo vroeg deed was allereerst dat de broers dan voor twaalf uur genoeg tijd hadden om te klimmen voor de zon op de bergwanden scheen. En ten tweede zwom Julian het liefst naakt en pas om halfzeven werd het licht. En ten derde meende Julian dat de verraderlijke stromingen in de zee zwakker waren voordat de zon opkwam en het begon te waaien. Normaal gesproken was Julian om zeven uur terug voor het ontbijt, maar gisteren was hij er niet. Franz was de trap af gelopen naar de gedeeltelijk vervallen stenen pier die in de luwte van het huis in een inham lag. De grote handdoek die zijn broer altijd meenam lag op het uiterste puntje van de pier met een steen erop zodat die niet weg kon waaien. Franz had eraan gevoeld. De handdoek was droog. Hij had over de zee uitgekeken, naar een vissersboot geroepen die over de zee tufte, maar niemand aan boord leek hem te horen. Toen was hij teruggerend naar het huis en had de huisbaas gevraagd de politie in Pothia te bellen. De reddingsbrigade was als eerste ter plaatse, een groep mannen in oranje shirts die met een mix van professionele ernst en kameraadschappelijke humor al snel twee boten in het water had en met de zoekactie begon. Daarna kwamen de duikers. En ten slotte de politie. De politie had Franz gevraagd te checken of er kleding van Julian ontbrak en had bevestigd gekregen dat Julian in elk geval niet ongezien naar hun kamer was gegaan om zich aan te kleden en weg te gaan terwijl Franz op de begane grond zat te ontbijten. Nadat ze het strand van Kalymnos hadden uitgekamd, hadden Franz en een paar klimvrienden een boot gehuurd en waren ze naar Telendos gevaren. De politie onderzocht vanaf een boot de kuststrook waar de golven stukslaan op de scherpe rotsen en Franz en zijn vrienden hadden ook nog aangeklopt bij de huizen tegen de berg om te vragen of iemand een naakte man had gezien die op de oever was geklommen.

Toen ze onverrichter zake terug waren gekomen had Franz de

rest van de avond gebruikt om familie en vrienden te bellen om de situatie uit te leggen. Hij was ook gebeld door journalisten, ook Duitse, en hij had ze kort te woord gestaan. Dat hij hoopte dat er snel duidelijkheid zou komen, enzovoorts. Hij had die nacht nauwelijks geslapen en bij het aanbreken van de volgende ochtend had de politie gebeld om te vragen of hij naar het bureau wilde komen om hen verder te helpen. Dat had hij uiteraard gedaan en dat was – Franz Schmid keek op zijn Tissot T-horloge – nu achtenhalf uur geleden.

'Die vechtpartij,' zei ik. 'Vertel me over de vechtpartij van de vorige avond.'

Franz schudde zijn hoofd. 'Het was een idiote ruzie. We zaten in een bar, de Hemisphere, en speelden biljart. We waren allemaal een beetje dronken. Julian maakte een ongelukkige opmerking en ik deed dat ook en plotseling had ik een biljartbal in mijn hand die ik tegen zijn hoofd gooide. Hij viel steil achterover en toen hij weer bijkwam was hij misselijk en gaf over. Ik weet uit ervaring dat je voorzichtig moet zijn met een hersenschudding, dus ik nam hem in mijn auto mee naar het ziekenhuis in Pothia. Niet dat ze daar veel konden doen, maar ik wilde dat Julian gecheckt zou worden zodat we wisten dat het verantwoord was om de volgende dag een lange multi-pitchroute te gaan maken.'

'Vochten jullie vaak?'

'Als kinderen wel, maar nu, nee.' Hij wreef over zijn baardstoppels. 'Maar we kunnen niet zo goed tegen alcohol.'

'Ik begrijp het. Dus het was een daad uit broederliefde dat je hem naar het ziekenhuis bracht.'

Franz blies door zijn neus. 'Puur egoïsme. Ik wilde hem laten controleren zodat we zeker wisten dat hij de volgende dag in staat was om met ons te klimmen.'

'Dus jullie reden naar het ziekenhuis.'

'Ja. Of nee eigenlijk.'

'Nee?'

'We waren al een eind Massouri uit en Julian bleef beweren dat hij zich een stuk beter voelde en dat we moesten omdraaien. Ik zei dat het geen kwaad kon hem te laten checken, maar hij zei dat we door mijn manier van rijden in Pothia de kans liepen aangehouden te worden door de politie en dat ze zouden ruiken dat ik dronken achter het stuur zat. Dat ik in de nor zou belanden en hij geen klimmaatje meer had. Het was moeilijk om daar iets tegen in te brengen, dus we draaiden om en gingen terug naar Massouri.'

'Was er iemand die jullie zag terugkomen?'

Franz ging door met het wrijven over zijn kin. 'Dat moet haast wel. Het was al laat, maar we parkeerden in de hoofdstraat en daar zijn altijd mensen.'

'Goed. Hebben jullie iemand ontmoet die dit kan bevestigen?'

Franz stopte met wrijven. Ik weet niet of hij dat deed omdat ik het wrijven zou kunnen interpreteren als een uiting van nervositeit of dat de kin gewoon niet meer jeukte.

'Ik geloof niet dat we bekenden zijn tegengekomen. En nu ik er goed over nadenk waren er toch niet zoveel mensen. De bar de Hemisphere was misschien nog open, maar alle restaurants waren wel dicht. En in de herfst zitten de klimmers vooral in Massouri en die gaan vroeg naar bed.'

'Dus niemand heeft jullie gezien?'

Franz ging rechtop zitten. 'Ik ben ervan overtuigd dat u weet wat u doet, maar kunt u me uitleggen wat dat te maken heeft met de verdwijning van mijn broer?' Zijn stem klonk nog beheerst, maar voor de eerste keer zag ik een duidelijk teken van stress op zijn gezicht

'Dat kan ik, maar ik weet tamelijk zeker dat je dat zelf wel kunt raden.' Ik knikte naar de map voor me op tafel. 'Maar hier staat dat de huisbaas wakker is geworden van een of meerdere luide stemmen uit jullie kamer en dat er met stoelen werd geschoven. Hadden jullie nog steeds ruzie?'

Ik zag het gezicht van Franz Schmid een beetje vertrekken. Was dat omdat ik hem eraan herinnerde dat de laatste woorden die tussen de broers waren gewisseld van het onplezierige soort waren geweest?

'We waren zoals gezegd niet nuchter,' zei hij zacht. 'Maar we gingen slapen als vrienden.'

'Waar hadden jullie ruzie over?'

'Gewoon onzin.'

'Vertel.'

Hij pakte zijn glas water vast alsof het een reddingsboei was. Dronk. Rekken van de tijd zodat hij kon bedenken wat hij wel en niet zou vertellen. Ik sloeg mijn armen over elkaar en wachtte af. Ik wist natuurlijk wat hij dacht, maar hij leek me slim genoeg om zich te realiseren dat als ik de informatie niet van hem kreeg, ik die wel van de getuigen van de vechtpartij zou krijgen. Wat hij niet wist was dat George Kostopoulos die al van een van de getuigen had gekregen. En dat hij om die reden had besloten de afdeling Moord in Athene te bellen. En dat het daarom op mijn bureau was beland. Het bureau van de jaloezieman.

'Een dame,' zei Franz. *A dame.*

Ik probeerde te ontdekken welke lading– als die er was – hij aan dat woord gaf. In het Brits-Engels was *a dame* een eretitel, adellijk, madame. Terwijl in het Amerikaans *a dame* slang is en vrouwmens of zelfs mokkel betekent, *a broad, a chick*, geen denigrerende, maar ook geen honderd procent respectvolle benaming. Zo'n vrouw die een man kon afserveren en voor wie hij moest oppassen. Maar in Franz' moedertaal had *dame* een tamelijk neutrale betekenis zoals ik begrijp uit Heinrich Bölls *Gruppenbild mit Dame*.

'Van wie was die dame?' vroeg ik om snel tot de kern te komen.

Een zwakke glimlach verscheen op zijn gezicht als een rimpeling die weer snel verdween. 'Dat was eigenlijk waar de discussie om draaide.'

'Ik begrijp het, Franz. Kan ik de details ook horen?'

Franz keek me aan. Hij aarzelde. Ik had zijn voornaam genoemd, wat een opzettelijke, maar toch verbluffend effectieve manier was om vertrouwen te wekken bij degene die je verhoort. En nu gaf ik hem de blik en de lichaamstaal die moordverdachten aansporen hun hart uit te storten bij de Jaloezieman, Phthonus.

Griekenland is een land met een laag percentage moorden. Zo laag dat je je afvraagt hoe dat mogelijk is in een land in crisis met zo'n hoge werkloosheid, corruptie en sociale onrust. Een grappig antwoord daarop is dat Grieken die iemand willen vermoorden die ze haten, het slachtoffer liever in Griekenland laten doorleven. Een ander antwoord is dat we geen georganiseerde misdaad hebben omdat we niet in staat zijn om iets te organiseren. Maar we hebben natuurlijk wel bloed dat kookt. We hebben crimes passionnels. En ik ben de man die gebeld wordt als het motief van een moord jaloezie kan zijn. Er wordt gezegd dat ik jaloezie kan ruiken. Dat klopt natuurlijk niet. Jaloezie heeft geen speciale geur, kleur of geluid.

Maar wel een verhaal. En door te luisteren naar dat verhaal, zowel naar wat er wordt gezegd als naar wat niet, kan ik concluderen of ik een wanhopig, gewond dier tegenover me heb zitten. Ik luister en weet. Weet omdat ik naar mij, Nikos Balli, luister. Weet, omdat ik zelf zo'n gewond dier ben.

En Franz vertelde. Hij vertelde omdat dit – dit stukje van de waarheid – altijd iets is wat je graag vertelt. Om je hart te luchten, te vertellen over de onrechtvaardige nederlaag en de haat die daar natuurlijk uit voortkomt. Want het is uiteraard niet pervers dat we bereid zijn om degene te vermoorden die de taak van ons biologische wezens in de weg staat: te paren zodat we onze unieke genen kunnen doorgeven. Het tegenovergestelde is pervers: je laten stoppen door een moraal die ons geïndoctrineerd heeft en ons laat denken dat die natuurlijk is en door de goden gegeven. Als puntje bij paaltje komt zijn dat gewoon praktische regels gedicteerd naar de wensen van de samenleving.

Op een van de rustdagen dat ze niet hadden geklommen had Franz op een gehuurde brommer een tochtje gemaakt naar het noorden van het eiland en in het dorp Emporio had hij Helena ontmoet die serveerster was in het restaurant van haar vader. Hij was op slag verliefd geweest, had zijn aangeboren verlegenheid overwonnen en naar haar telefoonnummer gevraagd. Drie ontmoetingen en zes dagen later hadden Franz en Helena gevrijd in de kloosterruïne van Paleochora. Aangezien haar ouders haar streng verboden hadden zich in te laten met de gasten en in het bijzonder met buitenlandse toeristen, had Helena erop gestaan dat de ontmoetingen zonder andere mensen en in het geheim plaatsvonden want iedereen in het noorden van Kalymnos kende haar vader. Dus ze waren discreet geweest, maar Franz had uiteraard zijn broer op de hoogte gehouden en hem vanaf de eerste ontmoeting in het restaurant tot in detail geïnformeerd: elke zin die ze hadden uitgewisseld, elke blik, elke aanraking, de eerste kus. Franz had foto's van haar laten zien en een video waarop ze zittend op de vestingmuur naar de zonsondergang keek. Dat deden ze al van kindsbeen af, alles wat er gebeurde tot in het kleinste detail delen, zodat wat de een meemaakte ook van de ander werd. Julian bijvoorbeeld – die volgens Franz altijd de meest extraverte van de twee was – had een paar dagen daarvoor Franz een video laten zien die hij stiekem had opgenomen terwijl hij met een meisje uit Pothia in haar flat seks had.

'Julian stelde toen voor dat ik voor de grap naar haar toe zou gaan, me zou uitgeven voor hem om te kijken of ze verschil bemerkte tussen de minnaars. Een spannende gedachte, natuurlijk, maar...'

'Maar je zei nee.'

'Ik had Helena immers ontmoet, ik was al zo verliefd dat ik aan niemand anders dacht en over niemand anders sprak. Dus het was misschien niet zo verwonderlijk dat Julian ook in de ban raakte van Helena en verliefd werd.'

'Zonder dat hij haar had ontmoet?'

Franz haalde zijn schouders op. 'Op sommige mensen kan het misschien freaky overkomen dat er twee exemplaren van jou zijn. Dus we wachten liever even het te vertellen of de ander voor te stellen.'

'Ik begrijp het. Ga verder.'

'Drie dagen geleden was mijn telefoon ineens zoek. Ik zocht er wanhopig naar omdat ik het nummer van Helena alleen daarin had opgeslagen, en zij en ik stuurden elkaar de hele tijd berichten dus ze moest wel denken dat ik haar gedumpt had. Ik besloot de volgende dag naar Emporio te rijden, maar diezelfde ochtend vond ik mijn telefoon doordat die in de jaszak van Julian, die was gaan zwemmen, zoemde. Het was een sms van Helena waarin ze me bedankte voor gisteravond en schreef dat ze hoopte dat we elkaar weer snel zouden zien. Toen begreep ik wat er was gebeurd.'

Franz zag mijn – waarschijnlijk slecht geacteerde – verbaasde gezichtsuitdrukking.

'Julian had mijn telefoon,' zei hij en hij klonk bijna ongeduldig toen ik het ogenschijnlijk nog steeds niet begreep. 'Hij had haar nummer in mijn contacten gevonden, had met mijn telefoon contact met haar gezocht waardoor ze dacht dat ik het was die haar belde. Ze hadden een afspraak gemaakt en ook tijdens die ontmoeting had ze niet gemerkt dat de persoon met wie ze had afgesproken niet ik was, maar Julian.'

'Aha.'

'Toen Julian terugkwam van de zwemtocht confronteerde ik hem hiermee en hij bekende alles. Ik was woedend en vertrok om met anderen te klimmen. We zagen elkaar pas 's avonds in de bar en toen beweerde Julian dat hij in de tussentijd Helena had gebeld, haar alles had uitgelegd, dat ze hem had vergeven dat hij haar voor de gek had gehouden en dat ze verliefd was op hem. En natuurlijk vlamde de ruzie op dat moment weer op.'

Ik knikte. Franz' openhartige verklaring kon op verschillende manieren worden geïnterpreteerd. Het kon zijn dat de last van de jaloezie zo zwaar was dat de vernederende waarheid er gewoon uit moest, hoewel hij zich zou realiseren dat hij, nu zijn broer verdwenen was, een verdachte zou worden. In dat geval – en als hij zijn broer had vermoord – zou de last van de schuld en het gebrek aan zelfbeheersing al snel tot hetzelfde resultaat leiden: hij zou bekennen.

Er was ook een ingewikkelder interpretatie mogelijk: hij nam aan dat ik zijn openhartigheid juist op die manier zou interpreteren, dat hij dus de innerlijke last niet meer kon verdragen, maar als hij na deze verklaring niet zou instorten en de moord niet zou bekennen dan zou ik eerder geneigd zijn te geloven in zijn onschuld.

En ten slotte, de meest voor de hand liggende interpretatie: dat hij onschuldig was en daarom alles kon vertellen en niet na hoefde te denken over de consequenties.

Een gitaarriff. Ik herkende die direct. 'Black Dog' van Led Zeppelin.

Zonder op te staan van zijn stoel, draaide Franz Schmid zich om en haalde de telefoon uit zijn jas die aan de muur achter hem hing. Hij keek op het display terwijl de riff na de derde herhaling overging in de variatie waarbij het ritme van Bonhams drums en Jimmy Pages gitaar niet klopt, maar toch perfect harmonieert. Trevor, mijn vriend die in Oxford in de kamer naast mij woonde, had de ingewikkelde ritmefiguren in 'Black Dog' wiskundig onderzocht. Paradoxaal genoeg stond John Bonham, de drummer van Led Zeppelin, eerder bekend om zijn vermogen flink te kunnen drinken en zijn hotelkamer te kunnen verbouwen dan om zijn intellect. Trevor vergeleek hem met het boerse en ogenschijnlijk domme schaakgenie in Stefan Zweigs *Schaaknovelle*. Was Franz Schmid zo'n drummer, zo'n schaker? Franz drukte op het display, de riff stopte en hij hield de telefoon tegen zijn oor.

'Ja?' zei hij en luisterde. 'Een ogenblik.' Hij gaf de telefoon aan mij en ik pakte hem aan.

'Inspecteur Balli,' zei ik.

'Met Arnold Schmid, Franz en Julians oom,' zei een nasale stem in het Engels met dat zo vaak geparodieerde zware Duitse accent. 'Ik ben advocaat en ik vraag me af wat de reden is dat jullie Franz zo lang vasthouden.'

'We houden hem niet vast, meneer Schmid, maar hij heeft zich bereid getoond ons bij te staan in de zoektocht naar zijn broer en daar maken we gebruik van zolang hij dat wil.'

'Geef me Franz nog even.'

Franz luisterde een poosje, drukte toen op het scherm en legde het toestel tussen ons in op tafel met zijn hand erop. Ik keek ernaar terwijl hij zei dat hij moe was en dat hij terug wilde naar zijn kamer, maar dat we hem moesten bellen als er iets opdook. Een vraag, dacht ik. Of een lijk?

'Die telefoon,' zei ik. 'Heb je er bezwaar tegen dat we die bekijken?'

'Die heb ik aan de politieman gegeven met wie ik gesproken heb. Samen met de pincode.'

'Ik bedoel niet die van je broer, maar die van jou.'

'Van mij?' De gespierde hand kromde zich als een klauw rond het zwarte ding op tafel. 'Eh, duurt dat lang?'

'Niet de fysieke telefoon,' zei ik. 'Ik begrijp natuurlijk dat je die bij je wilt hebben in deze situatie. Dus ik vraag je of je formeel toestemming wil geven dat we jouw gesprekken en sms'jes die de laatste tien dagen op de telefoon zijn binnengekomen en uitgegaan mogen bekijken. We hebben alleen jouw handtekening op een standaardformulier nodig om de informatie op te vragen bij het telecombedrijf.' Ik glimlachte verontschuldigend. 'Het zou mij helpen als ik jou van de lijst van verdachten kan strepen.'

Franz Schmid keek me aan. En in het licht van de hoge ramen zag ik dat zijn pupillen groter werden. Het groter worden van de pupillen, het binnenlaten van meer licht, kan verschillende oorzaken hebben. Angst of begeerte bijvoorbeeld. In dit geval geloofde ik dat het gewoon kwam door het toenemen van de concentratie. Bijvoorbeeld als iemand tijdens het schaken een zet doet die je niet verwacht.

Het leek of ik kon voelen hoe zijn gedachten door zijn hoofd raasden.

Hij was erop voorbereid geweest dat ik zijn telefoon wilde checken, daarom had hij de gesprekken en tekstberichten gewist waarvan hij niet wilde dat ik die zag. Maar bij het telecombedrijf werd misschien niets gewist, dacht hij, of – verdomme! – hoe werkte dat? Hij kon natuurlijk weigeren. Hij kon zijn oom bellen en bevestigd krijgen dat er wat dat betreft geen verschil zat tussen de Griekse, Amerikaanse en Duitse wet. Hij hoefde de politie niets te geven zolang ze daar geen gerechtelijk bevel voor hadden. Maar hoe zou het overkomen als hij moeilijk ging doen? Dan zou ik hem vermoedelijk niet van de lijst schrappen, dacht hij vast. Ik zag iets in zijn blik wat op paniek leek.

'Natuurlijk,' zei hij. 'Waar moet ik tekenen?'

De pupillen werden alweer kleiner. Zijn hersenen hadden de berichten gescand. Waarschijnlijk niets verontrustends. Hij had me zijn kaarten niet laten zien, maar hij had in elk geval wel in een leerzaam moment zijn pokerface verloren.

We liepen samen de kamer uit en waren op weg door de kantoortuin op zoek naar George toen een hond, een vriendelijk uitziende golden retriever, tussen twee scheidingswanden kwam aangerend en vrolijk blaffend tegen Franz Schmid op sprong.

'Nee maar, hallo!' riep Franz spontaan uit, hij ging op zijn hurken zitten en krabde de hond achter zijn oor op een manier die je vaker ziet bij mensen die dol zijn op dieren. En die dieren instinctief lijken te herkennen. Dat zal wel de reden zijn dat hij Franz koos en niet mij. De staart van de rossige hond ging als een propeller rond terwijl hij trachtte Franz' gezicht te likken.

'Dieren zijn beter dan mensen, vindt u niet?' zei hij, naar me opkijkend. Zijn gezicht straalde, hij zag er ineens uit als een ander mens.

'Odin!' klonk een strenge stem tussen de scheidingswanden, het was dezelfde stem die tegen George had gezegd dat een journalist had gebeld. Ze kwam tevoorschijn en greep de halsband van de hond.

'Het spijt me,' zei ze in het Grieks. 'Hij weet niet dat hij zich zo niet moet gedragen.'

Ze leek rond de dertig jaar oud, was klein en gedrongen en zag er atletisch uit in het uniform dat de witte band van de toeristenpolitie had. Ze keek op. Ze had roodomrande ogen en haar wangen kregen dezelfde kleur als toen ze me de eerste keer zag. Odins poten schraapten over de vloerbedekking toen ze de jammerende hond meetrok achter de wand. Ik hoorde een snik.

'Ik heb hulp nodig bij het printen van een volmachtformulier voor het checken van de inhoud van een telefoon,' zei ik tegen de scheidingswand. 'Dat staat op jullie website...'

De stem onderbrak me. 'Loop naar de achterste printer in de gang, meneer Balli.'

‘En?’ zei George Kostopoulos toen ik bij zijn bureau mijn hoofd om de scheidingswand stak.

‘De verdachte zit op een brommer en rijdt terug naar Massouri,’ zei ik en ik gaf hem het formulier met Franz Schmids handtekening. ‘En ik ben bang dat hij vermoedt dat we hem verdenken dus hij zou kunnen ontsnappen.’

‘Geen probleem, we zitten op een eiland en de wind zal alleen maar toenemen volgens het weerbericht. Wil dat zeggen dat je…?’

‘Ja, ik denk dat hij zijn broer heeft vermoord. Mail jij me de berichten zodra je die van het telecombedrijf hebt gekregen?’

‘Ja, zal ik ook vragen naar Julian Schmids gesprekken en tekstberichten?’

‘Daarvoor heb je helaas een gerechtelijk bevel nodig zolang zijn dood niet is bevestigd. Maar heb je zijn telefoon?’

‘Jazeker,’ zei George en hij opende een la.

Ik pakte de telefoon aan, ging zitten op de stoel die voor zijn bureau stond en toetste de pincode in die op de achterkant op een Post-itbriefje stond. Ik scrolde door de gesprekslijst en de sms’jes.

Ik zag niets dat te maken kon hebben met de zaak. Alleen een bericht over een klimroute die ‘send’ was, wat in het klimjargon betekende dat de route geklommen was en waardoor mijn handen automatisch gingen zweten. Felicitaties over en weer. Eetafspraken, in welk restaurant ‘de groep’ had afgesproken en hoe laat. Maar geen conflicten of romantiek, naar het scheen.

Ik schrok toen de telefoon begon te trillen en tegelijkertijd een mannenstem begon te zingen met gepassioneerd pathos en kopstem, die erop wezen dat ik te maken had met het mainstreamsegment van de hedendaagse pop. Ik aarzelde. Als ik antwoordde dan moest ik waarschijnlijk een vriend, collega of familielid uitleggen dat Julian werd vermist en mogelijk verdronken was tijdens een klimvakantie in Griekenland. Ik drukte op de toets 'accepteer'.

'Julian?' fluisterde een vrouwenstem nog voordat ik iets kon zeggen.

'Je spreekt met de politie,' zei ik in het Engels en stopte. Ik wilde even afwachten. Het eerst laten bezinken dat er iets was gebeurd.

'Excuus,' zei de vrouwenstem op vertwijfelde toon. 'Ik hoopte dat het Julian zou zijn, maar… Is er nieuws?'

'Nee. Met wie spreek ik?'

'Victoria Hässel. Een klimvriendin. Ik wilde Franz niet lastigvallen en… nou ja, bedankt.'

Ze verbrak de verbinding en ik noteerde het nummer.

'Die ringtoon,' zei ik. 'Welk nummer was dat?'

'Geen idee,' zei George.

'Ed Sheeran,' klonk de stem van de hondeneigenaar aan de andere kant van de scheidingswand. 'Happier.'

'Bedankt,' riep ik terug.

'Kan ik nog iets voor je doen?' vroeg George.

Ik sloeg mijn armen over elkaar en dacht na. 'Nee, of ja. Hij heeft in de verhoorkamer uit een glas gedronken. Kun je de vingerafdrukken daarop veiligstellen? En het DNA als er speeksel aan de rand zit?'

George schraapte zijn keel. Ik wist wat hij zou gaan zeggen. Dat in dit geval de toestemming van de persoon of een juridisch bevel noodzakelijk was.

'Ik heb het vermoeden dat het glas op een plaats delict is geweest,' zei ik.

'Pardon?'

'Als je in het DNA-verslag het DNA-materiaal niet linkt aan een met name genoemd persoon, maar alleen aan het glas, de datum en de plaats, dan is het in orde. Het kan wellicht niet gebruikt worden in een rechtszaak, maar het kan nuttig zijn voor jou en mij.'

George tilde een van zijn chaotische wenkbrauwen op.

'Zo doen we dat in Athene,' loog ik. De waarheid was dat ík zoiets deed in Athene.

'Christine,' zei hij.

'Ja?' Er schraapte een stoel en een meisje in politie-uniform keek over de dunne wand.

'Kun jij het glas dat in de verhoorkamer staat doorsturen voor analyse?'

'Eh, ja? Hebben we daarvoor toestemming van...'

'Het is een plaats delict,' zei hij.

'Een plaats delict?'

'Ja,' zei George zonder dat zijn ogen mij loslieten. 'Dat is kennelijk zoals wij het hier nu doen.'

Het was zeven uur 's avonds en ik ging op mijn bed in de hotelkamer in Massouri liggen. De hotels in Pothia waren allemaal volgeboekt, waarschijnlijk vanwege het weer. Het was prima, ik bevond me dichter bij het centrum van de gebeurtenissen. Aan de overkant van de weg torenden geelwitte kalkstenen rotswanden boven mij uit. Bedrieglijk mooi en uitdagend in het maanlicht. Er had deze zomer een dodelijk ongeluk plaatsgevonden op het eiland, de kranten hadden daarover geschreven. Ik had het niet willen lezen, maar toch gedaan.

Aan de achterkant van het hotel stortte zich een min of meer loodrechte wand in zee.

Dag nummer twee met zoeken was afgesloten, de zee tussen Kalymnos en Telendos was rustiger dan verderop. Maar met het oog op het weerbericht van morgen zou er geen dag drie komen, had ik te horen gekregen. Er wordt sowieso niet langer dan twee dagen gezocht als er iemand door de zee is genomen, of het nu om een Amerikaan gaat of niet. De wind rukte aan de luiken en ik kon de golven op de rotsen horen slaan.

Mijn opdracht – het stellen van een diagnose, bepalen of er sprake was van jaloezie met een moorddadig karakter – was klaar. De volgende stap – het tactische en technische onderzoek – was niet mijn sterke punt, daar zouden mijn collega's uit Athene mee aan de slag gaan. Nu was door het weer de wisseling van de wacht uitgesteld, waardoor mijn tekortkomingen als moordonderzoeker aan het licht kwamen of beter gezegd: werden blootgelegd. Ik beschikte gewoon niet over het voorstellingsvermogen om te kunnen bedenken hoe een moordenaar te werk ging bij het doden van een persoon en hoe daarna de sporen werden gewist. Mijn chef zei dat dit kwam door wat ik aan emotionele gevoeligheid bezat, ik aan praktische fantasie miste. Daarom noemde hij me jaloezie-onderzoeker, daarom werd ik er als verkenner op uit gestuurd en trok ik me terug zodra ik groen of rood licht had gegeven. Er bestaat iets wat de tachtig-procent-regel in moordzaken wordt genoemd. In tachtig procent van de gevallen heeft de dader een nauwe band met het slachtoffer, in tachtig procent van deze gevallen is de dader de echtgenoot of geliefde en in tachtig procent van deze gevallen is jaloezie het motief. Daardoor weten we, zodra we op de afdeling

Moord de telefoon opnemen en het woord 'moord' aan de andere kant van de lijn horen, dat er een kans van eenenvijftig procent is dat het motief jaloezie zal zijn. Het zorgt ervoor dat ik, ondanks mijn beperkingen, een belangrijk man ben.

Ik kan precies zeggen wanneer ik geleerd heb jaloezie te lezen bij anderen. Dat was toen ik begreep dat Monique van iemand anders hield. Ik doorliep alle pijnen van de jaloezie, van twijfel, via vertwijfeling naar razernij, zelfverachting en ten slotte depressie. En misschien omdat ik nog nooit eerder in mijn leven een dergelijke gevoelsmatige martelgang had doorgemaakt, ontdekte ik dat de pijn me volledig opat, terwijl ik ook van een afstand naar mezelf keek. Ik was de patiënt die zonder verdoving op de operatietafel lag en tegelijkertijd de toeschouwer op de tribune, een jonge student medicijnen die zijn eerste college krijgt in wat er gebeurt als bij een mens het hart uit de borst wordt gehaald. Het kan vreemd lijken dat de extreemste jaloezie hand in hand kan gaan met een dergelijke koel observerende objectiviteit. De enige uitleg die ik ervoor heb is dat ik als jaloerse man dingen deed die me vervreemdden van mezelf op een manier dat ik me dwong een bange observeerder van mezelf te worden. Ik had lang genoeg geleefd om zelfdestructie bij anderen te zien, maar ik had nooit gedacht dat ik dat gif in me had. Ik had het fout. En het verrassende was dat de nieuwsgierigheid en de fascinatie bijna net zo sterk waren als de pijn, de haat en de zelfverachting. Als de lepralijder die zijn gezicht ziet verdwijnen, zijn aangetaste vlees bekijkt, zijn verrotte binnenkant in al zijn groteske, vreugdevol huiveringwekkende toestand aan de oppervlakte ziet komen. In mijn geval van lepralijden herstelde ik met blijvende schade, dat is logisch, maar ik was ook immuun geworden. Ik kan nooit meer jaloers worden, niet op die manier. Of dat ook betekent dat ik niet meer zoveel van iemand kan houden, dat weet ik niet, er kunnen andere dingen dan jaloezie in mijn leven zijn geweest die maakten dat ik later nooit meer hetzelfde heb kunnen voelen als wat ik voelde voor Monique. Aan de andere kant: zij heeft me gemaakt tot wat nu mijn beroep is. De jaloezieman.

Van kindsbeen af heb ik een enorm vermogen gehad om me in te kunnen leven in verhalen. Familie en vrienden omschreven dat verschillend, van bijzonder en ontroerend tot pathetisch en niet-mannelijk. Voor mij was het een gave. Ik volgde de verhalen van Huckleberry Finn niet, ik wás Huckleberry Finn. En Tom Sawyer. Toen ik naar school ging en leerde over de oude Grieken, was ik natuurlijk Odysseus. Maar het hoeven uiteraard niet de grote verhalen uit de wereldliteratuur te zijn. Ook een heel simpel, vaak slecht verteld verhaal over ontrouw, feit of fictie, dat maakt niet uit, heeft een sterk effect op me. Ik bén het verhaal, ik maak er vanaf de eerste zin deel van uit, het lijkt op het omdraaien van een knop. En daardoor kan ik ook direct de eventuele valse tonen eruit halen. Niet dat ik uniek ben als het gaat om het interpreteren van lichaamstaal, toon en onze automatische retorische verdedigingsmechanismen. Het is het verhaal. Zelfs bij een grof en uiteraard subjectief leugenachtig omschreven karakter lukt het me de hoofdlijnen te zien, de motieven van de betreffende persoon en zijn plaats in het verhaal en daarop gebaseerd weet ik wat onvermijdelijk de boventoon voert bij dit karakter. Omdat ik daar zelf ben geweest. Omdat jaloezie de verschillen tussen jou en mij gladstrijkt, ons gedrag op elkaar gaat lijken ondanks de verschillen in klasse, religie, opleiding, IQ, cultuur, opvoeding. Net als dat het gedrag van zwaarverslaafden op elkaar lijkt. We zijn allemaal levende doden die door de straten zwalken, gedreven door slechts dat ene: dat grote, zwarte gat in ons op te vullen.

Nog één ding. Het vermogen tot inleven betekent niet automatisch hetzelfde als empathie. '*That I understand doesn't mean I care*,' zoals Homer zegt. Homer Simpson dus. Maar in mijn geval is het helaas wel een en hetzelfde. Ik lijd, ik líjd met de jaloerse mens. En daarom haat ik mijn baan.

De wind rukte aan het luik, wilde het opentrekken. Wilde me iets laten zien.

Ik viel in slaap en droomde van een val van grote hoogte.

En een uur later werd ik wakker toen de vallende op de grond smakte.

Op mijn telefoon had ik een mail ontvangen. Het was het verslag van Franz Schmids gewiste sms'jes en gesprekslijst. Volgens die lijst had hij in de nacht voordat zijn broer vermist werd gemeld, ene Victoria Hässel acht keer gebeld zonder dat ze had opgenomen. Ik checkte het nummer en het was inderdaad dezelfde Victoria met wie ik even via Julians telefoon had gesproken. Maar het gevoel dat iemand van grote hoogte op de grond valt, die lichte trilling, het geluid van vlees op steen dat je nooit, nooit vergeet, kwam pas toen ik een sms'je las dat Franz naar een Grieks nummer had gestuurd dat van Helena Ambrosia was: 'Ik heb Julian vermoord.'

Emporio bestond uit een groepje huizen op de noordpunt van Kalymnos waar de hoofdweg gewoon eindigde. Het meisje dat bij mijn tafel kwam deed me aan Monique denken. Er was een tijd, jaren geleden, dat ik Monique overal zag, in elke blik of eigenschap van een vrouw, in elke gebogen rug, ik hoorde haar in elk woord dat ik van een vreemde vrouw opving. Maar langzaam begon die geest te verbleken in het alledaagse daglicht van de tijd. En na een paar jaar kon ik door de straten van Athene lopen in de wetenschap dat ik met rust werd gelaten. Tot het weer donker werd.

Dit meisje was ook knap, maar vanzelfsprekend niet net zo knap. Of ja, eigenlijk was ze dat wel. Slank, lange benen, natuurlijk gracieus in haar bewegingen. Bruine, milde ogen. Maar haar huid werd aangetast door pukkeltjes en er ontbrak een kin. Wat had er aan Monique ontbroken? Ik herinnerde het me niet meer. Schaamtegevoel, misschien.

'*How can I be of service, Sir?*'

Deze enigszins overdreven beleefdheidsfrase – die ik zo vaak licht ironisch had horen uitspreken door Engelse serveersters – klonk aandoenlijk uit de mond van dit pure, jonge, Griekse meisje. Alleen zij en ik waren op deze ochtend te vinden in het kleine, gezellige familierestaurant.

'Ben jij Helena Ambrosia?'

Ze bloosde toen ze hoorde dat ik Grieks sprak en knikte bevestigend. Ik stelde me voor, vertelde dat ik hier was in verband met de vermiste Julian Schmid en ik zag de ontsteltenis op haar gezicht groter worden terwijl ik vertelde wat ik wist over haar omgang met Franz Schmid. Met regelmatige tussenpozen keek ze over haar schouder om er zeker van te zijn dat er niemand uit de keuken kwam en ons kon horen.

'Ja, ja, maar wat heeft dat te maken met de man die vermist wordt?' fluisterde ze snel, boos en rood van schaamte.

'Jij bent met beiden samen geweest.'

‘Wat? Nee!’ Ze vergat even te fluisteren en verhief haar stem, maar nu liet ze die weer zakken en zei sissend: ‘Wie zegt dat?’

‘Franz. Toen jij met zijn tweelingbroer Julian had afgesproken in de oude stenen stad gaf Julian zich uit voor Franz.’

‘Tweeling?’

‘Eéneiig,’ zei ik.

Er stond verwarring op haar gezicht te lezen. ‘Maar...’ Ik kon zien hoe de loop van de gebeurtenissen door haar hoofd ging, ik zag de verwarring overgaan in twijfel en daarna in ontzetting.

‘Ik... ik was samen met twee broers?’ stamelde ze.

‘Wist je dat niet?’

‘Hoe had ik dat moeten weten? Als er echt twee zijn dan lijken ze precies op elkaar.’ Ze duwde haar handen tegen haar slapen alsof ze wilde voorkomen dat haar hoofd uit elkaar spatte.

‘Dus Julian heeft gelogen toen hij zijn broer vertelde dat hij je gebeld had de avond nadat jullie elkaar in het stenen dorp hadden ontmoet om je alles uit te leggen en dat je hem had vergeven?’

‘Ik heb daarna met geen van beiden gesproken!’

‘En hoe zit het met het bericht dat je van Franz hebt gekregen. “Ik heb Julian vermoord.”?’

Ze knipperde met haar ogen. ‘Ik begreep dat bericht niet. Franz had me verteld dat hij een broer had, maar niet dat ze een tweeling waren of dat de broer Julian heette. Toen ik het bericht las dacht ik dat Julian misschien de naam was van een klimroute die hij had gevolgd of de naam van een kakkerlak op zijn kamer, zoiets. Ik was ervan overtuigd dat ik later de uitleg zou krijgen. Maar we waren net bezig te sluiten en ik had het druk met opruimen dus ik stuurde alleen een *smiley* terug.’

'Ik heb de berichten gelezen die je naar de telefoon van Franz hebt gestuurd. Het zijn allemaal erg korte antwoorden op lange berichten. Het bericht dat je stuurde de ochtend nadat je Julian had ontmoet is de enige keer dat jij het initiatief nam en het enige bericht waaruit ik van jouw kant een zekere... affectie kan lezen.'

Ze beet op haar onderlip. Knikte. De tranen stonden in haar ogen.

'Dus hoewel Julian loog over het feit dat hij jou had verteld dat hij Franz niet was, klopt het dat je pas verliefd werd toen je Julian ontmoette?'

'Ik...' Het leek of alle kracht uit haar verdween, en ze plófte eerder op de stoel tegenover me dan dat ze ging zitten. 'Toen ik hem ontmoette... degene die Franz heette, was ik gefascineerd. En ook gevleid, neem ik aan. We spraken af in Paleochora, waar bijna nooit mensen komen en in elk geval niemand van het eiland die mijn familie kent. Het was erg onschuldig, maar de laatste keer liet ik me goedenacht kussen. Terwijl ik niet verliefd was, niet echt. Dus toen hij... dat wil zeggen, dat moet dus Julian geweest zijn, zich meldde en me vroeg wanneer we weer konden afspreken, zei ik nee. Ik had besloten te stoppen terwijl het spel nog goed was. Maar hij probeerde me te overtuigen op een manier die... die ik nog niet van hem kende. Hij was grappig en vol zelfspot. Dus ik stemde in met een korte ontmoeting. Toen we elkaar weer in Paleochora zagen leek het of alles was veranderd. Hij, ik, de manier waarop we spraken, de manier waarop hij me vasthield. Hij was zo ontspannen en zorgeloos. En dat werd ik daardoor ook. We lachten veel meer. En ik dacht dat het kwam doordat we elkaar nu beter kenden, dat we ons beter konden ontspannen.'

'Hadden Julian en jij seks?'

'We...' Haar gezicht verstrakte en werd rood. 'Moet ik daarop antwoorden?'

'Je hoeft op helemaal niets te antwoorden, Helena, maar hoe meer ik weet, des te makkelijker het voor mij is deze zaak op te lossen.'

'En Julian te vinden?'

'Ja.'

Ze sloot haar ogen en leek zich te concentreren. 'Ja, dat hadden we. En het was... geweldig fijn. Toen ik die avond thuiskwam wist ik dat ik me had vergist. Ik was echt verliefd en ik moest hem weer zien. En nu is hij...'

Helena legde haar hoofd in haar handen. Er klonk een snik achter de vingers. Vingers die lang en dun waren, net als die van Monique, die ze vaak omhooghield en zei dat ze op de poten van een spin leken.

Ik stelde Helena nog een paar vragen waar ze goed en eerlijk op antwoordde.

Ze had Franz, noch iemand die zich uitgaf voor hem, gezien na de laatste ontmoeting in de vesting. Ze bevestigde dat ze de ochtend nadat ze samen was geweest met Julian een bericht had gestuurd naar het nummer van Franz en had gezegd dat ze hoopte dat ze elkaar snel weer zouden zien, maar daarop had ze geen antwoord gekregen. Niet voordat ze die avond dat korte, raadselachtige bericht 'Ik heb Julian vermoord' had gekregen waarop ze dus met een smiley had gereageerd. Ze had niet geprobeerd zelf contact op te nemen aangezien ze zelf het laatste bericht had gestuurd, dat was toch logisch. Ik knikte lichtelijk verbaasd dat de spelregels uit mijn jeugd nog steeds golden en stelde vast dat de manier waarop ze antwoordde me vertelde dat ze niets te verbergen had. Of beter gezegd: ze verborg niets. Ze had dat gebrek aan schaamte van verliefden omdat ze denken dat verliefdheid boven alles verheven is. Verliefdheid is in werkelijkheid de aardigste psychose, maar in haar geval was die ook de ergste marteling geworden. Ze had er even van geproefd en gelijk daarna was die haar ontnomen.

Ik gaf haar mijn telefoonnummer en ze beloofde te bellen als haar nog iets te binnen schoot of wanneer een van de broers contact opnam. Ik zag haar gezicht oplichten toen ik haar de hoop gaf dat Julian nog kon leven, maar toen ik vertrok huilde ze weer.

'Victoria.' De stem klonk buiten adem. Alsof ze zojuist abseilend naar beneden was gekomen na een route te hebben geklommen en naar haar telefoon was gerend toen die overging in haar rugzak.

'Nikos Balli, inspecteur van politie,' zei ik en ik stuurde de huurauto voorzichtig langs een kudde geiten die op het asfalt voor Emporio was gaan liggen. 'We hebben elkaar kort gesproken via Julians telefoon. Ik zou u graag een paar vragen stellen.'

'Ik ben nu helaas bij een crag. Kan het wachten tot...?'

'Welke crag?'

'Die Odyssee wordt genoemd.'

'Ik kom daarheen als dat goed is.'

Ze legde uit hoe ik er moest komen. Tussen Arginonta en Massouri vlak voor een haarspeldbocht een zijweg links nemen. Aan het eind van de grindweg parkeren waar de brommers van de klimmers staan. Het pad volgen – of andere klimmers – de berg op, zo'n tien minuten lopen naar de rotswand waar ik haar en haar klimpartner zou zien op een vlak stuk zo'n zes meter boven de grond. Natuurlijke traptreden zouden me daar brengen.

Twintig minuten later stond ik op het pad bij een nauwelijks begroeide bergwand, slechts hier en daar een paar plantjes tijm, en veegde ik het zweet af en keek op tegen een kalkstenen rotswand van enkele honderden meters breed en vijftig meter hoog die als een scheve muur uit de berg stak. Aan de voet van de rotswand zag ik verspreid minstens twintig touwen hangen die tussen de zekeraars op de grond en de klimmers tegen de wand liepen. Hier werd aan rotsklimmen gedaan dat als volgt gaat: voordat het team van twee personen start, bindt degene die gaat klimmen het ene eind van het klimtouw aan zijn klimgordel waaraan hij ook een aantal karabiners heeft hangen die hij nodig heeft op zijn klimroute. Vaak zijn dat er zo'n twaalf. Verspreid over de route naar boven zijn metalen haken in de wand geboord. Wanneer de klimmer bij zo'n haak komt maakt hij er eerst een karabiner aan vast en dan het touw aan de karabiner. De ander van het team, de zekeraar op de grond, heeft een zekerapparaat bevestigd aan zijn klimgordel en het touw loopt door het apparaat, ongeveer op dezelfde manier als een autogordel. De zekeraar geeft voorzichtig meer touw naarmate de klimmer hoger komt, net als bij een autogordel moet dat langzaam gebeuren om te voorkomen dat het mechanisme blokkeert. Als de klimmer valt, zal het touw met zo'n grote vaart door het zekerapparaat worden getrokken dat het touw geblokkeerd wordt tenzij de zekeraar het apparaat helemaal heeft openstaan. Mocht de klimmer vallen dan zal hij dus niet dieper vallen dan iets voorbij de laatste karabiner waaraan hij zijn touw heeft bevestigd en wordt hij gestopt door het blokkeren van het zekerapparaat en het gewicht van de zekeraar. Deze populaire bergsport is met andere woorden relatief ongevaarlijk vergeleken met soloklimmen waarbij er zonder touw of een andere vorm van zekeren wordt geklommen. Bij soloklimmen is de levensverwachting korter dan die van een heroïneverslaafde, wat overigens helemaal niet zo'n slechte vergelijking is. Toch huiverde ik toen ik naar boven keek. Want niets is helemaal zeker en wat fout kan gaan zal vroeg of laat ook fout gaan. Dat is pure wiskunde en logica. Sommigen denken dat het onzin is en net zoiets als de wet van Murphy maar daar vergissen ze zich in. Absoluut alles wat volgens de natuurkundige wetten kan gebeuren, zal ook gebeuren, het is slechts een kwestie van tijd.

Ik liep het laatste stukje omhoog, zag het vlakke stuk waar een vrouw stond die een touw vasthield dat naar een klimmer tegen de wand tien meter boven ons ging. Op handen en voeten klauterde ik naar haar toe.

'Victoria Hässel?' vroeg ik buiten adem.

'Welkom,' antwoordde ze zonder haar blik van de klimmer af te wenden.

'Bedankt dat ik even mag storen.' Ik hield me vast aan een diepe spleet in de rots, leunde voorzichtig naar voren en keek naar beneden. Slechts zes meter, maar ik voelde de diepte trekken.

'Hoogtevrees?' vroeg Victoria Hässel zonder dat ik gemerkt had dat ze naar me keek.

'Heeft niet iedereen dat?' vroeg ik.

'De een meer dan de ander.'

Ik keek omhoog naar de klimmer. Een jongen die een stuk jonger leek dan zij. En – te oordelen naar zijn gebrekkige voetenwerk en haar stevige greep rond het zekerapparaat en het touw – moest hij nog meer leren dan omgekeerd. De leeftijd van Victoria Hässel was moeilijk te schatten, ergens tussen de vijfendertig en vijfenveertig. Ze zag er in elk geval sterk uit. Bijna mager, van het leptosome type, maar met een gespierde rug onder het strakke sportshirt. Gespierde onderarmen, magnesium op haar handen en klimbroek. Ze wierp met een zeker misprijzen een blik op mijn kostuum en bruine leren schoenen. Ik wist dat wat ik nog aan haar had door de wind alle kanten op werd geblazen. Haar haren zaten onder een wollen muts.

'Veel klimmers,' zei ik, knikkend naar boven.

'Meestal zijn het er meer,' zei Victoria en ze vestigde haar blik weer op haar klimmer. 'Maar het waait vandaag te veel, de meeste klimmers zitten in het café.' Ze gebaarde met haar hoofd naar de zee met witte schuimkoppen. We hadden een mooi uitzicht op alles. De hoofdweg, de auto's, het centrum van Massouri, mensen beneden als zwarte mieren. Tegen de kale berghelling zag ik klimmers omhoogkomen.

'Misschien geloof je het niet,' zei Victoria, 'maar met deze wind kunnen de touwen omhoogwaaien en vast komen te zitten aan rotspunten.'

'Als jij het zegt, dan geloof ik het.'

'Doe dat,' zei ze. 'Wat wilde u weten, meneer Balli?'

'O, dat kan wachten tot de klimmer beneden is.'

'Het is een makkelijke route dus zegt u het maar.'

'Ik meen gehoord te hebben dat het een van de regels is dat je je concentreert op de klimmer als je degene bent die zekert.'

'Bedankt voor de tip,' zei ze en ze glimlachte even. 'Maar laat dat oordeel maar aan mij over.'

'Prima,' zei ik. 'Maar mag ik er even op wijzen dat jouw klimmer zojuist de laatste karabiner verkeerd heeft vastgemaakt?'

Victoria Hässel keek me fel aan. Ze keek naar de karabiner waarover ik het had en stelde vast dat ik gelijk had: het touw liep verkeerd. Als hij viel en pech had zou het touw uit de karabiner kunnen schieten en zou hij dieper vallen.

'Ik zag het,' loog ze. 'Hij heeft het touw bijna aan de volgende karabiner geklikt en dan is hij zeker.'

Ik schraapte mijn keel. 'Het lijkt erop dat de crux nu komt en als je het mij vraagt zal hij daar problemen mee hebben. Als hij daar valt en de karabiner vangt de val niet op dan zit de volgende karabiner zo laag dat hij met een flinke klap tegen de rotswand zal slaan. Ben je het met me eens?'

'Alex!' riep ze.

'Ja?'

'Bij de vorige karabiner zit het touw verkeerd. Ga niet hoger, maar probeer naar beneden te klimmen en maak de karabiner opnieuw vast!'

'Ik geloof dat ik doorklim naar de volgende zekering.'

'Nee, Alex, niet...'

Maar Alex was al weg bij het punt waar hij goed houvast had en klom naar een grote uitstekende punt die er volgens hem vast goed uitzag, maar met een meer getraind oog zag je dat er overal veel magnesium te zien was, wat betekende dat de klimmers voor hem getracht hadden ergens grip te krijgen zonder dat het was gelukt. En van het punt waar hij nu hing kon hij niet terug. Zijn broekspijpen flapperden rond zijn benen. Niet door de wind, maar door de stressreactie die de klimmers de naaimachine noemen en die vroeg of laat iedereen treft. Ik zag Victoria zo veel mogelijk touw binnenhalen zodat het zo kort mogelijk was, maar het was te weinig, Alex zou tegen de wand smakken.

'Alex, je kunt je voet rechts neerzetten!' riep Victoria die ook begreep wat er bezig was te gebeuren. Maar het was te laat, Alex was bezig kippenvleugels te krijgen, zijn ellebogen kwam omhoog, een duidelijk teken dat hij geen kracht meer had.

'Hij valt. Je moet springen,' zei ik zacht.

'Alex!' riep ze zonder acht op mij te slaan. 'Je moet je voet omhoog brengen dan lukt het je!'

Ik pakte met beide handen haar klimtouw.

'Wat doe je verdom...,' siste ze en ze draaide zich half naar me om.

Ik hield mijn blik op Alex gevestigd. Hij schreeuwde en viel. Ik trok Victoria naar achteren, slingerde haar rond me als een kogelslingeraar en gooide haar van het vlakke stuk. De korte, felle schreeuw van haar overstemde de lange schreeuw van Alex. De logica is simpel. Ik moest zo snel mogelijk zorgen dat ze lager kwam zodat haar gewicht zijn val kon stoppen voor hij tegen de wand smakte. Zowel het deel van het touw dat omhoogging als het deel naar beneden stond nu strak en ineens was het helemaal stil. Het geschreeuw, het geroep van de andere klimmers, ja, zelfs de wind leek zijn adem in te houden.

Ik keek op.

Alex hing aan een stuk touw te bungelen. De verkeerd bevestigde karabiner had hem toch opgevangen. Nou, ik had vandaag niemands leven gered. Ik liep naar de rand van het vlakke stuk en keek naar Victoria Hässel. Ze schommelde twee meter onder me heen en weer aan het touw met het geblokkeerde zekerapparaat. Ze staarde me met zwarte ogen van de schrik aan.

'Het spijt me,' zei ik.

'Bedankt,' zei ik tegen Victoria die uit een thermosfles in een van de twee plastic bekers koffie voor me had ingeschonken en die me nu gaf.

Zij en ik zaten op het vlakke stuk, Alex had ze naar een team iets verder op de berg gestuurd.

'Ik zou bedankt moeten zeggen,' zei ze.

'Voor wat? De karabiner heeft het touw gehouden, dus het ging toch goed en jij hebt je knie bezeerd.'

'Maar jij hebt het juiste gedaan.'

Ik haalde mijn schouders op. 'Daar troosten we ons dan maar mee, niet?'

Ze glimlachte en blies op haar koffie. 'Dus jij bent ook een klimmer?'

'Was,' zei ik. 'Ik heb al bijna veertig jaar geen rots aangeraakt.'

'Veertig is veel. Wat is er gebeurd?'

'Tja, wat is er gebeurd. Wat is hier trouwens gebeurd, ik las dat er een dodelijk ongeval heeft plaatsgevonden?'

Hoe onaangenaam het thema ook was, Victoria Hässel greep toch de kans om te vertellen over iets waarvan ze wist dat ik daar niet voor was gekomen.

'Het was een klassieke fout. Ze waren vergeten de lengte van de route te checken met de lengte van het touw en hadden ook geen knoop gelegd aan het eind van het touw. Tijdens het abseilen merkte degene die zekerde pas dat het touw te kort was toen het te laat was. Zonder knoop aan het eind liep het touw uit het zekerapparaat en daardoor maakte de klimmer een vrije val. Acht meter, je zou denken dat je dat overleeft, maar hij landde met zijn hoofd op een steen en dan kan twee meter ook genoeg zijn.'

'Menselijke fout,' zei ik.

'Is dat niet altijd het geval? Wanneer is de laatste keer dat je gehoord hebt dat het touw kapotging of een zekering losschoot uit de wand?'

'Dat is waar.'

'Het is verschrikkelijk,' zei ze hoofdschuddend. 'Maar toch, ik las ergens dat na een dodelijk ongeval het aantal klimmers toeneemt.'

'O?'

'Er zijn niet veel mensen die dat hardop zeggen, maar als er niet een zeker risico was dan hadden we minder klimmers.'

'Adrenalinejunkies?'

'Ja en nee. Ik geloof niet dat we verslaafd raken aan de angst, maar wel aan de controle. Het gevoel om de gevaren en ons lot de baas te zijn, van het hebben van controle terwijl we dat over de rest van ons leven niet hebben. We zijn een beetje een held, omdat we geen fouten maken in kritieke situaties.'

'Tot de dag dat we de controle kwijt zijn en een fout maken,' zei ik en ik dronk van de koffie die goed was. 'Als het een fout is, tenminste.'

'Ja,' zei ze zuchtend.

'Franz heeft jou in de nacht nadat Julian en hij ruzie hadden acht keer gebeld. De dag daarna was Julian verdwenen. Wat wilde hij?'

'Ik weet het niet. Misschien een klimafspraak. Misschien had hij geen partner nadat ze ruzie hadden.'

'Volgens de telefoongegevens heb je nooit teruggebeld. Maar je hebt wel Julian gebeld. Waarom?'

Ze had een fleecetrui aangetrokken en warmde haar handen aan de koffiebeker. Ze knikte langzaam. 'Ze lijken op elkaar, Franz en Julian, maar toch zijn ze verschillend. Met Julian kun je makkelijker praten, maar ik belde alleen om te checken of men wel had gedacht aan het meest voor de hand liggende. Namelijk dat Julian ergens was en zijn telefoon bij zich had.'

'Jazeker,' zei ik. 'Ja, ze lijken op elkaar en zijn verschillend. Ze houden bijvoorbeeld niet van dezelfde muziek. Led Zeppelin en...' Ik was vergeten hoe die falsetstem heette. 'Maar ze houden van hetzelfde meisje.'

'Dat doen ze inderdaad.'

Ik keek haar aan, maar mijn jaloezieradar ving geen signalen op. Dus het ging niet om romantiek, ze was niet verliefd en had geen relatie met Julian. Franz had niet geprobeerd Victoria te pakken te krijgen om haar hulp in te schakelen bij het uit elkaar drijven van Julian en Helena. Dus waarom wel?

'Wat denk jij dat er gebeurd kan zijn?' vroeg ze. 'Is Julian tijdens het zwemmen niet goed geworden? Misschien door de hersenschudding die hij in de bar had opgelopen?'

Ik begreep dat ze me testte. Dat mijn antwoord bepalend zou zijn voor haar volgende zet.

'Dat denk ik niet,' zei ik. 'Ik denk dat Franz hem heeft vermoord.'

Ik keek haar aan. En zoals ik half had verwacht zag ze er minder geschokt uit dan ze zou moeten zijn als ze niets wist. Ze nam een slok van haar koffie om te verbergen dat ze toch even moest slikken.

'Dus?' zei ik.

Ze keek om zich heen. Het andere team stond een eind buiten gehoorafstand in de wind. 'Ik zag Franz die avond thuiskomen.'

Daar kwam het.

'Ik kon niet slapen en zat op het balkon van mijn kamer en keek uit over de weg. Ik zag Franz parkeren en alleen uit de auto stappen. Julian was er niet bij. Franz droeg iets, het leek op kleding. Toen hij de huisdeur van het slot draaide, keek hij rond en ik denk dat hij me zag. Ik geloof dat hij zag dat ik dat zag.'

'Maar jij vond dat niet verdacht?'

'Ik wilde me er niet in mengen, niet voordat ik meer wist, niet voordat Julian gevonden was.'

'Waarom heb je dat niet eerder gezegd?'

Ze zuchtte. 'Ik was van plan naar jullie toe te gaan om het te vertellen als Julian niet gevonden werd of dood aangetroffen. Voor die tijd zou het alleen maar ingewikkelder worden. Het zou de indruk wekken dat ik Franz beschuldigde van iets crimineels. We zijn een groep bevriende bergbeklimmers, we vertrouwen op elkaar, dagelijks leggen we ons leven in elkaars handen. Ik zou dat allemaal kapotmaken als ik overhaast handelde, begrijp je?'

'Ik begrijp het.'

'Verdomme.'

Ik volgde haar blik naar beneden. Er begon een persoon het pad vanaf de weg op te lopen.

'Dat is Franz,' zei ze. Ze stond op en zwaaide.

Ik tuurde. 'Weet je het zeker?'

'Je ziet het aan die *gay rights*-muts.'

Ik tuurde weer naar beneden. Gay rights. Regenboogvlag, geen rasta.

'Ik dacht dat hij hetero was,' zei ik.

'Je weet dat het mogelijk is dat je voor de rechten van anderen bent?'

'En dat is Franz Schmid?'

'Weet ik niet,' zei ze. 'Maar hij is in elk geval voor St. Pauli en de Bundesliga.'

'Pardon?'

'Voetbal. Zijn grootouders komen uit mijn woonplaats, Hamburg, en we hebben twee rivaliserende clubs. Je hebt HSV als de grote, positieve, fatsoenlijke, rijke club waarvan Julian en ik fan zijn. En je hebt de kleine, kwade, linksgeoriënteerde punkclub St. Pauli met het piratendoodshoofd als symbool. Ze zijn pleitbezorgers van homorechten en al het andere dat de inwoners van Hamburg ergert. En het lijkt erop dat Franz daardoor wordt aangetrokken.'

De persoon beneden stond stil en keek naar ons omhoog. Ik stond op om ervoor te zorgen dat het geen verrassing voor hem was dat ik met Victoria sprak. Hij nam ons aandachtig op en ik vermoedde dat hij had gezien dat de zwaaiende persoon zijn klimvriendin Victoria was en dat hij zich nu afvroeg wie die ander kon zijn. Misschien herkende hij het kostuum. Hij had vast verwacht dat ik weer op zou duiken door die sms waarin hij in duidelijke taal zei dat hij Julian had vermoord. Hij had tijd genoeg gehad om een verklaring te bedenken. Ik verwachtte iets als dat hij de nieuwsgierigheid van Helena wilde wekken voordat hij haar zou vertellen dat hij een beetje had overdreven, dat hij eigenlijk alleen maar een biljartbal tegen het hoofd van zijn broer had gegooid. Maar nu hij Victoria en mij samen zag, begreep hij dat dat misschien niet genoeg was.

De gedaante zette zich weer in beweging. Bergaf.

'Hij vindt het waarschijnlijk te hard waaien,' zei Victoria.

'Ja,' zei ik.

Hij stapte in de huurauto, ik zag het stof van de grindweg opdwarrelen en de auto verdwijnen. Ik ging weer zitten en keek naar de zee. Het witte schuim leek op de bevroren bloemen op de ruiten in Oxford. Zelfs hierboven kon ik het zout proeven in de windvlagen. Hij kon weggaan, maar hij kon nergens heen.

Ik was nog op het politiebureau toen Franz Schmid belde.

'Waar ben je?' vroeg ik terwijl ik naar de scheidingswand liep en George gebaarde dat ik Franz aan de lijn had. 'Je hebt niet gereageerd op mijn oproepen.'

'Slecht bereik,' zei Franz.

'Dat wordt gezegd, ja,' antwoordde ik.

Ik had de officier van justitie in Athene gebeld en een arrestatiebevel voor Franz Schmid gekregen, maar Franz was nergens te bekennen. Niet in de kamer die hij huurde, evenmin op het strand of in een van de restaurants en niemand wist waar hij was. George had maar twee surveillanceauto's en vier agenten ter beschikking en pas als het weer beter werd konden we versterking van de politie van Kos krijgen. Daarom had ik voorgesteld om Franz' mobiele telefoon te lokaliseren met behulp van het basisstation. Maar George had uitgelegd dat er zo weinig basisstations op Kalymnos waren dat het zoekgebied nauwelijks kleiner zou worden.

'Ik was in het restaurant van Helena,' zei Franz, 'maar ik trof haar vader en hij zei dat ik haar niet kon spreken. Heeft u daar iets mee te maken?'

'Ja, ik heb tegen Helena en haar familie gezegd dat ze geen contact met jou moesten hebben voordat dit voorbij is.'

'Ik zei tegen haar vader dat ik eerlijke bedoelingen heb, dat ik met Helena wil trouwen.'

'Dat weten we, hij heeft ons gebeld nadat jij daar was.'

'Heeft hij verteld dat hij mij een brief van Helena heeft gegeven?'

'Daar heeft hij het ook over gehad.'

'Wil je horen wat ze heeft geschreven?' Franz begon te lezen zonder op antwoord te wachten: 'Lieve Franz, misschien bestaat er voor ieder mens één persoon die we in elk geval een keer in ons leven ontmoeten. Jij en ik zijn niet voorbestemd voor elkaar, Franz, maar ik bid tot God dat je Julian niet hebt vermoord. Nu ik weet dat Julian die ene persoon voor mij is, smeek ik je op mijn knieën: doe alles wat in je macht ligt om Julian te redden. Helena.'

'U heeft haar kennelijk laten geloven dat ik achter zijn verdwijning zit, meneer Balli. Dat ik hem heb vermoord. Beseft u dat u bezig bent mijn leven te verwoesten? Ik hou van Helena meer dan ik ooit van iemand heb gehouden, meer dan van mijzelf. Ik kan me gewoon geen leven zonder haar voorstellen.'

Ik luisterde. Hoewel de wind in de telefoon blies, hoorde ik de golven. Dat kon natuurlijk overal op het eiland zijn.

'Je kunt je nu het beste bij ons in Pothia melden, Franz. Als je onschuldig bent dan heb je er alles mee te winnen.'

'En als ik schuldig ben?'

'Dan heb je er ook veel mee te winnen. Je kunt hoe dan ook niet ontsnappen, want je zit op een eiland.'

In de stilte die volgde bleef ik naar de golven luisteren. Ze klonken anders dan de golven voor mijn hotel, maar wat was het verschil?

‘Julian is ook niet onschuldig,’ zei Franz.

Ik wisselde een blik met George, we hadden het allebei gehoord. Is, en niet wás. Maar je kunt daar geen conclusies uit trekken, ik heb meerdere moordenaars horen praten over hun slachtoffers alsof ze nog steeds in leven zijn en misschien zijn ze dat ook wel voor hen. Of beter gezegd: ik weet dat een dode een permanente vriend voor zijn moordenaar kan zijn.

‘Julian heeft gelogen. Hij beweerde dat hij eerder op de avond via zijn eigen telefoon contact heeft gehad met Helena, dat hij haar alles had verteld en dat ze van elkaar hielden. Hij wilde dat ik zonder slag of stoot Helena zou opgeven. Maar we weten toch dat Julian een leugenaar en een vrouwenversierder is, dat hij een mes in je rug steekt om dat te krijgen wat hij wil hebben, maar deze keer werd ik daar razend om. Zo razend, u heeft daar geen voorstelling van.’

Ik reageerde niet.

‘Julian heeft het mooiste dat ik had van me afgepakt,’ zei Franz. ‘Want ik heb niet zoveel, meneer Balli. Hij kreeg altijd alles. Vraag me niet waarom, we zijn hetzelfde, maar toch had hij iets wat ik niet had. Iets wat hij onderweg had opgepikt, op een kruispunt waar hij het licht kreeg en ik de duisternis en waar onze wegen zich scheidden. En nu moest hij haar ook hebben...’

De golven sloegen niet op dezelfde brutale manier tegen de rotsen als ze beneden bij mijn hotel deden, het geluid was langgerekter. De golven rolden. Franz Schmid was op een strand.

‘Dus ik heb hem veroordeeld,’ zei hij. ‘Maar ik kom uit Californië en daarom heb ik hem niet de doodstraf gegeven, maar een levenslange gevangenisstraf. Is dat geen redelijke straf voor het verwoesten van een leven? Is dat niet de straf die u ook zou geven, meneer Balli? Ja of nee? Of bent u niet tegen de doodstraf?'

Ik gaf geen antwoord en ik merkte dat George naar me keek.

'Ik laat Julian rotten in zijn liefdesgevangenis,' zei Franz. 'En ik heb de sleutel weggegooid. Hoewel levenslang... het leven dat hij nu heeft zal niet zo lang duren.'

'Waar is hij?'

'En wat jij zegt over dat ik niet kan ontsnappen...'

'Waar is hij, Franz?'

'... dat klopt niet helemaal. Ik vlieg binnenkort met *flight* negen negentien dus adieu, Nikos Balli.'

'Franz, vertel ons waar... Franz? Franz!'

'Heeft hij de verbinding verbroken?' vroeg George die was opgestaan.

Ik schudde mijn hoofd en luisterde. Alleen maar de wind en golven nu.

'Het vliegveld is nog steeds gesloten?' vroeg ik.

'Uiteraard.'

'Heb jij ooit gehoord van *flight* negen negentien?'

George Kostopoulos schudde zijn hoofd.

'Hij is alleen op het strand,' zei ik.

'Kalymnos barst van de stranden. En als het 's nachts stormt is daar geen mens op te bekennen.'

'Een breed strand. De golven lijken ver weg op de kust te slaan en lang uit te rollen.'

'Ik zal Christine bellen en het vragen, zij is een surfer.'

De auto die Franz Schmid had gehuurd werd de volgende ochtend gevonden.

Hij stond op een parkeerplaats bij het zandstrand tussen Pothia en Massouri. Aan de chauffeurskant waren een paar half dichtgewaaide voetafdrukken te zien die direct naar de zee liepen. George en ik stonden in de wind te kijken naar de duikers die tegen de rollende golven vochten. Op de zuidpunt, waar het strand eindigde, spoelden de golven tegen de schuin aflopende rotspartijen die overgingen in een steile, verticale wand van geelbruin kalksteen waar op de top het vliegveld lag. Een eind verder op het strand liep Christine met haar golden retriever te zoeken naar sporen. De hond was geboren met maar één functionerend oog had ze me verteld in de koffiepauze op het bureau en daarom had ze hem Odin genoemd. Maar toen ik vroeg waarom ze voor Odin had gekozen in plaats van voor een van de eenogigen uit onze mythologie, Polyphemos bijvoorbeeld, had ze geantwoord: 'Odin is korter.'

Odin was volgens George een prima speurhond. Christine had Odin meegenomen naar de kamer van Franz en Julian zodat hij de geur die hij moest volgen goed kon opsnuiven. Toen we op het strand kwamen was hij direct op de auto afgelopen die daar stond en had geblaft totdat George het portier had opengemaakt. In de auto vonden we Franz Schmids kleding: broek, ondergoed, de regenboogkleurige St. Pauli-muts en de jas met zijn telefoon en portemonnee. Plus zijn schoenen.

'Dus hij heeft gelijk,' zei George. 'Het is hem gelukt te ontsnappen.'

'Ja,' zei ik terwijl mijn blik over de schuimende, brullende golven ging. George had twee duikers van de plaatselijke club opgetrommeld en nu gebaarde de ene met zijn hand naar de andere en trachtte iets te roepen, maar het geluid van de golven overstemde hem.

‘Denk jij dat hij het lijk van Julian hier heeft gedumpt?’ vroeg George.

‘Misschien. Als hij hem heeft vermoord.’

‘Twijfel je daaraan als hij zegt dat hij zijn broer in plaats daarvan levenslang gevangen heeft gezet?’

‘Kan zijn of misschien ook niet. Misschien heeft hij Julian in een situatie gebracht waar hij niet alleen dood zal gaan, maar eerst zal lijden.’

‘Bijvoorbeeld?’

‘Ik weet het niet. Jaloezierazernij bij verliefdheid, is een stoornis die mensen dingen laat doen waarvan ze nooit hadden kunnen denken dat ze daartoe in staat zijn.’

Mijn blik ging naar de rotsen. Franz Schmid moet hetzelfde hebben gedacht: dat ze zo afgesleten en gepolijst waren door de golven dat hij daar de zee in kon gaan en op een andere plek weer aan land gaan waar hij geen voetsporen achter zou laten en kon ontsnappen met *flight* negen negentien. Wat was dat trouwens? Om bij het vliegveld te komen moest hij of teruggaan naar de weg of recht omhoog klimmen. Zonder touw.

Soloklimmen.

Ik kon het niet tegenhouden, ik sloot mijn ogen en zag Trevor vallen.

En opende ze weer snel om niet te hoeven zien hoe hij op de grond smakte.

Ik concentreerde me.

Franz Schmid had hier misschien ook gestaan en hetzelfde als ik gezien en geweten. Dat het vliegveld dicht was, dat alle vluchtroutes afgesloten waren. Afgezien van die ene. De ultieme. Maar het was moeilijk om gewoon de zee in te zwemmen en zichzelf te verdrinken, dat kost tijd, het vergt een sterke wil om niet toe te geven aan het overlevingsinstinct en om te keren.

'We hebben dit gevonden.'

George en ik draaiden ons om. Het was een van de duikers. Hij hield een pistool in zijn hand.

George pakte het aan en bekeek het van alle kanten. 'Ziet er oud uit,' zei hij en hij peuterde aan de onderkant waar het magazijn zat.

'Luger, Tweede Wereldoorlog,' zei ik en ik nam het wapen van hem over. Er zat geen roest op en het feit dat het water er in parels op lag wees erop dat het wapen onlangs was ingevet. Dus het had niet lang in zee gelegen. Ik drukte op de ontgrendeling naast de trekker, pakte het magazijn en gaf het aan George. 'Acht als het vol zit.'

George drukte er de kogels uit. 'Zeven,' zei hij.

Ik knikte en voelde een oneindig verdriet over me komen. De wind zou morgenavond gaan luwen was er gemeld en de zon zou blijven schijnen, maar voor mij raakte het bewolkt. Meestal voelde ik of dat van voorbijgaande aard was of de inleiding van een zware periode, maar nu wist ik het niet.

'*Flight* negen negentien,' zei ik.

'Wat?'

'Dat is het kaliber van de kogels die je in je hand hebt.'

Toen ik mijn chef van de afdeling Moord belde en verslag uitbracht, vertelde hij me dat de pers in Athene lucht had gekregen van de zaak en dat er meerdere journalisten op Kos waren die wachtten op het moment dat de wind ging liggen en een boot hen over kon zetten.

Ik ging terug naar mijn hotel in Massouri en bestelde een fles ouzo op mijn kamer. Ik drink alle merken behalve het commerciele en waterige merk Ouzo 12 en ik was blij te horen dat ze mijn favoriete merk Pitsiladi hadden.

Terwijl ik dronk dacht ik na over hoe merkwaardig dit was. Een moordzaak met twee doden, maar geen lijk. Geen drammerige pers, geen veeleisende chefs en gestreste onderzoeksgroepen. Geen technisch rechercheurs en gerechtelijke artsen met onduidelijke verklaringen, geen hysterische familie. Alleen maar storm en stilte. Ik hoopte dat deze storm eeuwig zou duren.

Nadat ik bijna een halve fles had leeggedronken ging ik naar de hotelbar om te voorkomen dat ik de rest ook zou opdrinken. Ik zag Victoria Hässel met iemand aan tafel zitten die ik herkende van de klimgroep van die middag. Ik ging aan de bar zitten en bestelde een biertje.

'Neem me niet kwalijk?'

Brits accent. Ik draaide me half om. Een glimlachende man, wit haar, maar goed getraind voor zijn leeftijd, rond de zestig. Ik had hier meer van deze types gezien, Engelse klimmers van de oude garde. Ze waren opgegroeid met traditioneel klimmen, dat wil zeggen routes zonder zekeringen die permanent in de berg zaten, maar waarbij ze zelf hun zekeringspunten in spleten en gaten vastzetten. In *gritstone* in het Lake District werden de routes niet alleen ingedeeld naar de moeilijkheidsgraad van de beklimming, maar ook naar hoe levensbedreigend ze waren. Het regende daar, of het was er te koud of zo warm dat de zeer bloeddorstige muggen uit hun eieren kwamen om je levend op te eten. De Engelsen waren dol op dit gebied.

‘Herken je me niet?’ zei de man. ‘We zaten in hetzelfde klimteam bij Sheffield. Dat moet in ’85 of ’86 zijn geweest.’

Ik schudde mijn hoofd.

‘Denk na,’ zei hij lachend. ‘Ik kan zo snel niet op je naam komen, maar ik herinner me dat je met Trevor Biggs klom, hij was *a local lad*. En dat Franse meisje dat de route waarmee wij zoveel problemen hadden, opvloog.’ Zijn gezicht werd ineens ernstig alsof hij iets bedacht. ‘Verdomme, zo triest wat er met Trevor is gebeurd.’

‘Ik ben bang dat u me verwart met iemand anders, Sir.’

De Engelsman bleef een ogenblik met open mond en een licht verbijsterde uitdrukking op zijn gezicht staan. Ik kon zien dat zijn hersenen koortsachtig door zijn herinneringen bladerden om de fout te vinden. Toen, alsof hij iets gevonden had, knikte hij langzaam. ‘Neem me niet kwalijk.’

Ik draaide me om naar de bar en zag in de spiegel dat hij weer bij zijn klimvrienden en hun echtgenotes ging zitten. Hij zei iets en knikte in mijn richting. Het gesprek werd weer hervat en ze gaven de plaatselijke gids met klimroutes aan elkaar door. Het leek een goed leven.

Mijn blik gleed verder naar een van de andere tafels en kruiste die van Victoria Hässel.

Ze droeg de avondoutfit van een klimmer, dat wil zeggen schone klimkleding. Haar haar dat eerder die dag onder een muts had gezeten, hing los en was blond en lang. Ze zat met haar gezicht naar mij toe en leek niet meer deel te nemen aan het gesprek. Ze hield mijn blik vast. Ik weet niet of ze op iets wachtte. Een teken. Informatie over de Schmid-zaak. Of gewoon een knik ter herkenning.

Ik zag dat ze wilde opstaan, maar ik had al een euro op de bar gelegd en was haar voor. Ik gleed van mijn barkruk en liep weg. Terug naar mijn kamer en ik draaide de deur op slot.

Midden in de nacht werd ik wakker van een knal, het leek een pistoolschot. Ik zat rechtop in bed en mijn hart ging tekeer. Het was het luik dat heen en weer klapperde, de wind had het kennelijk eindelijk losgekregen. Ik bleef wakker liggen en dacht aan Monique. Monique en Trevor. Ik viel pas in slaap toen het al licht werd.

'Er wordt gezegd dat de wind afneemt,' zei George terwijl hij koffie voor me inschonk. 'Morgen kun je naar Kos.'

Ik knikte en keek uit het raam. Het leven in de haven leek merkwaardig onberoerd door het feit dat het eiland voor de derde dag praktisch geïsoleerd was van de buitenwereld. Maar zo is het nu eenmaal, het leven gaat verder, zelfs – of misschien vooral – wanneer je denkt dat het onleefbaar is.

Christine en een van de agenten kwamen binnen en liepen op ons af.

'Je had gelijk, George,' zei ze. 'Schmid heeft de Luger bij Marinetti gekocht. Hij herkende Franz van de foto en zei dat hij de middag voor de dag dat Julian als vermist werd opgegeven in de winkel was. Hij had de indruk gekregen dat Franz een verzamelaar was, hij kocht in elk geval de Luger en een stel handboeien, ook uit de oorlog. Marinetti zweert uiteraard dat de Luger onklaar was gemaakt.'

George knikte en zag er eerder tevreden dan geërgerd uit. Toen ik had gevraagd hoe het Franz gelukt was om ongezien een handwapen mee te nemen op een vlucht vanuit Californië, had George geopperd Marinetti te checken die een antiekhandel in Pothia had. Marinetti had volgens George zijn kelder zo vol liggen met oorlogsattributen na de Italiaanse en de lange Duitse bezetting van Kalymnos dat hij er nauwelijks overzicht over had.

'Is de zaak nu opgelost?' vroeg Christine.

George draaide zich om naar mij alsof hij de vraag doorspeelde.

'Afgesloten,' zei ik. 'Maar niet opgelost.'

'Niet?'

Ik haalde mijn schouders op.

'En waarin zit de twijfel?' vroeg George.

'We hebben bijvoorbeeld geen lijk dat kan bevestigen wat we denken dat er is gebeurd. Misschien zitten de twee broers nu in een vliegtuig naar Amerika en lachen ze ons uit om deze beste practical joke aller tijden.'

'Dat geloof je toch niet,' zei George grommend.

'Zeker niet, maar zolang deze en andere mogelijkheden er zijn zal er altijd twijfel zijn. De fysicus Richard Feynman schreef dat niets zeker is, maar dat we iets wel met grote waarschijnlijkheid kunnen aannemen.'

'Maar als er twijfel is, wat doen we daar dan mee?' vroeg Christine. Ze zag er echt geschokt uit.

'Niets,' zei ik. 'We nemen genoegen met een redelijke graad van waarschijnlijkheid en beginnen aan een nieuwe zaak.'

'Maar word je daar niet...' Christine stopte, ze leek te denken dat ze bezig was te ver te gaan.

'Gefrustreerd van?' vroeg ik. Ik moest lachen. 'Vergeet niet dat ik de jaloezieman ben. Meestal ben ik aanwezig op de eerste of tweede dag van het moordonderzoek, ik ben de man met de wichelroede die naar de grond wijst waar er water te vinden is en het graven aan anderen overlaat. Ik ben erin getraind zaken waarin ik geen antwoord heb gekregen achter me te laten.'

Christine keek me onderzoekend aan. Ik kon zien dat ze me niet geloofde.

'Ben ik jaloers?' vroeg ze, ze zette haar handen in haar zij en keek me uitdagend aan.

'Dat weet ik niet. Dan moet je me iets vertellen.'

'Wat dan bijvoorbeeld?'

'Wat zou jou jaloers kunnen maken?'

'Maar als ik dat niet zou willen vertellen omdat het te pijnlijk voor me is?'

'Dan zou ik het niet te weten komen,' zei ik en ik klapte in mijn handen. 'Zullen we wat gaan eten, mensen?'

'Ja!' zei George, maar Christine bleef me aankijken. Ze snapte blijkbaar dat ik het snapte. Het verhaal van de rode ogen. Ze was jaloers.

De rest van de dag liep ik over de smalle paadjes tussen de rotspartijen die grensden aan het strand waar we Franz Schmids auto en pistool hadden gevonden. De hoge, ontoegankelijke kalkstenen wand die boven me hing deed me denken aan de Christ Church-kathedraal in Oxford die met zijn Engelse, donkere ernst zo anders was dan de lichte, kleurrijke Mitropóli-kathedraal in Athene. Misschien was het om die reden dat ik – ofschoon ik een atheïst ben – me meer thuis had gevoeld in de Christ Church. Ik belde met mijn chef. Hij zei dat ze zodra de wind ging liggen een rechercheur en twee technisch rechercheurs zouden sturen en dat hij me terug wilde hebben. Er was een vrouw in Tzitzifies vermoord en haar echtgenoot had geen alibi. Ik vroeg hem iemand anders op de zaak te zetten.

'De familie van het slachtoffer wil jou hebben,' zei mijn chef.

'Dat bepalen wij toch?'

Hij noemde de naam van de familie. Een van de rederijfamilies. Ik zuchtte en verbrak de verbinding. Ik hield van mijn geboorteland, maar sommige dingen zouden nooit veranderen.

Mijn blik had een extreem steile overhang gevangen. Of beter gezegd: de overhang had mijn blik gevangen. Ik zag een duidelijke en prachtige klimroute vanaf een prima startpunt vlak bij de bergwand. Hier en daar blikkerde het zonlicht in metalen haken. Vanwege de overhang zag ik het ankerpunt niet en omdat de berg loodrecht naar beneden liep en zich in zee stortte naast het pad, kon ik niet verder lopen. Maar het moest een lange route zijn, minstens veertig meter. Ik deed een stap van het pad en keek zo'n zestig meter naar beneden waar de golven stuksloegen op de rotsen. Wanneer de klimmer naar beneden werd gelaten vanaf het ankerpunt dan zou de zekeraar ervoor moeten zorgen dat de klimmer op het vlakke stuk terechtkwam en niet afdaalde naar zee. Maar wat een prachtige route! Mijn blik ging langzaam omhoog, mijn hersenen begonnen automatisch de klimbewegingen te visualiseren die de route vergde. Het leek op het starten van een machine die na jaren onder de puinhopen vandaan werd gehaald. Zou die nog werken? Ik draaide de sleutel om, drukte het gaspedaal in. De klimmachine sputterde tegen, hoestte en protesteerde. Maar toen startte ze. En het protest stopte. Integendeel, de spieren herinnerden en verheugden zich terwijl mijn hersenen het klimmen nabootsten. Ik zag geen andere route in de buurt, dus ik gokte dat sportklimmers het te veel moeite vonden om hier voor slechts één route heen te gaan, hoewel die spectaculair was. Maar ik zou deze route doen al was het de laatste route in mijn leven. Juist als het de laatste route in mijn leven was.

Diezelfde avond zat de imaginaire klimroute nog in mijn lijf. Ik had een nieuwe fles Pitsiladi op mijn kamer laten komen. De wind was wat gaan liggen, de golven beukten niet meer zo hard tegen het kalksteen en in de plotselinge momenten van volkomen stilte kon ik de muziek van de bar beneden horen. Ik nam aan dat Victoria Hässel daar ook zat. Ik bleef zitten en tegen tien uur was ik dronken genoeg om te gaan slapen.

Toen ik de volgende ochtend wakker werd, hoorde ik de wind niet meer en het disharmonische gefluit in kieren, buizen en onder de dakpannen waaraan ik zo gewend was geraakt, was ook weg.

Ik duwde de luiken open. De zee was blauw zonder witte schuimkoppen en er klonk geen geraas meer, alleen maar gekreun. Zware, luie golven werden tegen het land aan gepompt zoals een minnaar doet na een orgasme. De zee was moe. Net als ik.

Ik ging weer op bed liggen en belde naar de receptie. De veerpont ging weer, zei de receptionist, de volgende afvaart was over een uur en dan zou ik makkelijk het vliegtuig naar Athene kunnen halen dat om drie uur ging. Moest hij een taxi voor me bestellen?

Ik sloot mijn ogen.

'Ik zou graag...' begon ik.

'Hoe laat?'

'Geen taxi, twee flessen Pitsiladi.'

Er volgde een korte stilte.

'Ik ben bang dat we dat merk niet meer hebben, meneer Balli. Maar we hebben wel Ouzo 12.'

'Nee, bedankt,' zei ik en hing op.

Ik bleef een poosje liggen luisteren naar de zee voordat ik weer naar de receptie belde.

'Breng de flessen toch maar,' zei ik.

Ik dronk langzaam. Mijn blik volgde de schaduwen die zich verplaatsten en korter werden en uiteindelijk werd het donker in mijn kamer. Ik dacht aan alle verhalen die ik in mijn werk had gehoord. Dat het waar was wat ze zeiden dat een bekentenis een verhaal is dat slechts wacht op een publiek.

Toen het helemaal donker was ging ik naar de bar. Zoals ik al had verwacht zat Victoria Hässel daar.

Ik had Monique in Oxford leren kennen. Ze studeerde net als ik literatuur en geschiedenis, maar was een jaar eerder begonnen waardoor we nooit dezelfde cursussen en colleges volgden. Maar in dergelijke steden worden buitenlandse studenten naar elkaar toe getrokken en we kwamen elkaar al snel op zoveel sociale bijeenkomsten tegen dat ik het aandurfde haar uit te nodigen voor een pilsje.

Ze trok een gezicht en zei: 'Dan moet het een Guinness zijn.'

'Hou je van Guinness?'

'Waarschijnlijk niet, ik haat bier. Maar als we bier moeten drinken, moet het Guinness zijn. Dat zal vermoedelijk het ergst zijn, maar ik beloof positiever te zijn dan ik nu klink.'

Moniques logica was dat je alles moest proberen met een open mind waarna je het met een goed geweten en een goed inzicht kunt verwerpen. Dat gold voor alles: gedachtegoed, literatuur, muziek, eten en drinken. En voor mij, had ik later gedacht. Want we waren zo verschillend als maar mogelijk was. Monique was het aardigste, sympathiekste meisje dat ik ooit had ontmoet. Ze stroomde over van vrolijkheid en was zo vriendelijk tegen iedereen om haar heen dat je direct overstag ging en de rol van *bad cop* op je nam. Zo onberoerd door het elitaire milieu waar ze uit kwam en door haar uitzonderlijke intelligente en bijna smetvrije schoonheid dat je gewoon moest capituleren en ondanks al deze kenmerken van haar moest houden. Je moest alle weerstand opgeven en halsoverkop verliefd worden. Ze behandelde haar aanbidders met een mix van tactvol respect en milde afwijzing, maar dat gebeurde op een manier dat je ging denken dat achter haar principe dat je alles moet proberen, iets anders zat, iets wat in haar natuur lag en geen principe was. Monique spaarde zich voor die ene, ze was geen maagd uit overtuiging, maar het was haar geaardheid.

Bij mij was het omgekeerd. Ik verachtte mijn promiscue leefstijl, maar het lukte me niet om ertegen in te gaan. Hoewel ik verlegen was, sommigen meenden somber, en door mijn onnatuurlijke, stijve omgangsvormen meer Engels dan Grieks leek, had ik een voorkomen dat duidelijk aantrekkingskracht had op het andere geslacht. Vooral Engelse meisjes vielen voor wat mijn Cat Stevens-uiterlijk werd genoemd, dat wil zeggen donkere krullen en bruine ogen. Maar daar kwam bij dat ik – en ik geloof dat dat doorslaggevender was dan mijn uiterlijk voor het openen van de deuren naar zowel hun harten als hun slaapkamers – de kunst van luisteren verstond. Of beter gezegd, ik was geïnteresseerd in luisteren. Voor mij die leefde en ademde van alle verhalen, behalve die van mezelf, was het geen grote opoffering te luisteren naar de lange monologen van een jonge vrouw over een jeugd met privileges, de moeilijke relatie met de moeder, de twijfels over de seksuele geaardheid, het nieuwste liefdesverdriet, de flat in Londen die ze niet meer kon gebruiken omdat haar vader daar zijn even jonge minnares in had geparkeerd, de dilemma's van een plastisch chirurgische ingreep en de vriendinnen die akelige intrigantes bleken omdat ze haar niet hadden meegevraagd naar Saint Tropez. En eventueel – als ik geluk had – de zelfmoorddrang, de existentiële dwanggedachten en het heimelijke verlangen een schrijver te zijn. Daarna hadden velen van hen seks met me, vooral als ik bijna niets had gezegd. Het leek of het zwijgen altijd in mijn voordeel uitpakte, op de gunstigste manier werd geïnterpreteerd. Maar deze seksuele intermezzo's zorgden er niet voor dat ik meer zelfvertrouwen kreeg, integendeel, ze versterkten alleen maar mijn zelfverachting. Deze meisjes deelden met mij het bed omdat mijn zwijgen maakte dat ze van mij konden maken wat ze wilden. Ik had alles te verliezen als ik zou laten zien wie ik werkelijk was: een verlegen hoerenloper zonder zelfvertrouwen, zonder ziel of ruggengraat, slechts een paar bruine ogen en grote oren. En na een poosje ontdekten ze ook dat mijn somberheid, mijn natuurlijke duisternis, de kamer donker maakte en dan wilden ze weg. Ik kon ze geen ongelijk geven.

Met Monique werd alles anders. Ik werd anders. Ik praatte bijvoorbeeld. Vanaf het moment dat we elkaar hielpen de eerste slechte Guinness te drinken hadden we gesprekken samen, sámen, en geen monologen waaraan ik gewend was. En de thema's waren anders. We spraken niet over onszelf, maar over het zelfpreserverende mechanisme van de armoede, over het geloof van de mens dat moraal – of beter gezegd: de eigen moraal – vaste waarden vertegenwoordigde. Of hoe we ons min of meer bewust verre houden van kennis die onze politieke en religieuze overtuigingen kunnen schaden. Over boeken die we hadden gelezen, niet moesten lezen of moesten lezen omdat ze goed waren. Of boeken die overgewaardeerd werden of gewoon verbijsterend slecht waren.

Als we over onszelf en ons eigen leven spraken, was dat altijd in relatie tot het algemene, tot een idee of gedachte, over *la condition humaine* zoals Monique zei waarbij ze dan niet refereerde aan mijn favoriete auteur André Malraux, maar aan de politieke filosoof Hannah Arendt. Deze en andere auteurs plantten we in de hoofden van elkaar in wat geen wedstrijd was, maar een poging om zelfstandig denken bij de ander te stimuleren. Een persoon die je genoeg vertrouwde om fouten te durven maken en dat dan toe te geven. We konden het heftig oneens zijn met elkaar en het was tijdens zo'n luidruchtige onenigheid dat ze me op een late avond en na een paar glazen wijn op haar kamer een klap gaf, omhelsde en we voor het eerst kusten.

De volgende dag stelde ze me een ultimatum. Als ik haar vriend niet wilde zijn, konden we elkaar niet meer zien. Dat was niet omdat ze wanhopig was of van me hield, zei ze, maar een dergelijke afspraak was verbonden aan wederzijdse seksuele exclusiviteit, iets wat voor haar een onbetwistbare eis was omdat ze ziekelijk bang was voor geslachtsziekten. Ja, zelfs zo bang dat er een goede kans bestond dat haar angst, nog eerder dan een geslachtziekte, haar leven zou verkorten of in elk geval de kwaliteit ervan verminderen. Ik lachte, zij lachte en ik accepteerde het ultimatum.

Via Monique maakte ik kennis met rotsklimmen. Ze had een vader die haar van jongs af aan had meegenomen naar de klassieke routes voor het moderne sportklimmen in de Verdon en op de Céüse.

In Engeland waren er eerlijk gezegd niet veel rotswanden om tegen te klimmen, in elk geval niet in en rond Oxford, maar mijn gezamenlijke Led Zeppelin-fan en vriend Trevor Biggs, een beetje mollige, goeiige, roodharige zoon van een fabrieksarbeider in Sheffield, kon vertellen dat vrienden van hem klommen in het Peak District, vlak bij waar hij was opgegroeid. Trevor was een soort vaste *wingman* voor me. Met zijn postuur en prettige humor trok hij mensen aan – jongens en meisjes – die bij ons kwamen zitten en vaak was het zo dat die meisjes na een tijdje hun aandacht richtten op mij. Trevor beschikte over een versleten, maar nog goed functionerende Toyota HiAce-bestelbus met stoelverwarming als bijzonderste attribuut. Toen ik Trevor voorstelde dat we het rotsklimmen konden combineren met een bezoek aan zijn ouders en hij twee anderen meekreeg om de benzinekosten te delen, was hij al snel om.

Dat werd de start van regelmatig weekenden weg om te gaan klimmen. Drie jaar lang deden we dat. De autorit duurde niet meer dan tweeënhalf uur, maar om zo veel mogelijk tijd te hebben om te klimmen overnachtten we in een tent, in de auto of, als het weer een beetje te extreem was, bij de ouders van Trevor.

Het eerste jaar was ik beter dan Trevor, misschien omdat ik gedrevener was en ook graag Monique wilde imponeren of in elk geval niet wilde teleurstellen. Ze was en bleef veel beter dan wij. Niet omdat ze zo sterk was, maar haar tengere lichaam vloog tegen de rotswanden op met de techniek van een balletdanseres, met een voetenwerk, gevoel voor evenwicht en inzicht in het klimmen waarvan Trevor en ik alleen maar konden dromen. Pas toen we zelf door begonnen te krijgen hoe we een route moesten aanpakken en we durfden te vertrouwen op onze spierkracht, begon ik – en langzaam ook Trevor – tot mijn recht te komen. Maar het kwam door Moniques tips, haar aanmoedigingen en vermogen om te delen in onze blijdschap en kleine triomfen dat we doorgingen. En als haar klaterende, vrolijke lach tussen de bergwanden echode omdat Trevor en ik weer een keer gevallen waren en vloekend en vertwijfeld aan het touw hingen, dan vroegen we of ze ons wilde laten zakken. Niet omdat we wilden opgeven, maar omdat we de hele route nogmaals wilden proberen.

Af en toe, misschien omdat Monique vond dat hij het meer nodig had dan ik, had ik het gevoel dat ze een beetje scheutiger was met complimenten als Trevor iets had gehaald. Maar dat was niet erg want juist daardoor hield ik zoveel van haar.

In het derde jaar besefte ik dat Trevor het klimmen serieus ging aanpakken. Boven de deur van zijn kamer had hij een zogeheten *hangboard* opgehangen om de kracht in zijn vingers te trainen, iets waar hij eerder nooit zin in had gehad. Maar nu zag ik hem te pas en te onpas hangen. Ja, soms kreeg ik het idee dat ik hem betrapte, dat hij liever niet wilde dat ik zag hoeveel hij trainde. Maar zijn lichaam verraadde het. Wanneer de zon scheen en het zo warm werd tegen de bergwanden in het Peak District dat Trevor en ik onze T-shirts uittrokken, zag ik dat het voorheen wat mollige lichaam nog steeds even oogverblindend wit was, maar dat er geen vet meer op zat. Nu kronkelden duidelijke spieren als staalkabels onder Trevors huid wanneer hij met een licht robotachtige stijl langs ingewikkelde routes klom waar zelfs Monique het moest opgeven. Ik had op de verticale routes nog steeds een voorsprong op hem omdat ik de techniek van Monique precies kopieerde, maar het leed geen twijfel dat Trevor en ik aan elkaar gewaagd waren.

In die tijd begon ik ook een beetje te veel te feesten. Wat natuurlijk een ander woord is voor sociaal drinken. Mijn vader was een alcoholist die al jaren niet meer dronk, dat wist ik al als kind en hij had me gewaarschuwd. Maar hij had me gewaarschuwd niet te drinken als ik somber was terwijl ik nu gelukkig was. Toch begon de combinatie van veel klimmen, veel Monique en veel feesten effect te krijgen op mijn studie. Monique wees me daar als eerste op en dat was het begin van onze eerste ruzie. Die ik won waarna ze huilend bij me wegliep toen ik de laatste kwetsende woorden had uitgesproken.

De volgende dag bood ik mijn excuus aan, weet het aan mijn Griekse sociale normen dat ik zoveel harde woorden had gebruikt en beloofde zelfs dat ik minder zou feesten en meer zou studeren.

Een poos hield ik me aan die belofte. Ik liet zelfs een weekend Peak District schieten om te studeren. Het was moeilijk, maar het moest, het examen naderde en ik wist dat mijn vader resultaten verwachtte die minstens zo goed waren als die van mijn broer die aan Yale studeerde en nu de leiding heeft over het familiebedrijf. Maar toch, dit gedwongen tijdelijk op moeten geven zorgde ervoor dat ik bijna ging haten waar ik het meest van hield, vooral de literatuur. Ik was enorm afgunstig op de vrije dagen van Monique en Trevor en was bijna opgelucht toen ze zaterdagavond al terugkwamen omdat het zo regende en ze vertelden dat ze nauwelijks een meter hadden geklommen.

Ik bleef de grootste prioriteit aan mijn studie geven, ja, zelfs zozeer dat ik Monique maar weinig zag en zij daarover klaagde. Dat verheugde me, maar het was een merkwaardige vreugde en het leidde tot een nog merkwaardiger uitkomst. Vanaf het begin had Monique meer macht over mij dan ik over haar. Dat was iets wat ik accepteerde en toeschreef aan het feit zij een grotere vangst voor mij was dan ik voor haar, dus ik stond al in de plus. Het interessante was nu dat hoe minder tijd ik voor haar had, hoe evenwichtiger ik de machtsverhoudingen tussen ons vond. Dus ik trok mij terug, maakte een flinke inhaalslag met betrekking tot mijn studie en toen de grote examendag kwam en ik na vijf uur het examenlokaal verliet, wist ik dat het resultaat niet alleen mijn docent en mijn vader trots zou maken, maar ook Monique. Ik kocht een fles goedkope champagne en rende naar haar kamer die op de eerste verdieping lag van een gezellig studentenhuis op de campus. Toen ik aanklopte stond Led Zeppelins 'Whole Lotta Love' zo hard dat ze me niet hoorde. Duizelig van blijdschap – want ik had haar die plaat gegeven en als ik mijn gevoel zou moeten omschrijven dan was dat met 'Whole Lotta Love'! – rende ik naar de achtertuin. Met de champagnefles in mijn ene hand klom ik met gemak in de boom die voor haar raam stond. Toen ik zo hoog was gekomen dat ik naar binnen kon kijken, zwaaide ik met de fles en ik wilde haar naam roepen en zeggen dat ik van haar hield toen de woorden vastvroren in mijn keel.

Monique was altijd heerlijk luidruchtig als we vreeën en de muren van de studentenkamers waren zo dun dat we altijd muziek opzetten als geluidscamouflage.

Ik zag Monique, maar zij zag me niet, haar ogen waren gesloten.

Ook Trevor zag me niet want zijn rug was naar mij toegekeerd. De melkwitte en zo gespierde rug. Zijn heupen gingen pompend heen en weer ongeveer op het ritme van 'Whole Lotta Love'.

Ik ontwaakte pas uit mijn trance toen ik een klap hoorde, naar beneden keek en ontdekte dat de champagnefles kapot was gevallen op de betegelde achtertuin. Glasscherven staken uit een witte, schuimende plas. Ik weet niet of ik door de gedachte dat iemand mij zou zien in paniek raakte, maar ik gleed meer naar beneden dan ik klom en direct toen mijn voeten de grond raakten, rende ik weg. Ik vluchtte.

Ik rende de hele weg naar de winkel waar ik de champagne had gekocht, kocht twee flessen Johnny Walker van het laatste geld dat mijn moeder me had gestuurd en rende naar mijn studentenhuis. Daar sloot ik me op in mijn kamer en begon te drinken.

Het was donker buiten toen Monique aanklopte. Ik deed niet open, maar riep dat ik in bed lag en of het tot morgen kon wachten. Ze zei dat ze over iets met me wilde praten, maar ik zei dat ik haar niet wilde aansteken met wat ik had. En doodsbang als ze was om besmet te raken, verliet ze me nadat ze aan de andere kant van de deur had gevraagd hoe het examen was gegaan.

Ook Trevor klopte aan. Toen ik riep dat ik ziek was en hij vroeg of ik iets nodig had, fluisterde ik 'een vriend', draaide me om in mijn bed en riep: 'Nee, bedankt.'

'Ik hoop dat je vrijdag fit bent voor onze klim,' zei Trevor.

Vrijdag. Dat duurde nog drie dagen. Drie dagen om in een duisternis te duiken waarvan ik niet eens wist dat ik die in me had. Drie dagen in de greep van de jaloezie. Elke keer als ik uitademde werd de greep iets strakker waardoor het moeilijker werd frisse lucht binnen te krijgen. Want dat is de jaloezie: een wurgslang. Toen ik klein was en vader me meenam naar de bioscoop waar we de Disneyversie van *Jungleboek* zagen, raakte ik erg in de war want in Rudyard Kiplings boek dat moeder had voorgelezen was de slang Kaa immers aardig! Vader had geantwoord dat alle schepsels twee gezichten hebben, we zijn alleen niet altijd in staat om het andere te zien, niet eens bij onszelf. Maar ik begon nu mijn andere gezicht te zien. Naarmate het zuurstofgebrek in de loop van de drie dagen mijn hersenen verder aantastte, kwamen er gedachten bij me op waarvan ik niet wist dat ik die kon hebben, maar die moesten al hebben liggen sluimeren op de bodem van mijn persoonlijkheid. En ik zag het andere gezicht van de aardige slang Kaa. De jaloezie die lokte, manipuleerde, hypnotiseerde met fantastische wraakgedachten die als heerlijke huiveringen door mijn lijf gingen. Het enige wat daarvoor nodig was, was een slok uit de whiskyfles.

Toen het vrijdag werd en ik mijn zwaarmoedigheid van me afschudde, me weer beter meldde en opstond uit de doden, was ik niet meer de Nikos Balli die ik ooit was geweest. Niemand kon dat aan me zien, zelfs Trevor en Monique niet toen ik hen bij de lunch begroette alsof er niets was gebeurd en zei dat de weersverwachtingen er geweldig uitzagen en dat het vast een prachtig weekend zou worden. Terwijl we aten luisterde ik niet naar Trevor en Monique die in codes spraken waarvan ze dachten dat ik ze niet begreep. Ik luisterde naar de vriendinnen aan de andere kant van de tafel die het over een jongen hadden die samen was met een derde vriendin. Ik luisterde naar hun woordkeus, de wat te sterke adjectieven, de vreugdevolle respons van de ene als de ander hun gemeenschappelijke vriendin beschreef met misprijzen, de woede die de zinnen korter maakte, afgemeten, zonder de soepelheid die er bij een rustig gesprek wel zou zijn. Ze waren jaloers. Zo simpel was het. En ik baseerde mijn nieuwe inzicht niet op psychoanalyse, maar op pure, concrete tekstanalyse. Nee, ik was dezelfde niet meer. Ik was op een plaats geweest waar ik het had ervaren. Ervaren en begrepen. Ik was de jaloezieman geworden.

'Wat een triest verhaal,' zei Victoria Hässel terwijl ze haar onderbroek aantrok en naar de rest van haar kleding begon te zoeken. 'Werden zij een stel?'

'Nee,' zei ik, me omdraaiend in bed, ik pakte eerst een lege en toen een bijna lege fles Ouzo 12 van het nachtkastje en schonk een borrelglaasje vol. 'Het was Moniques laatste jaar en haar laatste examen was een paar dagen later. Dat ging natuurlijk niet zo goed, maar daarna ging ze terug naar haar ouders in Frankrijk en noch Trevor, noch ik hebben haar ooit weer gezien. Ze trouwde met een Fransman, kreeg kinderen en voor zover ik weet woont ze ergens in Bretagne.'

'En jij, die literatuur en geschiedenis had gestudeerd, werd politieman?'

Ik haalde mijn schouders op. 'Ik moest nog een jaar in Oxford, maar toen ik in de herfst terugkwam kreeg het feesten weer de overhand.'

'Liefdesverdriet?'

'Misschien. Misschien was de aanwezigheid van de herinneringen te sterk. In elk geval, alleen het drinken betekende nog iets voor me. En na een poos overwoog ik ook *flight* negen negentien.'

'Sorry?'

‘Als het te erg werd pakte ik deze steen die ik ergens in het Peak District van de grond had opgepakt, stevig vast.’ Ik hield een gebalde vuist omhoog om het te laten zien. ‘Ik concentreerde me op het overbrengen van de pijn op de steen, liet die de pijn opzuigen.’

‘Hielp het?’

‘Ik heb *flight* negen negentien in elk geval niet genomen.’ Ik leegde het borrelglaasje. ‘In plaats daarvan ben ik halverwege het herfstsemester gestopt en heb het vliegtuig naar huis genomen. Een poos heb ik in het bedrijf van mijn vader gewerkt voordat ik aan de politieacademie begon. Vader en andere familieleden dachten dat het een verlate puberale opwelling was, maar ik wist dat ik iets had, een gave of een vloek, wat ik misschien voor iets goeds kon gebruiken. Bovendien hielp de discipline en training op de politieacademie me om weg te blijven van…’ Ik knikte naar de ouzofles. ‘Maar genoeg over mij. Vertel iets over jou.’

Victoria Hässel stond op van het voeteneind van het bed, knoopte haar schoongewassen klimbroek dicht terwijl ze me achterdochtig aankeek. ‘Ten eerste moet ik nu gaan want ik wil klimmen. En ten tweede heb je me gisteravond in de bar vier uur over mij en alleen over mij laten praten. Ben je dat echt vergeten?’

Ik schudde glimlachend het hoofd terwijl ik het me vergeefs probeerde te herinneren. ‘Ik wil gewoon meer weten,’ loog ik en ik zag dat ze het doorhad.

‘Lief,’ zei ze en ze liep rond het bed en kuste me op mijn voorhoofd. ‘Later, misschien. Je ruikt naar mijn parfum, het is maar dat je het weet.’

‘Mijn reukzin is slecht.’

‘En die van mij geweldig. Maar wees niet bang, ik ben makkelijk af te wassen. Zien we elkaar later vandaag? *Adio*.’

Ik overwoog haar te vertellen dat ik eindelijk, twee dagen nadat de veerpont en het vliegtuig weer vanaf Kalymnos vertrokken, een zitplaats had geboekt op een vlucht naar Athene. Maar dat zou tot niks leiden, alleen maar het noodzakelijke toneelspel opleveren.

'*Adio*, Victoria.'

George haalde me zoals afgesproken een uur voor vertrek op. Het was ongeveer twaalf minuten rijden en ik had nog steeds alleen maar handbagage bij me.

'Weer beter?' vroeg George toen ik instapte.

Ik had Athene gebeld om te zeggen dat ik ziek was en dat ze iemand anders op de Tzitzifies-zaak moesten zetten. Ik wreef over mijn gezicht.

'Ja,' zei ik en het was waar, ik voelde me helemaal niet slecht. Ouzo 12 smaakt misschien afschuwelijk, maar je krijgt er niet zo'n kater van als van Pitsiladi, dat moest ik toegeven. En ik had het van me af gedronken. De wolken waren voor een poosje weg.

Ik vroeg hem langzaam te rijden. Ik wilde voor de laatste keer genieten van Kalymnos. Het was hier echt mooi.

'Je moet in de lente komen, dan bloeit alles en is er meer leven en kleur op de bergen.'

'Ik vind het mooi zoals het nu is,' zei ik.

Toen we bij het vliegveld waren gekomen stelde George vast dat het vliegtuig uit Athene vertraging had aangezien er geen machine op de landingsbaan stond. Hij parkeerde de auto en opperde om te blijven zitten totdat mijn vliegtuig landde.

We zaten zwijgend te kijken naar Paleochora, het stenen dorp.

'Wist je dat daar tot 1812 nog mensen woonden?' zei George.

'Waarom?' vroeg ik. 'Er waren geen vreemde mogendheden die Kalymnos in die tijd bedreigden.'

'Piraten. De inwoners vluchtten daarheen. De belegeringen konden weken, soms maanden duren. 's Nachts moesten ze naar buiten sluipen om uit gecamoufleerde bronnen water te halen. Er wordt gezegd dat daar baby's werden geboren en opgevoed. Maar een gevangenis was het toch.'

Gebrom in de lucht boven ons. Gebrom in mijn hoofd.

Het ATR72-toestel en de gedachte kwamen gelijktijdig.

'Liefdesgevangenis,' zei ik.

'Wat?'

'Zowel Franz als Julian ontmoette Helena in een van de gebouwen in Paleochora. Franz zei dat hij zijn broer had veroordeeld tot een levenslang verblijf in zijn eigen liefdesgevangenis. Dat kan betekenen...'

Ik werd overstemd door het korte gebrul van het vliegtuig achter ons waarvan de propellers ronddraaiden, maar ik zag aan Georges gezichtsuitdrukking dat hij al begrepen had waar ik heen wilde.

'Dat betekent dus,' zei hij, 'dat je dit vliegtuig naar Athene niet gaat nemen?'

'Bel Christine en vraag haar Odin mee te nemen,' zei ik.

Van een afstand had Paleochora eruitgezien als een spookstadje. Grijszwart, zonder leven, versteend, iets waarnaar Medusa had gekeken. Maar nu, van dichterbij – zoals dat ook altijd ging bij moordzaken – werden de details, de nuances en de kleuren zichtbaar. En kon je de geur ruiken.

George en ik haastten ons tussen de ruïnes door naar een van de huizen die nog steeds min of meer intact waren. Christine stond in de deuropening en hield Odin vast die woest blafte en naar binnen wilde. Zij en twee mannen van het reddingsteam waren als eersten ter plaatse geweest en hielden via een walkietalkie contact met George en mij. Toen ze melding maakte van de vondst waren we harder gaan lopen, maar we hadden nog steeds rond de honderd hoogtemeters te gaan. Ze waren op de vondst gestuit in wat waarschijnlijk de enige kelder van Paleochora was. Later hoorde ik dat de kelder was uitgehakt om tijdens de bezettingen de lijken in te bewaren. Binnen de vestingmuren was niet voldoende grond om de doden te begraven.

Het eerste wat me opviel toen George en ik gebukt in de kelder stonden en nog voordat mijn pupillen voldoende verwijd waren om iets te kunnen onderscheiden, was de stank.

Misschien hebben mijn oude ogen iets meer tijd nodig dan vroeger om te wennen aan het donker, misschien dat het me daarom lukte om mijn gevoelens uit te schakelen bij de aanblik van Julian Schmid. Het naakte lichaam was deels bedekt met een vuile deken. Een van de mannen van het reddingsteam zat op zijn hurken bij het lichaam, maar hij kon weinig doen. Julians armen staken recht omhoog langs zijn hoofd met zijn handen gevouwen als in een gebed en ze waren met handboeien vastgemaakt aan een smeedijzeren ring in de muur.

'We wachten op Teodore,' fluisterde George alsof het een wake of een uitvaartdienst was. 'Hij komt met materieel om de handboeien los te knippen.'

Ik keek naar de grond. Een poel van excrementen, braaksel en urine. Daar kwam de stank vandaan.

De man op de grond hoestte. 'Water,' fluisterde hij.

De man van het reddingsteam had hem al het water dat hij had al gegeven, dus ik stapte naar voren en zette mijn fles tegen zijn droge lippen. Hij was het uitgeputte spiegelbeeld van Franz. Dat wil zeggen: Julian Schmid leek dunner dan zijn tweelingbroer, had een grote blauwe plek op zijn voorhoofd, misschien van de biljardbal, en zijn stem klonk anders. Kwam het door het feit dat de broer een kopie van hemzelf was dat het Franz niet gelukt was om Julian te doden? Ja, was het zelfs makkelijker geweest voor Franz om zich van het leven te beroven? Ik had mijn redenen om dat te denken.

'Franz?' fluisterde Julian.

'Hij is weg,' zei ik.

'Weg?'

'Verdwenen.'

'En Helena?'

'Zij is in veiligheid.'

'Ka... kan iemand haar inlichten? Dat ik oké ben?'

George en ik wisselden een blik. Ik knikte naar Julian.

'Bedankt,' zei hij en dronk nog meer. En alsof het water door zijn hoofd liep, begonnen er tranen uit zijn ogen te komen. 'Hij meende het niet.'

'Wat?'

'Franz. Hij... hij werd gek. Ik weet het. Dat gebeurt wel vaker.'

'Misschien,' zei ik.

De walkietalkie van George kraakte en hij liep weg.

Even later stak hij zijn hoofd weer naar binnen. 'De ambulance is gearriveerd en staat beneden aan de weg.' Hij verdween weer. De stank was echt intens.

'Ik geloof dat Franz diep vanbinnen wilde dat je gevonden werd,' zei ik zacht.

'Denk je?' zei Julian. En ik wist dat hij wist dat Franz dood was. En dit was het gebed dat hij leek te hebben gebeden: dat ik hem zou vertellen wat hij wilde horen. Want hij móest het horen om ooit weer heel te worden. Dus ik deed het.

'Hij had spijt,' zei ik. 'Hij vertelde me eigenlijk vrij duidelijk waar je was. Hij wilde dat ik jou zou redden. Hij kon alleen niet weten dat ik zo traag ben.'

'Het doet zo'n pijn,' zei hij.

'Ik weet het,' zei ik.

'Wat moet je daaraan doen?'

Ik keek rond. Pakte een grijze steen van de grond en stopte die in zijn hand. 'Je klemt die in je hand en je stelt je voor dat alle pijn daarin trekt.'

De tang kwam en Julian werd afgevoerd.

Ik belde Helena en bracht het nieuws over dat Julian was gevonden en nog leefde. En terwijl ik sprak realiseerde ik me dat ik als moordonderzoeker nog nooit aan iemand het bericht had doorgegeven dat zijn of haar geliefde levend was gevonden. Maar Helena's reactie verschilde niet zoveel van wat ik meemaakte als ik een doodstijding bracht: het werd enkele seconden stil terwijl de hersenen blijkbaar zochten naar de reden van het misverstand, de reden dat dit onmogelijk kon kloppen. En dan – als er niets gevonden werd – werd het gevolgd door huilen als het langzaam doordrong. Zelfs degene die later de jaloerse schuldige bleek te zijn begon te huilen, vaak heftiger dan de geschokte onschuldige. Maar

Helena's huilen was anders. Huilen van vreugde. Zonneregen. Het maakte iets los bij me, een vage herinnering waardoor ik een brok in mijn keel kreeg. En toen ze me snikkend bedankte, moest ik eerst mijn keel schrapen voor ik met bevende stem iets kon zeggen.

Toen ik die middag in het ziekenhuis in Pothia kwam, zat Helena op haar plaats naast het ziekenhuisbed en hield de hand van een veel opgewektere Julian vast. Helena dacht duidelijk dat mijn buitengewone intelligentie hem had gered en ik zei maar niet dat ik hem bijna had vermoord door mijn gebrek aan fantasie.

Ik vroeg of ik een paar woorden alleen met Julian kon wisselen en voordat Helena de kamer verliet, kuste ze mijn hand.

Julians beschrijving van wat er was gebeurd klopte goed met hoe ik het me had voorgesteld.

Onderweg naar het ziekenhuis na de vechtpartij in de bar was de ruzie met Franz weer opgelaaid. 'Ik heb gelogen,' zei Julian. 'Ik zei dat ik met Helena had gesproken, haar alles had verteld en dat ze me vergeven had en had gezegd dat ze van me hield. Dat Franz het moest opgeven en haar zo snel mogelijk moest vergeten. Ja, dat was een leugen, maar ik was van plan Helena bij thuiskomst te bellen en dan zou het resultaat hoe dan ook hetzelfde zijn. Maar Franz schreeuwde dat het een leugen was, hij stopte aan de kant van de weg, opende het handschoenenvakje en pakte er het pistool uit dat hij in Pothia had gekocht.'

'Had je hem ooit eerder zo gezien?'

'Ik heb hem woedend gezien en we hebben eerder gevochten, maar ik heb hem nooit zo gezien, niet zo... gek.' De tranen stonden in Julians ogen. 'Maar ik verwijt het hem niet. Ik ben verliefd geworden op dat meisje omdat hij over haar had verteld, me foto's had laten zien, hij bewonderde haar en verheerlijkte haar. En dan steel ik haar. Er is geen andere manier waarop ik het kan uitdrukken. Ik heb hem en haar bedrogen. Ik zou hetzelfde als hij hebben gedaan. Nee, ik zou hebben geschoten, ik zou een moord hebben gepleegd. In plaats daarvan dwong hij me naar Chora te rijden en daarvandaan bracht hij me naar Paleochora met het pistool in mijn rug geduwd. Hij had daar kennelijk rondgekeken toen hij er was en die kelder ontdekt. Daar maakte hij me met handboeien die hij ook in Pothia had gekocht vast aan de muur.'

'En toen verliet hij je om langzaam te sterven?'

'Hij zei dat ik daar zou verrotten en verdween. Ik was natuurlijk in shock, maar op dat moment was ik banger voor wat er met Helena kon gebeuren dan voor mezelf. Want hij kwam altijd terug.'

'Wat bedoel je?'

'Toen we als kind ruzie hadden was hij altijd iets sterker dan ik. En dan sloot hij me weleens op. In een kamer, in een kast. En een keer was het een kist. En dan zei hij dat ik daar zou sterven. Maar hij kwam altijd terug. En dan had hij er zo'n spijt van, hoewel hij dat niet liet merken. En ik wist zeker dat dit keer hetzelfde zou gebeuren. Tot er drie dagen verstreken waren. Toen werd ik ineens wakker en...' Hij keek me aan. 'Nou ja, ik ben niet iemand die in spiritisme gelooft, maar denkend aan wat Franz en ik hebben ervaren ben ik benieuwd wat er over honderd jaar wordt gezegd over tweelingtelepathie. Hoe dan ook, ik wist gewoon dat er iets was gebeurd met Franz. En toen de uren en dagen verstreken zonder dat hij terugkwam, begon ik echt te geloven dat ik in de kelder zou doodgaan. U heeft me gered, meneer Balli, en daarvoor sta ik eeuwig bij u in het krijt.'

Julian haalde een hand onder de deken vandaan en pakte die van mij. Ik voelde de steen die ik hem had gegeven tegen mijn handpalm. 'Voor het geval u in de toekomst ook pijn krijgt,' zei hij.

Onderweg naar buiten kwam ik Helena tegen die vroeg of ze me mocht trakteren op een diner in haar restaurant, maar ik legde haar uit dat ik het laatste avondvliegtuig van Kos zou nemen.

Aangezien ik twee uur had voordat de veerpont vertrok ging ik met Christine naar Massouri om kleding voor Julian uit zijn kamer te halen.

Ik stond bij de politieauto op straat en keek naar de prachtige zonsondergang achter Telendos terwijl Christine in het huis was. Een oudere dame in een bloemetjesjurk en met boodschappentassen in haar hand kwam op me af gewaggeld en bleef staan.

'Ik heb gehoord dat jullie een van de tweeling hebben gevonden. De aardige.'

'De aardige?'

'Ik maak daar elke ochtend om negen uur de kamers schoon.' Ze knikte naar het huis. 'De meeste mensen zijn dan al vertrokken om te gaan klimmen, maar het gebeurde weleens dat ik die twee wakker maakte. Die ene was altijd chagrijnig, maar die andere glimlachte alleen maar en zei dat ik het morgen mocht doen. Die aardige heette Julian, zei hij. Ik heb nooit gehoord hoe die andere heette.'

'Franz.'

'Franz.' Ze liet het bezinken.

'Een Duitse naam,' zei ik.

'Nou, behalve dan die Julian hou ik niet van Duitsers. Ze hebben ons tijdens de oorlog bestolen en dat doen ze nu nog. Ze behandelen ons alsof we onbetrouwbare huurders zijn die in hun Europa niet op tijd de huur betalen.'

'Geen slechte vergelijking,' zei ik en ik doelde meer op mijn vaderland dan op Duitsland.

'Ze doen alsof ze zijn veranderd,' zei ze snuivend. 'Die vrouw die de baas speelt en zo. Maar het zijn en blijven nazi's.' Ze schudde haar hoofd. 'Ik zag een keer handboeien op het nachtkastje liggen. Ik weet niet waar Franz die voor gebruikte, maar dat moet vast iets fascistisch zijn. Is hij dood?'

'Misschien,' zei ik. 'Waarschijnlijk. Tamelijk zeker.'

'Támelijk?' Ze keek me aan met bijna dezelfde verachting die ze had voor Duitsers. 'Is het niet de taak van de politie om te wéten?'

'Jawel,' zei ik. 'En we weten niets.'

Ze waggelde verder over straat en ik hoorde zacht gegrinnik aan de overkant van de straat.

Ik draaide me om en daar – zittend op een veranda onder een cipres – zat Victoria met haar voeten tegen het hekwerk en een sigaret in haar mondhoek. Ik liep naar haar toe en ging bij de veranda staan.

'Kreeg je de les gelezen?' zei ze lachend en ze blies de rook uit in de windstille schemering.

'Versta je Grieks?'

'Nee, maar lichaamstaal begrijp ik wel.' Ze tikte de as van haar sigaret met een tergend langzame beweging. 'Vind je dat ook niet?'

Ik dacht aan de nacht. Na een paar uur was ik nuchter geworden. Het was fijn geweest. We waren lief voor elkaar geweest. Soms een beetje wild, maar meestal aardig. 'Ja, dat vind ik ook.'

'Zien we elkaar later in de bar?'

Ik schudde mijn hoofd. 'Ik vertrek vanavond naar Athene.'

'Behoefte aan bezoek?'

Ik begreep uit haar gezichtsuitdrukking dat de vraag zomaar over haar lippen was gerold. En dat ze mijn aarzeling begreep of niet begreep.

'*Forget it*,' zei ze lachend en ze trok flink aan haar sigaret. 'Jij bent getrouwd, hebt kinderen en een hond in Athene. Je wilt geen problemen en die ga je ook niet krijgen.'

Ik besefte dat ze me niet had gevraagd naar mijn huidige leven en dat ik alleen maar had verteld over het enige wat me bezighield: het verleden.

'Ik ben niet bang voor problemen,' zei ik. 'Maar ik ben te oud. Terwijl jij nog een leven voor je hebt.'

Victoria schaterde het uit. 'Yep, ik zou een betere deal voor jou zijn dan jij voor mij.'

'Ik zou in de plus komen,' zei ik glimlachend.

'*Adio* weer, Nikos.'

'*Adio* weer, Monique.'

Pas toen ik in de auto stapte besefte ik dat ik me had versproken.

Het was na middernacht toen ik de voordeur van mijn appartement van het slot draaide.

'Ik ben thuis,' riep ik in het donker, ik zette mijn tas op de grond in de gang en liep naar het keukengedeelte van de grote, open ruimte met glazen wanden en uitzicht op de rest van Kolonaki, een van de chiquere wijken van Athene.

Ik haalde het eenvoudige doosje uit mijn zak, opende het en keek naar de grijze steen die als een sieraad in een doosje van een juwelier lag.

Ik pakte een glas, opende de koelkast en het licht viel op de parketvloer, naar de boekenkast en het massieve bureau met het grote Apple-scherm.

Geërfd geld.

Ik vulde het glas met het versgeperste sap dat mijn huishoudhulp maakt, liep naar de pc en raakte het toetsenbord aan. Een grote foto van drie jonge mensen voor een klimwand in het Peak District kwam tevoorschijn.

Ik klikte op de iconen van de websites van de grootste kranten. Ze besteedden allemaal veel aandacht aan de ontwikkelingen van de moordzaak op Kalymnos. In geen van de artikelen werd ik genoemd. Mooi.

Ik kuste mijn wijsvinger en legde die tegen de wang van het meisje tussen de twee jongens op het scherm en zei hardop dat ik nu ging slapen.

Op mijn slaapkamer zette ik het doosje met de grijze steen op de plank boven het bed, naast de andere steen die er al lag. Het bed was zo groot en leeg, de zijden lakens zo koel dat ik het gevoel kreeg dat ik in de zee was gaan liggen om te gaan zwemmen.

Twee weken later kreeg ik een telefoontje van George Kostopoulos.

'Er is in zee een lijk gevonden niet ver van de plek waar Franz verdween,' zei hij. 'Dat wil zeggen, eigenlijk lag het op het land. Het lijk was op een van de rotspunten gespietst waar de golven op stukslaan. Het weer is daar ruig en er komen zelden mensen, maar er start kennelijk wel één klimroute vanaf een pad zo'n zestig meter boven de rotsen. Een rotsklimmer heeft ons gebeld.'

'Ik denk dat ik weet waar het is,' zei ik. 'Is het lijk geïdentificeerd?'

'Nog niet. Het is zo aan stukken gereten door de scherpe rotsen dat ik geïmponeerd ben dat de klimmer er een mensenlijk in herkende. Zelf dacht ik eerst met een dode dolfijn te maken te hebben. Huid, gezicht, oren, geslachtsdelen, alles is weg. Maar er is een gat in de schedel dat nauwelijks iets anders kan zijn dan een kogelgat.'

'Het kan nog steeds een bootvluchteling zijn.'

'Ja, vorig jaar zijn er hier een paar op het strand aangespoeld, maar ik betwijfel het. Ik heb een DNA-test van het lijk opgestuurd en in de loop van de komende dagen horen we het resultaat. Ik vraag me alleen af of...'

'Ja?'

'Als we een match hebben met het DNA-profiel uit het speeksel op het waterglas van Franz Schmid, wat zeggen we dan?'

'Dan zeggen we dat we een positieve identificatie hebben.'

'Maar we hebben het DNA-materiaal toch op een... eh, onrechtmatige wijze verkregen?'

'O? Voor zover ik weet hebben we Franz Schmid erom gevraagd en gaf hij het vrijwillig.'

Het werd stil aan de andere kant van de lijn.

'Gaat dat zo...' begon hij.

'Ja,' zei ik. 'Zo gaat dat bij ons in Athene.'

Drie dagen later kwam het bericht.

Het DNA-profiel van het gehavende lichaam op de rotsen matchte met dat van Franz Schmid dat hij volgens het politierapport van de rechercheurs in Pothia vrijwillig had afgestaan. Mijn naam werd niet genoemd.

Terwijl ik deze update las hield ik mijn telefoon lager dan het tafelkleed om de vrouw niet te storen die bezig was te vertellen dat de overdosis van haar echtgenoot volgens haar te wijten was aan dat hij zich vergist had in zijn hartmedicatie en andere pillen, misschien omdat hij zo in beslag werd genomen door die jonge trainee op het werk die het in haar hoofd had gehaald dat hij zijn gezin in de steek zou laten voor haar.

Ik smoorde een geeuw en dacht aan de klimroute bij het verlaten strand. Ik had een klimgids van Kalymnos kunnen bemachtigen en had gelezen dat de route *Where Eagles Dare* heette, graad 7b. Zelfs op de foto zag het er fantastisch uit. Als ik in vorm wilde komen om die route te klimmen dan moest ik gaan trainen en een paar kilo's afvallen. En om daar tijd voor te hebben moesten mensen een pauze nemen in het vermoorden van elkaar. Of ik moest een pauze nemen. Een lange.

VIJF JAAR LATER

Ik keek uit het vliegtuigraam. Het eiland onder ons was hetzelfde. Een geel blok kalksteen, in de zee gedumpt door Poseidon zodat de aarde zou beven.

Maar er hingen wolken.

Het weer in de lente was minder stabiel, vertelde de taxichauffeur me onderweg naar Emporio, ik had beter in de herfst kunnen komen. Ik glimlachte terwijl ik naar de bloeiende oleanders tegen de hellingen keek en de geur van tijm opsnoof.

Toen ik uit de taxi stapte, stonden Helena en Julian samen met de kleine Ferdinand op de trap van het restaurant. Julian grijnsde breed terwijl Helena me omhelsde en me bijna niet wilde loslaten.

We hadden regelmatig met elkaar gemaild, dat wil zeggen zij had verteld hoe het ging en ik had gelezen. Gelezen zoals ik luisterde, en ik had korte reacties gestuurd, meestal vervolgvragen zoals ik dat ook altijd deed in gesprekken.

In het begin was het niet eenvoudig geweest, had ze geschreven. Julian had toch meer last gehad van wat er was gebeurd dan ze aanvankelijk had gedacht. Nadat de euforie van de redding en het samenzijn was gezakt, was hij somber geworden, in zichzelf gekeerd, ja, eigenlijk een andere persoon dan de man op wie ze verliefd was geworden, vond ze. En hij had veel over zijn broer gesproken. Hij verdedigde Franz en het leek dat het erg belangrijk was voor Julian dat zij, en ook haar ouders, begrepen dat Franz niet slecht was, hij was alleen heel, heel verliefd geweest.

Het had zelfs zo lang geduurd dat ze overwogen had bij hem weg te gaan, maar toen was er iets gebeurd wat alles veranderde: ze werd zwanger.

En vanaf die dag leek het of Julian wakker werd en hij de Julian werd die ze zich nog een beetje kon herinneren van die ene nacht samen die ze hadden gehad voordat hij als vermist was opgegeven. Vrolijk, aardig, warm en lief. Misschien dat hij nooit helemaal zo bruisend van leven en vrolijk werd als die ene nacht, maar wat maakte dat uit? Alle vrouwen vonden toch dat hun man in het begin spannender was? En wat kun je meer van een man verlangen dan dat hij trouw en liefdevol is en hard werkt voor het gezin? Zelfs Helena's vader moest toegeven dat ze een man had die zijn handen vuil wilde maken en op wie je kon vertrouwen. Vader kon te zijner tijd het restaurant met een gerust hart aan hem overlaten.

Toen Ferdinand ter wereld kwam had Julian volgens Helena

gehuild als een kind. En als vader straalde hij zoveel liefde uit. 'Als een kachel,' schreef ze. 'En wat kon je beter hebben op Kalymnos als de winterstormen kwamen?'

'Dus jij denkt dat je klaar bent voor *Where Eagles Dare*?' zei Julian lachend nadat ik me had geïnstalleerd in mijn kamer en we zaten te lunchen in het restaurant. Gegrilde inktvis, dat was hun specialiteit en het smaakte werkelijk fantastisch. Het viel me op dat Julian niet at en ik dacht dat het te maken kon hebben met de mythe dat inktvissen van lijken eten. Wat natuurlijk geen mythe was want alle dieren eten van verdronken mensen als ze de kans krijgen.

'Ik weet het niet,' zei ik. 'Maar ik heb in elk geval wat geklommen op de rotsen rond Athene.'

'Dan starten we morgenvroeg,' zei hij.

'De route is ongebruikelijk lang,' zei ik. 'Veertig meter.'

'Komt in orde, ik heb een touw van tachtig meter.'

'Geweldig.'

De ringtoon van zijn telefoon klonk. Hij wilde opnemen, maar stopte en keek me aan.

'Wat ben je bleek, Nikos. Is alles oké?'

'Ja, hoor,' loog ik en het lukte me om te glimlachen. Mijn maag draaide zich om en het zweet brak me uit. 'Neem maar op.'

Hij keek me onderzoekend aan. Hij dacht misschien dat de gedachte aan de lengte van de route deze reactie had veroorzaakt.

Hij pakte de telefoon en eindelijk stopte de melodie.

'Whole Lotta Love.'

Dit gebeurde elke keer. Het nummer voerde me niet alleen veertig jaar terug in de tijd, naar een boom in een achtertuin in Oxford, maar het maakte me fysiek onpasselijk.

Julian moest inmiddels hebben begrepen dat het niet vanwege het klimmen was. 'Hou je niet van die muziek?' vroeg hij toen hij klaar was met het telefoongesprek.

'Dat is een lang verhaal,' zei ik en ik lachte nu omdat ik even de tijd had gehad om weer tot mezelf te komen. 'Maar ik dacht dat jij niet van Led Zeppelin hield. Ik meende me te herinneren dat je softere muziek als ringtoon had.'

'Is dat zo?'

'Ja, iets met Ed. Ed Cheap. Ed Sheep...'

'Ed Sheeran!' riep Helena.

'Dat is het,' zei ik, kijkend naar Julian.

'Ik hou van Sheeran!' riep Helena lachend uit.

'En jij, Julian?'

Julian Schmid tilde zijn glas water op. 'Het is toch mogelijk om zowel van Zeppelin als van Sheeran te houden?' Hij dronk lang zonder zijn blik van mij af te wenden.

'Ik bedacht me iets,' zei hij toen hij eindelijk het glas weer neerzette. 'Het weerbericht voor morgen zegt dat het kán gaan regenen, het is natuurlijk moeilijk te zeggen of de buien inderdaad op het eiland vallen, maar hoewel de route onder een overhangende rots loopt zal de wind zoveel regen meenemen dat de wand nat wordt, dus wat zou je ervan zeggen als we nu gaan? Dan weten we zeker dat je de route hebt geprobeerd voordat je overmorgen weer teruggaat.'

'Ja, het zou vervelend zijn dat je hier alleen maar naartoe bent gekomen om Ferdinand en mij te zien,' zei Helena grinnikend.

Ik lachte.

We sloten de lunch af en ik ging naar mijn kamer om me klaar te maken. Terwijl ik mijn klimrugzak inpakte zag ik Julian vanuit het raam met Ferdinand spelen. De jongen rende lachend rond zijn vader en elke keer als Julian hem te pakken kreeg draaide hij hem rond waardoor het kleine blauw-witte mutsje afviel en de jongen gilde van plezier. Het leek op een dans. Een dans die ik nooit met mijn vader had gedaan. Of misschien wel? In dat geval was ik het vergeten.

'Ben je gespannen?' vroeg Julian toen we na een zwijgende autorit parkeerden op de plek waar we Franz' auto hadden gevonden.

Ik knikte terwijl ik naar het strand keek. Zo anders vandaag. Geen zon. Golven die slechts fluisterend over het strand rolden zonder te breken.

Na twintig minuten lopen in een flink tempo waren we op de landtong en keek ik omhoog naar *Where Eagles Dare*. De route zag er dreigender uit met de staalgrijze wolken erboven. We deden onze klimgordels aan en Julian gaf me twee bundels met korte schlinges.

'Je kunt het wel *onsight* proberen,' zei hij.

'Bedankt, je overschat me, maar ik ga zo ver als ik kan.' Ik haakte de schlinges aan mijn gordel, bond het touw vast, trok de oude, maar prettige klimschoenen aan die ik gebruikt had in het Peak District en stak mijn handen in de krijtzak die ik aan een touw rond mijn buik had hangen. In plaats van de eerste paar stappen van de route te maken, liep ik naar de rand van het pad en keek naar beneden.

'Daar hebben ze hem gevonden,' zei ik knikkend naar de branding. Ook die hield zich vandaag rustig, maar ik kon zien dat het geluid ons met een kleine vertraging bereikte. 'Maar dat wist je natuurlijk.'

'Ja, dat wist ik,' zei de stem achter me. 'Maar hoelang wist jij het?'

'Wist wat?'

Ik draaide me naar hem om. Hij was bleek. Misschien kwam het door het licht, maar die bijna witte bleekheid deed me een ogenblik denken aan Trevor. Maar het is logisch dat ik nog best vaak aan Trevor denk.

'Niets,' zei hij met een uitdrukkingsloos gezicht en vlakke stem en hij voerde het touw in het manuele ATC-zekerapparaat dat was vastgemaakt aan zijn gordel en doorliep de gebruikelijke checklist. 'Jij bent oké, de karabiner is dichtgedraaid, het touw is lang genoeg en jouw knoop ziet er goed uit.'

Ik knikte.

Ik zette mijn ene voet tegen de overhangende rotswand en pakte de eerste logische greep. Duwde mijn lichaam af en zette mijn andere voet tegen de wand.

De eerste tien meter klimmen ging goed. Ik bewoog soepel, de kilo's die ik kwijt was en de herwonnen spieren hadden resultaat. En tussen mijn oren zat het ook goed. Het laatste jaar was ik meerdere keren gevallen op tamelijk spaarzaam behaakte routes en als het touw na acht tot tien meter de val stopte dan voelde ik geen opluchting, alleen maar een milde teleurstelling dat het me niet gelukt was de route te volbrengen zonder te vallen. Maar hier zaten de haken dicht bij elkaar en een eventuele val zou kort zijn. Ik begon me eigenlijk af te vragen of ik genoeg schlinges had meegenomen nadat ik er al een aantal aan de zekeringen had vastgehaakt met het touw eraan.

Ik hoorde een meeuw schreeuwen. Een niet zo stevige greep van mijn hand schoot los en ik viel.

Een moment bevond ik me in een zo vaak en foutief beschreven toestand van gewichtloosheid.

Toen rukten het touw en de gordel hard aan mijn lichaam en dijen. Een korte, harde val. Ik keek naar Julian die op de grond stond met een strakgespannen touw vanaf het zekerapparaat aan de gordel.

'Sorry,' riep hij. 'Je viel zo snel dat ik niet de tijd had om het langzamer te doen.'

'Helemaal goed,' riep ik naar beneden en aangezien ik niet bij de overhangende wand kon komen trok ik me puur op mijn armkracht omhoog. Hoewel ik me maar drie meter omhoog hoefde te trekken en Julian zijn lichaamsgewicht gebruikte om het touw in te halen, was het klimtouw zo glad en dun dat ik behoorlijk moe was toen ik eindelijk bij de haak was gekomen waaraan het touw hing. Ik keek naar mijn handen. Er was al veel huid af. Na een korte rustpauze klom ik verder. Ik moest bij een haak op de crux zien te komen, dat was het moeilijkste punt van de route, maar afgezien daarvan merkte ik dat het gevoel er was, dat ik niet hoefde na te denken, dat mijn voeten en handen de vergelijking met één of twee onbekenden zelf leken op te lossen. En toen ik vijftien meter later op de top was, het touw aan het ankerpunt klikte, was dat met een stille, diepe innerlijke tevredenheid. Ik had de route niet zonder een val gedaan, maar het was toch magisch geweest. Ik draaide me om en keek naar het uitzicht. Volgens George kon je vanaf Kalymnos bij helder weer de Turkse kust zien, maar vandaag zag ik alleen dit: de zee, mijzelf en de route.

En het touw dat naar beneden liep naar de man die ik had gered en die mij zou redden.

'Klaar!' riep ik. 'Je kunt me naar beneden laten zakken.'

Ik zakte door de stille, vochtige middaglucht. Het daglicht was al bezig te verdwijnen. Als Julian de route nog wilde doen dan moesten we direct daarna teruggaan om te voorkomen dat we het steile, stenige pad in het donker moesten lopen. Maar iets zei me dat Julian geen poging zou wagen. Na een paar meter dalen zag ik een donkere plek op het gele touw onder me vandaan komen en passeren op weg naar het ankerpunt.

Het teken voor het midden.

'Het touw is te kort,' schreeuwde ik.

Hoewel het windstil was, kon het natuurlijk door de branding, het geschreeuw van de meeuwen of gewoon door afwezigheid komen dat hij me niet hoorde, hij bleef in elk geval doorgaan met me te laten zakken.

'Julian!'

Maar hij bleef doorgaan met touw geven, zelfs nog sneller.

Ik keek naar de zee, ik keek naar het eind van het touw dat als een cobra reageerde op een fluit. En nu zag ik het ook, er zat geen knoop in het touw.

'Julian!' herhaalde ik, ik was nu zo dichtbij dat ik de dode gezichtsuitdrukking van hem kon zien.

Hij ging me vermoorden, het was slechts een kwestie van seconden voor het touw ongehinderd door het zekerapparaat zou gaan en ik zou vallen.

'Franz!'

Het elastische touw strekte zich uit naar de afgrond op het moment dat het strak werd getrokken. Mijn gordel knelde tegen mijn onderrug. Het dalen was gestopt, ik bungelde op en neer in het luchtledige. Het was nog maar drie meter naar Julian, maar aangezien ik in een loodrechte lijn vanaf het ankerpunt op de top hing, hing ik over de rand van het pad. Als het touw door het zekerapparaat zou gaan dan zou ik langs Julian en die hele zestig meter naar beneden vallen tot op de rotsen waar de golven schuimden als de inhoud van een kapotte champagnefles.

'Het lijkt erop dat het touw toch geen tachtig meter was,' zei hij. 'Excuus, een menselijke fout.' Zijn gezicht drukte geen verontschuldiging uit. Hij had misschien niet alle touwtjes in handen, maar wel dat ene touw dat nu van belang was. En het uiteinde daarvan bevond zich twintig centimeter onder het zekerapparaat en zijn hand en dat was het enige wat me vasthield. Door de hoek en de frictie in het zekerapparaat was het niet zwaar om me tegen te houden, maar aan de andere kant: hij kon het niet eeuwig volhouden. En als hij losliet zou het er niet uitzien als moord, maar als een heel gebruikelijk klimongeluk. Te weinig touw.

Ik knikte. 'Je hebt gelijk, Franz...'

Hij gaf geen antwoord.

'... het is menselijk om fouten te maken.'

We namen elkaar op. Hij, half staand en half zittend op het pad in de gordel en het touw, ik, bungelend recht boven hem en de afgrond.

'Een paradox,' zei hij ten slotte. 'Dat is een Grieks woord, toch? Bijvoorbeeld als Ferdinand bang is voor het donker als hij naar bed moet en wil dat papa hem een verhaaltje vertelt voor hij gaat slapen. Maar het moet wel een spannend verhaaltje zijn. Is dat geen paradox?'

'Misschien,' zei ik. 'Misschien niet.'

'Hoe dan ook, jij ziet het donker komen, misschien kun jij nu zo'n spannend verhaaltje vertellen, Nikos? Zodat jij en ik misschien minder bang worden.'

'Moeten we deze situatie niet eerst oplossen?'

Hij liet het touw iets los, liet het een paar centimeter door het apparaat gaan.

'Ik geloof,' zei hij, 'dat het antwoord afhangt van het verhaal dat je vertelt.'

Ik slikte en keek naar beneden. Zestig meter vallen duurt niet lang. Drieënhalve seconde om precies te zijn. Maar in die tijd kun je een heleboel denken. Helaas bereik je ook een snelheid van 123,5 kilometer. Zou ik in het water terechtkomen, misschien de val overleven en dan verdrinken? Of zou ik op de rotsen terechtkomen en onmiddellijk en pijnloos sterven? Dat laatste had ik van dichtbij meegemaakt. De stilte en de afwezigheid van drama waren het opvallendst geweest, zelfs in de seconden nadat hij op de grond was gevallen. Voordat iedereen begon te schreeuwen en rennen. Het was koud geworden, toch voelde ik het zweet als smeltend kaarsvet langs me lopen. Ik was niet van plan geweest om de onechte Julian op deze manier te ontmaskeren, met mijn leven letterlijk in zijn handen. Aan de andere kant was het logisch. Ja, in zekere zin maakte het alles makkelijker. Het ultimatum werd daardoor logischer.

'Goed,' zei ik. 'Ben je er klaar voor?'

'Ik ben er klaar voor.'

'Er was eens...' Ik haalde diep adem. 'Er was eens een man die Franz heette die zo jaloers werd dat hij zijn tweelingbroer Julian vermoordde om de mooie Helena voor zichzelf te hebben. Hij nam zijn broer mee naar het strand, schoot hem door zijn hoofd en gooide het lijk in zee. Maar toen Franz besefte dat Helena van Julian hield, en alleen van Julian, dat ze Franz helemaal niet wilde hebben, arrangeerde Franz het zo dat het leek of hij en niet Julian in zee was gegooid met een kogel door het hoofd. Daarna ketende hij zich vast in een kelder en toen hij gevonden werd deed hij alsof hij Julian was en dat hij vanaf het moment dat Julian was vermist de hele tijd in de kelder had gezeten. Iedereen geloofde dat hij Julian was en op die manier kreeg Franz toch zijn Helena en ze leefden nog lang en gelukkig. Toen kwam de olifant met zijn lange snuit en blies het verhaaltje uit. Tevreden?'

Hij schudde zijn hoofd, maar zijn hand hield nog steeds het touw vast. 'Je bent duidelijk geen verhalenverteller, Nikos.'

'Dat is waar.'

'Je hebt bijvoorbeeld geen enkel bewijs.'

'Waarom denk je dat?'

'Als je bewijs had gehad dan was je niet alleen gekomen, dan was ik allang gearresteerd. En ik weet toevallig dat je niet meer bij de politie werkt. Tegenwoordig zit je in de Nationale Bibliotheek boeken te lezen, dat klopt toch?'

'Nee,' zei ik. 'Ik zit in de Gennadius-bibliotheek.'

'Dus waar gaat dit bezoek om? Is dit de oude man die op zoek is naar innerlijke rust omdat hij zich nog steeds afvraagt of hij de waarheid wel boven tafel heeft gekregen?'

'Het klopt dat ik geen innerlijke rust heb,' zei ik. 'Maar dat komt niet door deze zaak. En het is niet zo dat ik op zoek ben naar bewijzen want die heb ik al.'

‘Je liegt.’ De knokkels van zijn hand die het touw vasthielden werden wit.

‘Nee,’ zei ik. ‘Toen het DNA-profiel van het lijk in zee matchte met het profiel dat we hadden van het verhoor van Franz, dacht iedereen dat we de antwoorden hadden. Maar er was uiteraard een andere mogelijkheid. Aangezien identieke tweelingen uit dezelfde eicel komen, delen zij hetzelfde genetisch materiaal en hebben ze ook hetzelfde DNA-profiel. Dus het lijk dat we gevonden hadden kon net zo goed Julian als Franz zijn.’

‘En wat dan nog? Nog steeds heb je geen bewijs dat het niet Franz was!’

‘Helemaal waar. Het bewijs kreeg ik pas toen ik de vingerafdrukken ontving die jij, Franz, had achtergelaten op het glas toen je tijdens het verhoor op het politiebureau in Pothia water dronk. Ik vergeleek die met de vingerafdrukken die ik thuis in Athene had.’

‘Athene?’

‘Beter gezegd in een doosje op een plank boven mijn bed. Op de steen die je mij in het ziekenhuis gaf. Ja, paradox is Grieks en de paradox hier is dat identieke tweelingen, hoewel ze hetzelfde DNA-profiel hebben, niet dezelfde vingerafdruk hebben.’

‘Dat is niet waar. We hebben onze vingerafdrukken vergeleken en die zijn hetzelfde.’

‘Bijna hetzelfde.’

‘We hebben hetzelfde DNA dus hoe is dat mogelijk?’

‘Omdat vingerafdrukken niet voor honderd procent worden bepaald door de genen, ze worden ook gevormd door de omgeving in de baarmoeder. De positie van hoe de ene foetus ligt ten opzichte van de andere. Het verschil in lengte van de navelstreng dat weer verschillen geeft in de bloedtoevoer en de toegang tot voedingsstoffen, wat weer bepaalt hoe snel vingers groeien. Wanneer jouw vingerafdrukken tussen de dertiende en negentiende week van de zwangerschap zijn gevormd, dan zijn er kleine verschillen ontstaan die je kunt ontdekken als je ze nauwkeurig onderzoekt. En ik heb ze nauwkeurig onderzocht. En weet je? De vingerafdrukken op de steen die ik van je heb gekregen in het ziekenhuis toen jij je uitgaf voor Julian en die op het glas waaruit jij, Franz, hebt gedronken op het politiebureau waren volkomen identiek. Kort samengevat, deze twee personen waren...'

'... een en dezelfde.'

'Ja, Franz.'

Misschien kwam het door de invallende duisternis, misschien kwam het door onze immer vooringenomen blik die onze vooringenomenheid op basis van nieuwe informatie bepaalt, maar ik had het idee dat ik Franz uit de persoon onder me zag komen, ik zag dat hij zijn masker afgooide en uit de rol stapte die hij jarenlang had gespeeld.

'En alleen jij weet dit?' vroeg hij zacht.

'Dat klopt.'

Er klonk een eenzame, jammerlijke kreet van een meeuw over het water.

Het was werkelijk waar, het onderzoekswerk dat ik had gedaan in het reconstrueren van deze misdaad en rolverwisseling had in alle eenzaamheid plaatsgevonden en zonder andere middelen dan deze vingerafdrukken en mijn povere logica, maar uitstekende voorstellingsvermogen.

Hij vermoordde Julian in de nacht dat ze naar het ziekenhuis reden, waarschijnlijk terwijl ze nog steeds ruziemaakten en in een aanval van jaloerse razernij. Ik nam aan dat het waar was dat Julian in een poging Franz zover te krijgen Helena zonder strijd op te geven had beweerd dat hij diezelfde dag contact met haar had gehad. In dat gesprek had hij onthuld dat hij de tweelingbroer was en haar voor de gek had gehouden, waarop Helena gezegd zou hebben dat ze hem, Julian, wilde hebben. Julian had gelogen tegen Franz, Helena had niet geweten dat ze met tweelingbroers had afgesproken voordat ik haar dat had verteld. Toch had Julian geweten dat hij gelijk had, dat zij de voorkeur gaf aan hem, want als het om winnen van het hart van een vrouw ging was hij zijn sombere broer de baas. Ik ging ervan uit dat Franz, door het dolle heen en gedreven door jaloezie, de Luger had gepakt en Julian had vermoord. En in diezelfde vlaag van verstandsverbijstering had hij zonder na te denken over de consequenties het tekstbericht naar Helena gestuurd dat hij Julian had vermoord. De man die zij wilde, wist hij. Maar toen kreeg Franz zichzelf weer onder controle en besefte hij dat Helena, als hij zijn kaarten handig speelde, alsnog de zijne zou worden. Hij vond een plek waar hij helemaal tot aan de zee kon komen, kleedde het lijk uit en gooide het in zee. Daarna reed hij terug naar Massouri, legde Julians kleren, telefoon en andere eigendommen in de kamer en meldde de volgende ochtend zijn vermissing. Hij zei dat Julian nog voordat het licht werd was gaan zwemmen. Hoewel het plausibel was dat Julian was verdronken, wist Franz dat we, als we hoorden van de ruzie tussen hen de avond ervoor, zijn handel en wandel nader zouden onderzoeken. Dus hij wiste het tekstbericht dat hij in een opwelling had verstuurd naar Helena. Hij wiste ook de telefoonlijst waaruit bleek dat hij Victoria, die hem alleen thuis had zien komen, acht keer had gebeld. Kennelijk wilde hij haar spreken om dat uit te leggen en haar te vragen de zaken niet gecompliceerder te maken door het aan de politie te vertellen. Maar na het gesprek met mij op het bureau in Pothia begreep hij dat we de telefoonlijst en het tekstbericht via het telecombedrijf zouden krijgen. Bovendien kreeg hij te horen dat ik met Helena had gesproken, dus toen hij bij Odyssey op weg was naar de klimwand en me zag praten met Victoria, begreep Franz dat het net zich om hem heen aan het sluiten was.

Toen werd hij wanhopig.

De enige kaart die hij nog steeds in handen had was dat het lijk van Julian nog niet was gevonden. En dat Julian en hij hetzelfde DNA hadden, dus als we het lijk van Julian vonden kónden we nog steeds denken dat het om Franz ging.

De enige oplossing was dat Franz Schmid moest verdwijnen, moest ophouden te bestaan. Dus hij zette deze zelfmoord in scène. Hij belde me vanaf het strand en kondigde die op een niet mis te verstane wijze aan. Hij plantte het zaadje dat Julian misschien niet dood was, maar dat hij gevonden kon worden in zijn liefdesgevangenis. Hij moest het zo formuleren dat hij voldoende tijd had om naar Paleochora te gaan voordat wij het raadsel hadden opgelost, maar hij had er vermoedelijk geen rekening mee gehouden dat ik meerdere dagen nodig had. Na het telefoongesprek met mij liet hij zijn kleding en telefoon in de auto achter, liep blootsvoets de golven in, gooide de Luger in zee zodat we die als we die vonden als bewijs voor de zelfmoord zouden opvatten. Hij waadde naar de rotsen en klom daarvandaan omhoog naar Paleochora, dat zal hem niet meer dan een uur hebben gekost. Het was nacht en het stormde, dus hij wist dat de kans om iemand tegen te komen, in elk geval iemand die hem herkende, minimaal zou zijn.

'Je had een wollen deken bij je, maar je moet ook kleding en zeker schoenen hebben gehad om naar Paleochora te kunnen lopen,' zei ik. 'Waar heb je die gelaten?'

Ik zag dat de grip van Franz op het touw verslapte, ik zag het einde met de gele tape door zijn handen glijden.

'In Chora,' zei hij. 'In een vuilniscontainer bij de vestingmuur. Samen met de verpakking van het braakmiddel en de laxerende middelen die ik heb ingenomen zodat de indruk werd gewekt dat ik daar al langer vastgeketend zat toen jullie me vonden. Ik bereikte de kelder, braakte als een varken en liep van onderen leeg. Ik dacht dat jullie me veel eerder zouden vinden.'

'Ben je de hele tijd in de kelder gebleven?'

'Overdag wel want anders had men me vanuit Chora kunnen zien of ik was toeristen tegengekomen. Maar 's nachts ging ik naar buiten om frisse lucht in te ademen.'

'En je maakte je natuurlijk niet eerder vast met de handboeien voor je hoorde dat de redding onderweg was. De sleutel van de handboeien, waar heb je die gelaten?'

'Die heb ik doorgeslikt.'

'En dat was het enige wat je at terwijl je daar was? Niet zo vreemd dat je magerder leek.'

Franz Schmid lachte even. 'Vier kilo. Dat is goed te zien als je al mager bent. Ik werd een beetje wanhopig toen ik doorkreeg dat je de hint niet had begrepen. Ik begon om hulp te roepen. En toen ik eindelijk buiten mensen hoorde was ik al zo hees dat mijn stem geen kracht meer had.'

'De stem die anders klonk,' zei ik. 'Je was gewoon hees geworden van het roepen.'

'Niemand hoorde me,' zei Franz.

'Niemand hoorde je,' herhaalde ik.

Ik haalde adem. De klimgordel werd zo strak getrokken dat ik problemen kreeg met mijn bloedsomloop. Mijn benen waren al bezig gevoelloos te worden. Ik wist natuurlijk dat hij twee redenen had om te bekennen. De eerste was dat hij me hoe dan ook in de afgrond zou laten vallen. En de tweede was dat het goed voelde om te bekennen. Om het iemand anders toe te vertrouwen. Dat is de reden dat de biecht een van de populairste producten van de kerk was.

'Dus je hebt het leven van je broer overgenomen,' zei ik.

Franz Schmid haalde zijn schouders op. 'Julian en ik kenden elkaars leven vanbinnen en vanbuiten dus het was makkelijker dan je zou denken. Ik beloofde Helena dat ik snel terug zou komen en vertrok naar huis. Ik ontweek zo veel mogelijk mensen die ons goed kenden, familie, vrienden en Julians collega's. Mijn isolement en een paar merkwaardige situaties werden toegeschreven aan mijn geheugenverlies door de traumatische ervaringen die ik had doorgemaakt. Het moeilijkste was de begrafenis, toen mijn moeder zei dat ze ervan overtuigd was dat ik Franz was en dat ze bezig was gek te worden van verdriet. En de speeches waaruit bleek hoe geliefd ik eigenlijk was. Na de begrafenis zei ik mijn baan op, Julians baan dus, en ging terug naar Kalymnos. Helena en ik hadden een kleine bruiloft en van mijn kant had ik alleen mijn moeder uitgenodigd.

Maar ze wilde niet komen. Ze vond dat ik Helena van Franz had afgepakt en dat Helena Franz had verraden. We hadden nauwelijks contact tot Ferdinand werd geboren. Nadat ik een paar foto's van hem had gestuurd, hebben we met elkaar gebeld. We zullen zien.'

'En Helena... weet zij iets?'

Franz Schmid schudde zijn hoofd. 'Waarom doe je dit?' vroeg hij. 'Je geeft me een touw en bind jezelf vast aan het andere uiteinde en dan vertel je me dat niemand het zal weten als ik je vermoord.'

'Ik kan jou beter vragen, Franz, of het niet zwaar is om dit alleen te moeten dragen?'

Hij antwoordde niet.

'Als je me nu vermoordt dan ben je nog steeds alleen. Dan gaat het niet alleen meer over een moord in een vlaag van verstandsverbijstering, maar ook om een moord met voorbedachten rade. Wil je dat?'

'Je hebt me geen andere keus gegeven, Nikos.'

'Je hebt altijd een keus.'

'Als het om je eigen leven gaat misschien. Maar nu moet ik aan mijn gezin denken. Ik hou van ze, zij houden van mij en ik ben bereid alles voor hen op te offeren. Mijn zielenrust en jouw leven. Is dat zo vreemd volgens jou?'

Ik viel. Ik zag nog net het eind van het touw door Franz' hand verdwijnen en wist dat alles voorbij was. Maar toen stond de gordel rond mijn heupen en rug weer strak en danste ik door het elastische touw zachtjes op en neer.

'Helemaal niet vreemd,' zei ik. Mijn hart stopte met bonken, het ergste was voorbij, ik was niet bang meer om dood te gaan. 'Want ik ben gekomen om je dat aan te bieden: zielenrust.'

'Onmogelijk.'

'Ik kan je natuurlijk geen volledige rust bieden want je hebt immers je broer gedood. Maar ik kan je rust geven wat betreft je angst ontmaskerd te worden, van de hele tijd over je schouder te moeten kijken.'

Hij lachte kort. 'Omdat het nu eindelijk voorbij is en ik gearresteerd zal worden?'

'Je wordt niet gearresteerd. In elk geval niet door mij.'

Franz Schmid leunde achterover. Het was slechts een kwestie van tijd voor hij het touw moest loslaten. Het was goed. Ik was erop voorbereid dat het zo kon eindigen. Het was een van de twee mogelijkheden die ik kon accepteren.

'En waarom ga je me niet arresteren?' vroeg Franz.

'Omdat ik hetzelfde terug wil hebben.'

'Hetzelfde?'

'Zielenrust. En daarom kan ik je niet arresteren zonder zelf die kant op te gaan.'

Ik zag de spieren en aderen op de rug van zijn hand bewegen. De nekspieren stonden strak en hij ademde zwaarder. Ik begreep dat ik nog maar enkele seconden had. Seconden, een of twee zinnen die ik moest formuleren over de dag die de rest van mijn leven zou bepalen.

'Wat voor plannen heb jij voor de zomer?' vroeg ik Trevor terwijl ik de mok van de thermosfles naar mijn mond bracht.

Trevor, Monique en ik zaten elk op een steen tegenover elkaar. Achter ons was een wand van een meter of twintig, voor ons lag een zacht golvend landschap. Hoofdzakelijk ongerepte natuur, maar hier en daar stonden wat koeien. Op heldere dagen zoals vandaag kon je vanaf de top de fabrieksrook boven Sheffield zien. We hadden geklommen, de zon stond al laag en we zouden alleen nog wat eten voordat we teruggingen. De warme thermosmok brandde tegen mijn ontvelde vingertoppen en was ook glad omdat ik zojuist mijn vingers had ingesmeerd met Elizabeth Ardens Eight Hour Cream, het cosmetische damesproduct dat in de jaren dertig van de vorige eeuw was uitgevonden, maar volgens de ervaringen van mij en honderden andere klimmers beter was voor het herstellen van de huid dan welk ander geavanceerd middel ook.

'Weet ik niet,' antwoordde Trevor.

Hij had niet veel gezegd vandaag. Monique ook niet. In de auto vanaf Oxford en ook terwijl we klommen had ik – degene met het gebroken hart – vooral gepraat. Grapjes gemaakt. Vrolijk gedaan. Natuurlijk had ik wel gezien dat ze blikken met elkaar wisselden: wie gaat het hem vertellen, jij of ik? Maar ik had behendig de goede aanleidingen ontweken. Ik had de stiltes in de auto opgevuld met nietszeggend gebabbel en ik had vast een opgewonden indruk gemaakt, maar het ging over klimmen dus dan klonk alles opgewonden. Het zou slechts een tripje van één dag zijn aangezien Monique de rest van het weekend nodig had om zich voor te bereiden op haar afsluitende examen, dus misschien wilden ze wachten met het te vertellen totdat we bijna terug waren. Op die manier hoefden ze geen uren met me in de auto door te brengen nadat de bom was gebarsten. Aan de andere kant brandde het natuurlijk op hun lippen, wilden ze hun zonde bekennen en beloven dat het nooit meer zou gebeuren, mijn teleurstelling, misschien zelfs mijn tranen, zien. Maar daarna ook mijn vergeving krijgen, mijn grootmoedige belofte dat we konden doen alsof het nooit was gebeurd en doorgaan als vroeger. Ja, misschien waren we nu nog meer met elkaar verbonden nu we beseften wat we op het punt stonden kwijt te raken: elkaar.

We hadden de hele dag op de traditionele manier routes geklommen, dat wil zeggen dat we onze eigen zekeringen moesten zetten op plekken waar de berg daar de mogelijkheid toe bood. Uiteraard loop je meer risico in vergelijking met klimmen langs een behaakte route omdat een zekering die je in een spleet hebt vastgemaakt er ook weer uit kan schieten als je valt. Maar ik had – merkwaardig genoeg gezien mijn geschokte gemoedstoestand – goed geklommen. Ik was relaxter, bijna onverschillig naarmate het moeilijker werd om de juiste, veilige zekeringen te zetten. Met Trevor en Monique was het omgekeerde het geval, vooral met Trevor die ineens overal op simpele routes haken wilde zetten, wat irritant veel tijd kostte.

'Hoe zit het met jouw vakantieplannen?' zei Trevor en hij nam een hap van zijn sandwich.

'Wat werken bij mijn vader in Athene,' zei ik. 'Geld verdienen zodat ik naar Monique in Frankrijk kan gaan en eindelijk haar familie kan ontmoeten.'

Ik lachte naar Monique die beschaamd teruglachte. Misschien was ze het vergeten, maar nog geen drie maanden geleden hadden we samen de kaart bestudeerd. We hadden de wijngaarden en de rotspunten aangewezen op de kaart en enthousiast praktische zaken besproken alsof het een expeditie naar de Himalaya betrof.

'We moeten je wel iets vertellen,' zei Trevor zacht, kijkend naar de grond.

Ik voelde dat ik het koud kreeg en dat mijn hart in mijn schoenen zonk.

'Ik ben ook van plan deze zomer naar Frankrijk te gaan,' zei Trevor terwijl hij nog steeds kauwde.

Wat bedoelde hij verdomme? Gingen ze me niet vertellen wat er was gebeurd? Was dit een misstap die al achter hen lag, had Monique zich eenzaam gevoeld omdat ik haar had genegeerd en had Trevor in een moment van zwakte toegegeven? Dat was allemaal geen excuus, natuurlijk, maar de spijt die ze voelden, de belofte dat het nooit weer zou gebeuren, zou die nooit komen? Trevor naar Frankrijk. Gingen zij... zouden zíj de route volgen die Monique en ik van plan waren te nemen?

Ik keek naar Monique, maar ook zij had haar blik op de grond gericht. Het begon me te dagen. Het begon me te dagen dat ik blind was geweest. Maar ik was dat geweest omdat zij mijn ogen hadden uitgestoken. Er borrelde iets zwarts, lelijks en overweldigends in mij op. Het kon niet gestopt worden, het leek of mijn maag zich omdraaide en een stinkend, geelgroen braaksel een weg naar buiten trachtte te vinden. Maar er was geen weg: mijn mond, neus, oren, oogkassen, ze leken allemaal dichtgenaaid. Dus het braaksel vulde mijn hoofd, verdrong elke verstandige gedachte en stond op het punt te exploderen.

Ik zag dat Trevor zich gereedmaakte voor de afsprong. Voor de crux. Toen haalde hij diep adem waardoor de nu zo brede schouders en rug omhoogkwamen. De witte rug die ik door het raam had gezien. Hij opende zijn mond.

'Weten jullie wat?' haastte ik me te zeggen. 'Ik heb zin nog een route te klimmen voordat we vertrekken.'

Trevor en Monique keken elkaar in verwarring aan.

'Ik...' begon Monique.

'Het duurt niet lang,' zei ik. 'Ik zal alleen Exodus doen.'

'Waarom?' zei Monique. 'Je hebt toch al de hele dag geklommen?'

'Omdat ik wil soloklimmen,' zei ik.

Ze staarden me allebei aan en de stilte was zo totaal dat we de woorden die een andere klimmer en zekeraar honderd meter verderop naar elkaar riepen konden horen. Ik trok mijn klimschoenen aan.

'Je maakt een grapje,' zei Trevor met een geforceerd lachje.

Ik zag aan Moniques blik dat ze had begrepen dat ik geen grapje maakte.

Ik wreef mijn gladde, vette vingertoppen droog aan mijn klimbroek, stond op en liep naar de rotswand. Exodus was een route die we van haver tot gort kenden, we hadden die wel twaalf keer gedaan met touw. De route was makkelijk tot aan de crux – het moeilijkste punt – aan het eind, daar moest je alles uit de kast halen, het idee opgeven dat je in balans wilde zijn en je linkerhand met een zwaaiende beweging naar een rotspunt brengen die een beetje naar voren helde. Alleen de oneffenheden in de steen zorgden ervoor dat je niet viel. En omdat alles draaide om die oneffenheden kon je vanaf de grond zien dat die greep wit was van de magnesium doordat de klimmers hun hand eerst in de krijtzak hadden gestoken om hun huid zo droog mogelijk te maken.

Als je bleef hangen was het slechts een kwestie van je rechterhand te verplaatsen naar een uitstekende punt, je voeten in een spleet te zetten en de laatste eenvoudige meters te klimmen. Als je op de top was kon je zonder problemen en touw naar beneden komen langs een pad aan de achterkant van de rots.

‘Nikos…’ begon Monique, maar ik was al gestart met klimmen.

Tien seconden later was ik een eind de muur op. Ik hoorde dat het gesprek verderop abrupt verstomde en ik begreep dat ze hadden ontdekt dat ik ging soloklimmen. Ik hoorde een van hen zacht vloeken. Maar ik ging verder. Voorbij het punt waar het nog mogelijk was om spijt te krijgen en terug te gaan. Want het was fantastisch. De rots, de dood. Het was beter dan alle alcohol in de wereld, ik kon me werkelijk van alles afsluiten en alles vergeten, en voor de eerste keer dat ik in de boom had gezeten en gezien had dat Monique en Trevor neukten, was ik volkomen zonder pijn. Ik was nu zo hoog dat ik na het maken van één fout, als ik bijvoorbeeld uitgleed, geen kracht meer had of een punt waaraan ik me vasthield afbrak, niet alleen zou vallen en verwondingen oplopen, maar dood zou zijn. Ik had van soloklimmers gehoord die zich zo hadden geprogrammeerd dat ze niet dachten aan de dood, want als je dat deed dan spanden al je spieren zich, werd de zuurstoftoevoer geblokkeerd, hoopte het melkzuur zich op en viel je. Maar voor mij was het vandaag omgekeerd. Hoe meer ik aan de dood dacht, des te makkelijker ging het klimmen.

Ik was bij de crux gekomen. Het enige wat ik moest doen was mijn lichaam naar links laten vallen en dan de val stoppen door met mijn linkerhand die ene kleine richel te pakken. Ik stopte. Niet omdat ik aarzelde, maar om te genieten van het moment. Te genieten van hún angst.

Ik stond op mijn linker grote teen, liet mijn rechtervoet onder me hangen om in balans te zijn, leunde verder naar links. Ik hoorde een kreetje van Monique en er ging een heerlijk gevoel door mijn lichaam toen ik mezelf uit balans bracht, uit controle, me overgaf aan de zwaartekracht. Ik zwaaide mijn linkerhand naar de kleine rotspunt en greep die vast. Daardoor stopte de val voordat die eigenlijk was begonnen. Ik bracht mijn rechterhand naar de grotere, stevige rotspunt en zette mijn voeten in de spleet. Ik was veilig. Eerst voelde ik een merkwaardige teleurstelling. De twee andere klimmers, twee oudere Engelsmannen, waren naar Monique en Trevor gelopen en nu ze zagen dat ik niet meer het gevaar liep te vallen, gaven ze luid uiting aan hun misnoegen. Ik hoorde ze de gebruikelijke dingen zeggen: dat soloklimmen verboden zou moeten worden, dat klimmen ging over het hanteren van risico's, niet om de dood uit te dagen, dat mensen zoals ik een slecht voorbeeld waren voor jonge klimmers. Ik hoorde dat Monique ter verdediging inbracht dat, als de heren het haar niet kwalijk namen, er vandaag geen jonge klimmers waren. Trevor zei niets.

Nu ik goed stond kon ik even uitrusten en het melkzuur uit mijn spieren laten verdwijnen, daarna begon ik aan de laatste meters. Ik gebruikte de welbekende klimtechniek door afwisselend mijn rechter- en mijn linkerheup tegen de rotswand te duwen, me op te drukken terwijl mijn linker- en rechterhand beurtelings houvast zochten. Toen mijn linkerheup tegen de rotswand werd gedrukt, voelde ik iets steken in mijn dij. Het was de tube Elizabeth Arden-crème die in mijn broekzak zat.

In de jaren die volgden heb ik geprobeerd het te reconstrueren, mijn hersenen terug te spoelen, maar dat is onmogelijk. Ik kan slechts concluderen dat we verbluffend weinig in staat zijn ons te herinneren wat we hebben gedacht, dat het net zo gaat als bij dromen: ze ontglippen je. En dat we slechts op grond van wat er feitelijk, historisch is gebeurd concluderen wat we moeten hebben gedacht. Zo zit het en niet anders.

Wat ik deed die vrijdagmiddag in het Peak District in Engeland, was stevig staan op beide benen, me met mijn rechterhand vasthouden terwijl ik mijn linker in mijn broekzak stak. Aangezien ik met mijn linkerkant en heup tegen de wand stond gedrukt, waren mijn linkerhand en broekzak niet te zien voor de klimmers beneden. Zij hadden het bovendien te druk met het bespreken van de ethische dilemma's van dit zelfmoordklimmen. Met mijn hand in mijn zak draaide ik de dop los, kneep in de tube en ving de dikke, vette crème op met twee vingers. Ik bleef me met mijn rechterhand vasthouden terwijl ik mijn linker naar die kritieke en kleine rotspunt bracht, ogenschijnlijk om de positie van mijn voet te corrigeren, maar ik smeerde de doorzichtige crème op de rots. Ik stelde vast dat die onmogelijk te onderscheiden was van het witte magnesium dat er al zat. Ik veegde mijn hand schoon aan de binnenkant van mijn dijbeen zodat de vlek niet te zien was als ik mijn benen bij elkaar hield. Toen klom ik de laatste, makkelijke meters naar de top.

Toen ik aan de achterkant afdaalde, rond de rots liep en weer terugkwam, waren de andere twee klimmers al vertrokken, ik zag ze het pad af lopen. Uit het westen kwamen wolken gedreven.

'Idioot dat je bent,' zei Monique sissend die met haar rugzak op klaar stond om te vertrekken.

'Ik hou ook van jou,' zei ik en ik trok mijn klimschoenen uit. 'Nu jij, Trevor.'

Hij staarde me wantrouwend aan.

In fictie wordt er graag veel overtuigingskracht toegekend aan een blik. Literair gezien helpt deze methode de auteur om effectief en soms doeltreffend te kunnen vertellen. Maar aangezien ik, zoals gezegd, geen expert ben in het interpreteren van lichaamstaal en evenmin gevoeliger voor stemmingen ben dan anderen, kan ik slechts concluderen uit wat hij deed, dat hij het wist. Hij wist dat ik het wist. En dit was zijn manier van boete doen: op dezelfde manier de dood uitdagen als ik had gedaan. Dat het nu de enige manier was om mij zijn respect te tonen, om hoop te houden op vergeving.

'Jij mag jouw idiote daad niet minder idioot maken door van hem te verlangen net zo idioot te doen!' zei Monique briesend. De tranen stonden in haar ogen. Misschien dat ik daarom de rest van de tirade niet hoorde. Ik staarde naar de tranen en vroeg me af of die voor mij waren. Voor ons. Of waren die voor haar en Trevors morele val die zo indruiste tegen alles waarvoor Monique stond? Of ging het om het mes dat zij tweeën spoedig in me zouden steken en waarvoor meer moed nodig was dan ze kennelijk hadden? Maar na een poosje dacht ik daar ook niet meer over na.

En toen Monique merkte dat ik niet meer luisterde en dat mijn blik niet langer op haar gevestigd was, maar op iets achter haar en nu boven haar, draaide ze zich om en zag ze dat Trevor al aan het klimmen was. Ze schreeuwde. Maar Trevor was al voorbij het punt dat hij spijt kon krijgen en terug kon keren. Voorbij het punt dat ík spijt kon krijgen.

Nee, dat is niet waar, ik had hem kunnen waarschuwen. Hem kunnen zeggen dat hij een andere route moest nemen, een ander houvast moest zoeken. Dat had ik kunnen doen. Heb ik dat overwogen? Ik herinner het me niet. Ik weet dat ik het heb gedacht, maar dacht ik het toen of later? Welke bokkensprong heeft mijn geheugen gemaakt om in elk geval verzachtende omstandigheden te vinden? En weer moet ik zeggen: ik weet het niet. En welke pijn zou het grootst zijn geweest? De pijn dat Trevor die zomer naar Monique in Frankrijk zou zijn gegaan en misschien wel de rest van zijn leven met haar zou hebben gedeeld of de pijn die mij nu ten deel was gevallen. In beide gevallen was ik ze allebei kwijt. En zou de pijn erger zijn geweest als ik met Monique was verdergegaan, met een leugen had geleefd, geleefd in stilzwijgen in de wetenschap dat ons huwelijk een farce was en niet gebaseerd op liefde, maar op gemeenschappelijke schuld, dat het fundament de grafsteen was van de man die ze meer lief had gehad dan mij?

Ik had hem kunnen waarschuwen, maar ik deed het niet.

Omdat ik zou hebben gekozen – toen en ook nu – voor een leven met haar. Een leven met een leugen, een leven met zwijgen en schuld. En als ik toen had geweten dat dat onmogelijk was dan zou ik hebben gewenst dat ik gevallen was. Maar ik was niet gevallen, ik moest verder leven. Tot de dag van vandaag.

Van de rest van de dag herinner ik me niet veel. Dat wil zeggen, ergens ligt het opgeslagen, maar ik heb die la nooit geopend.

Ik herinner me iets van de autorit terug naar Oxford. Het was nacht en uren nadat het lichaam van Trevor naar beneden was gedragen, uren nadat Monique en ik een verklaring hadden afgelegd aan de politie en aan de wanhopige moeder van Trevor hadden uitgelegd wat er was gebeurd terwijl zijn vader hartverscheurend huilde.

Ik reed en Monique zweeg. We waren ergens op de M1 tussen Nottingham en Leicester, de temperatuur was flink gedaald nadat het was begonnen te regenen dus ik had de stoelverwarming en de ruitenwissers aangezet en had gedacht dat het bewijs tegen me nu van de rotspunt spoelde. En in de warme auto zei Monique ineens dat het naar parfum rook en vanuit mijn ooghoeken zag ik dat ze naar mijn schoot keek. ‘Je hebt een vlek aan de binnenkant van je dijbeen.’

‘Magnesium,’ zei ik snel zonder mijn ogen van de weg te halen. Alsof ik al wist dat ze dat zou gaan zeggen en ik een uitleg had voorbereid.

De rest van de weg legden we in stilte af.

‘Je hebt je beste vriend vermoord,’ zei Franz Schmid.

De toon klonk noch beschuldigend, noch geschokt. Hij stelde het slechts vast.

‘Nu weet jij van mij wat ik van jou weet,’ zei ik.

Hij keek naar me op. De eerste windvlaag ging door zijn kuif. ‘En daarmee bedoel je dat ik niks te vrezen heb van jou? Maar jouw misdrijf is verouderd, je zal geen straf krijgen.’

‘Denk je dat ik niet gestraft ben, Franz?’ Ik sloot mijn ogen. Het was niet zo belangrijk of hij het touw losliet of dat hij me redde. Ik had mijn biecht afgelegd. Hij kon uiteraard geen absolutie geven. Maar hij kon – wij kónden – elkaar een verhaal geven waaruit bleek dat we niet alleen waren, dat we niet de enige zondaars waren. We kregen geen vergeving, maar het werd menselijk. Het werd een menselijke fout. Er zijn altijd mensen die zwak zijn. Ik was in elk geval een mens. En dat is Franz ook. Begreep hij dat? Dat ik was gekomen om hem een mens te maken? Om mezelf een mens te maken? Dat ik zijn redder was en hij de mijne? Ik opende mijn ogen weer en keek naar zijn handen.

Het was zo donker toen we terugliepen naar de auto dat Franz voorop moest lopen en ik vlak achter hem. Ik hoorde de branding mompelen en jammeren onder ons, als een teleurgesteld roofdier dat begrijpt dat de prooi is ontsnapt terwijl ik me erop concentreerde mijn voeten op de plekken van het smalle, steile pad te zetten waar hij ze had gezet.

'Pas hier op,' zei Franz, maar toch schopte ik tegen de grote, losse steen waarover hij was gestapt. Ik hoorde dat de steen langs de berghelling naar beneden denderde, maar ik zag niets. Een oogarts had me eens uitgelegd dat elk mens na zijn zestigste minstens vijfentwintig procent van de lichtgevoeligheid van zijn ogen is kwijtgeraakt. Dus ik zag nu slechter. Maar toch ook beter. Ik begreep in elk geval het verhaal over mijzelf beter. We liepen door en toen we rond de landtong waren gelopen, zag ik de lichten van de huizen aan het strand.

Franz had me van *Where Eagles Dare* gered door zijn voeten en de wand te gebruiken om dichter bij me te komen om zodoende meer touw in te halen en daarin een knoop te kunnen leggen. Met wat gestuntel en heen en weer zwaaien lukte het me in het laatste daglicht de uitstekende rotspunt te grijpen.

Aangekomen bij de parkeerplaats gingen we in de auto zitten en belde Franz Helena.

'Alles is in orde, schat, het klimmen duurde iets langer dan gepland,' zei hij.

Stilte. Een lach verspreidde zich over zijn gezicht. 'Zeg hem dat papa zo thuis is en hem zal voorlezen en dat ik ook van jullie hou.'

Ik keek naar de zee. Soms leek het of het leven een aaneenschakeling van onmogelijke keuzes was. Maar misschien komt dat doordat we de eenvoudige keuzes niet als keus zien. Het zijn de dilemma's, de kruispunten zonder bewegwijzering die onze gedachten beheersen. In Oxford, tijdens een discussie over Robert Frosts beroemde gedicht 'The Road Not Taken', beweerde ik, niet zonder jeugdige arrogantie, dat het gedicht uiteraard een hulde was aan het individualisme, een advies aan ons jonge mensen om '*the one less traveled by*' te nemen omdat '*that has made all the difference*' zoals de dichter in de laatste twee zinnen schrijft. Maar onze professor van zestig glimlachte en zei dat het juist deze naïeve, optimistische interpretatie is die het gedicht van Robert Frost tot het niveau heeft verlaagd van Khalil Gibran en Paulo Coelho die zo geliefd zijn bij de massa. Dat de zwakte van het gedicht de laatste strofe is omdat die onduidelijk is en gelezen kan worden als een mislukte poging tot een conclusie te komen, namelijk dat je moet kiezen. Je weet niets van beide wegen, ook niet welke '*less traveled by*' is omdat ze volgens het gedicht even lang lijken te zijn. En ook weet je niet waartoe de wegen leiden. Want – zoals de dichter betoogt – de weg die je kiest leidt weer naar nieuwe wegen en je zal nooit terugkomen op het oorspronkelijke kruispunt. En daarin ligt de poëzie, stelde onze professor vast. De melancholie. Het gedicht gaat niet over de weg die je hebt genomen, maar over de weg die je níet hebt genomen.

'Het is zelfs de titel van het gedicht,' zei de professor. 'Maar de wereld en wij als individuen interpreteren alles naar onze eigen behoefte. Overwinnaars beschrijven de oorlogsgeschiedenis met daarin zichzelf als de enige rechtvaardigen, theologen interpreteren de Bijbel op zo'n manier dat de Kerk zo veel mogelijk macht krijgt en wij gebruiken een gedicht om onszelf te vertellen dat we ons niet mislukt hoeven te voelen als we niet voldoen aan de verwachtingen van onze ouders of hun voetsporen hebben gevolgd. Het feitelijke verloop van de oorlog, de feitelijke tekst van de Bijbel, de feitelijke bedoeling van de dichter is onderschikt. Of niet?'

Franz legde de telefoon tussen ons in, maar draaide het contactsleuteltje niet om. In plaats daarvan bleef hij net als ik zitten kijken naar de zee.

'Ik begrijp je nog steeds niet,' zei hij. 'Je bent toch politieman.'

'Nee,' zei ik. 'Ik bén geen politieman om de simpele reden dat ik nooit politieman ben geweest, ik werkte alleen als een politieman. Je moet begrijpen, Franz, dat ik in het verhaal over mij jou ben. Julian heeft jou verraden zoals Trevor mij heeft verraden. En de ziekte jaloezie heeft ons beiden tot moordenaar gemaakt. Levenslange gevangenschap betekent in Griekenland dat je mogelijk na zestien jaar op voorwaarden wordt vrijgelaten. Mijn straf heeft al meer dan het dubbele aantal jaren geduurd. Ik wil niet dat hetzelfde met jou gebeurt.'

'Je weet niet eens of ik spijt heb,' zei Franz. 'Misschien had ik het niet eens nodig voor mijn zielenrust om te biechten. En wat jezelf betreft had je ook naar een priester kunnen gaan en daar je biecht doen.'

'Er is nog een andere reden dat ik gekomen ben,' zei ik.

'En dat is?'

'Jij bent de weg die ik niet heb genomen. Ik moest die zien.'

'Wat bedoel je?'

'Jij hebt haar gekozen, jij hebt haar gekozen die – onschuldig of niet – er de oorzaak van was dat je je eigen broer vermoordde.

Kun je daarmee leven, wilde ik weten. Kun je gelukkig leven samen met de schaduw van de grafsteen van de man die je hebt gedood? Ik heb altijd gedacht dat ik dat niet zou kunnen.'

'En nu je de andere weg hebt gezien en weet dat het mogelijk is, wat doe je daar dan mee?'

'Dat is een ander verhaal, Franz.'

'Krijg ik dat ooit te horen?'

'Misschien.'

Franz reed me twee dagen later naar het vliegveld. We hadden de afgelopen dagen niet veel met elkaar gepraat, het was alsof we beiden leeg waren. Ik had des te meer tijd doorgebracht met Ferdinand en Helena en de laatste avond had Ferdinand erop gestaan dat ik hem een verhaaltje voor het slapen gaan vertelde. Ik merkte geen jaloezie bij Franz terwijl hij in de deuropening stond en geamuseerd glimlachte. Waarschijnlijk om het feit dat de kleine Ferdinand me al kon commanderen. Dus toen Ferdinand zijn ouders goedenacht had gekust, ging ik bij zijn bed zitten en vertelde over de mythe van Ikaros en zijn vader. Maar net als mijn vader had gedaan, maakte ik mijn eigen versie, deze keer met een gelukkige afloop waarin ze beiden heelhuids ontsnapten uit de gevangenis van Kreta.

Er brak een hevig noodweer uit toen we voor het terminalgebouw parkeerden dus we bleven in de auto zitten wachten. Paleochora was in een grijze mist gehuld. Franz droeg hetzelfde flanellen overhemd als de eerste keer dat ik hem zag, op het politiebureau vijf jaar geleden. Misschien kwam het door het overhemd dat ik nu zag dat hij ook ouder was geworden. Hij zat met beide handen op het stuur en keek door de voorruit alsof hij zich moest opladen om iets te zeggen. Ik hoopte dat het niet iets groots en moeilijks was. Toen hij uiteindelijk sprak was dat zonder me aan te kijken: 'Ferdinand vroeg me vanmorgen waar jouw kinderen en hun moeder zijn. Toen ik zei dat jij die niet had, vroeg hij me je dit te geven.' Franz boog zijn hoofd, trok een klein, versleten beertje uit zijn jaszak en gaf dat aan mij.

Onze blikken kruisten elkaar en we lachten.

'En deze,' zei hij.

Het was een foto die ze kennelijk op fotopapier hadden geprint van mij die Ferdinand in het rond zwaaide zoals ik zijn vader had zien doen.

'Ik geloof dat je een goede opa zou zijn.'

Ik keek naar de foto. Helena had die genomen. 'Ga je het haar ooit vertellen? Wat er eigenlijk is gebeurd?'

'Helena?' Franz schudde zijn hoofd. 'In het begin had ik het kunnen doen, had ik het natuurlijk móeten doen. Maar nu heb ik het recht niet meer het verhaal waarin ze gelooft kapot te maken. Ze heeft daar immers haar leven en gezin op gebouwd.'

Ik knikte. 'Het verhaal,' herhaalde ik.

'Maar...' begon hij en zweeg weer.

'Maar?'

Hij zuchtte. 'Soms denk ik dat ze het weet.'

'O ja?'

'Ze zei een keer iets. Ze zei dat ze van me hield en ik zei dat ik van haar hield en toen vroeg ze me of ik zoveel van haar hield dat ik iemand van wie ik iets minder hield zou kunnen vermoorden om haar te krijgen. Er was iets aan de manier waarop ze het zei.

En toen kuste ze me voordat ik de kans kreeg te antwoorden en begon ze over iets anders te praten.'

'Wie weet?' zei ik. 'En wie wil het weten?'

Het stopte met regenen.

Toen ik in het vliegtuig stapte, was het wolkendek opengebroken.

Voordat ik later die avond in Athene wilde gaan slapen, zette ik het beertje op de plank boven mijn bed en pakte de geopende envelop die daarop lag. De brief was van twee maanden geleden en had het poststempel van Parijs. Ik herlas de brief nogmaals. Haar handschrift was in al die jaren niet veranderd.

Het was heel laat voordat ik in slaap viel.

DRIE MAANDEN LATER

'Bedankt voor een perfecte dag,' zei Victoria Hässel en ze tilde haar wijnglas op. 'Wie had gedacht dat je in Athene zo goed kan klimmen en dat jij zo'n goede conditie hebt.'

Ze knipoogde om er zeker van te zijn dat ik haar compliment begreep.

Victoria had een paar dagen na mijn terugkeer van Kalymnos contact met me opgenomen en we hadden sindsdien wekelijks contact. Misschien kwam het door de afstand en het feit dat we geen gemeenschappelijke vrienden hadden en elkaar niet bijzonder goed kenden dat ik mijn hart bij haar kon uitstorten. Niet over de moord, maar over de liefde. Om preciezer te zijn: over Monique. Haar liefdesleven was wat rijker en gevarieerder, en toen ze schreef dat ze haar nieuwe vlam, een Franse klimmer, zou ontmoeten op Sardinië en zin had om een omweg via Athene te nemen, was ik eerlijk gezegd wat aarzelend geweest. Ik schreef haar terug en legde uit dat ik de afstand prettig vond, het gevoel te spreken met een biechtvader die mijn gezicht niet kon zien.

'Ik kan wel een papieren zak over mijn hoofd doen,' had ze geantwoord. 'Maar verder ga ik niet.'

'Heeft jouw broer een mooier appartement?' vroeg Victoria terwijl ik de eettafel opruimde en de borden naar het aanrecht bracht.

'Mooier en groter.'

'Jaloers?'

'Nee, ik ben...'

'Gelukkig?'

'Ik zou zeggen tevreden.'

'Ik ook. Ik ben zo tevreden dat ik het bijna jammer vind dat ik morgen naar Sardinië ga.'

'Je hebt daar iemand die op je wacht en ik heb gehoord dat je daar fantastisch kunt klimmen.'

'Ben je jaloers?'

'Op het klimmen of op je vriend? Zou hij nu niet jaloers op mij moeten zijn?'

'Toen op Kalymnos was ik single.'

'Dat heb je gezegd. En ik ben een gelukkige, oude man die jou even te leen heeft.'

We namen onze wijnglazen mee naar het balkon.

'Heb je al een besluit genomen over Monique?' vroeg ze terwijl we uitkeken over Kolonaki en luisterden naar het geluid van de mensen op de terrassen, dat opsteeg als eentonige, maar vrolijke muziek.

Ik had Victoria verteld over de brief die ik had ontvangen. Dat Monique weduwe was en verhuisd was naar Parijs. Ze had geschreven dat ze veel aan me dacht en ze wilde dat ik bij haar op bezoek kwam.

'Ja,' zei ik. 'Ik ga erheen.'

'Dat is fantastisch!' zei ze lachend en ze tilde haar wijnglas op.

'O, dat weet ik nog niet zo zeker,' zei ik en ik zette mijn glas op het tafeltje.

'Waarom niet?'

'Omdat het waarschijnlijk te laat is. We zijn andere mensen dan destijds.'

'Als je zo pessimistisch bent, waarom ga je dan?'

'Omdat ik het moet weten.'

'Wat moet weten?'

'Waarheen de andere weg leidt, de weg die we niet hebben genomen. Weten of het mogelijk is gelukkig te zijn in de schaduw van een grafsteen.'

'Ik begrijp niet waar je het over hebt, maar is dat het?'

Ik dacht na. 'Ik zal je wat laten zien,' zei ik.

Ik kwam terug met het beertje en de foto van mij en Ferdinand.

'Schattig,' zei ze. 'Wie is die jongen?'

'Dat is de zoon van...' Ik haalde adem om er zeker van te zijn dat ik me niet versprak. 'Julian Schmid.'

'Natuurlijk,' zei ze.

'O, zie je gelijkenissen?'

'Nee, maar ik zie de muts.'

'De muts?'

Ze wees op de blauw-witte muts van Ferdinand. 'De clubkleuren van HSV. En voorop het vierkant van het clubembleem. De club van Julian en mij.'

Ik knikte. Er schoot een gedachte door mijn hoofd, maar ik wees die af, waarop die weer verdween. Ik dacht liever dat Franz nu vast de ringtoon van Zeppelin op zijn telefoon had veranderd, er iets vrolijks en toegankelijks voor in de plaats had gekozen wat niet zijn eigenlijke ik verraadde. Net zoals hij zijn St. Pauli-regenboogmuts had weggegooid en de kleding van zijn broer droeg en de hele tijd voor alles en iedereen om zich heen loog. Ik kon dat niet. Niet omdat ik morele bezwaren had, ik had gewoon het talent en de zin niet om het te doen. Als ik naar Parijs ging, moest ik Monique vertellen wat ik die dag in het Peak District had gedaan.

Ik bracht Victoria naar haar hotel, ze moest de volgende ochtend voor dag en dauw op. Athene is wat de Engelsen *an acquired taste* noemen. Maar ik nam door slechtere wijken dan Kolonaki een lange, lange omweg terug naar mijn appartement omdat ik wist dat ik toch niet zou kunnen slapen.

Misschien had Monique de hele tijd het vermoeden gehad. Misschien was haar opmerking over de vlek op mijn dijbeen die door de stoelverwarming de intense geur van Elizabeth Arden verspreidde een manier geweest om het te zeggen. Dat ze het wist, dat ze wist dat ze met haar verraad in zekere zin ook medeschuldig was en dat onze wegen zich moesten scheiden.

Maar nu, later in ons leven, kon het zijn dat we de weg terug hadden gevonden naar het kruispunt waar we elkaar ooit hadden verlaten. En nu – als we wilden, als we durfden – konden we de andere weg nemen. Ik, een moordenaar. Maar ik had mijn straf gehad, of niet? Ik was in staat geweest Franz zijn geluk te gunnen. Was ik in staat mezelf hetzelfde te gunnen?

Op een straathoek waar ik volgens mij nog nooit was geweest sjokte een zwerfhond over straat zonder naar links en naar rechts te kijken, hij leek de geur van iets te hebben opgepikt.

DE RIJ

Ik haat mensen die voordringen in een rij.

Dat komt vast omdat ik in mijn negenendertig jaar in te veel rijen heb gestaan.

Dus hoewel er maar twee mensen in mijn 7-Eleven-winkel zijn en de oudere dame in haar tas rommelt op zoek naar haar portemonnee, staar ik koud naar de jongen die voordringt. Hij draagt een donzen jas van het merk Moncler, ik weet dat omdat ik daarnaar heb gekeken en heb vastgesteld dat ik voor zo'n jas nooit voldoende geld zal hebben. De jas die ik voor de winter begon bij de kringloopwinkel Fretex heb gekocht, is ook prima. Maar ik heb de geur van de vorige eigenaar er nooit uit kunnen krijgen.

Het komt niet vaak voor dat mensen voordringen, behalve 's nachts als ze dronken zijn, want in dit land zijn de mensen over het algemeen beleefd. De laatste keer dat iemand het zo opzichtig deed was twee maanden geleden. Dat was een volwassen, keurig geklede vrouw die ontkende dat ze was voorgekropen en wenste mijn chef te spreken omdat ze vond dat ik ontslagen moest worden.

De blik van de jongen en die van mij kruisen elkaar. Ik zie dat hij wil lachen. Hij kent geen schaamte en draagt ook geen mondkapje.

'Ik moet alleen een blikje General-snus hebben,' zegt hij alsof dat het voordringen rechtvaardigt.

'Je moet op je beurt wachten,' zeg ik in mijn mondkapje.

'Het ligt vlak achter je, het kost je maar vijf seconden.' Hij wijst.

'Je moet op je beurt wachten.'

'Als je het direct had gegeven dan was ik nu al de winkel uit geweest.'

'Je moet op je beurt wachten.'

'Je moet op je beurt wachten,' aapt hij me na en hij overdrijft mijn accent. 'Kom op, bitch.'

Hij lacht breed alsof het een grap is. Het is mogelijk dat hij denkt dat hij zo tegen me kan praten omdat ik een vrouw ben uit een sociaal lagere klasse, een allochtoon, en een andere huidskleur heb dan zijn krijtwitte. Misschien is hij ironisch en speelt hij een parodie op een *bad boy*. Nadat ik hem wat beter heb bekeken verwerp ik die gedachte, dat is te moeilijk voor hem.

'Je moet aan de kant gaan,' zeg ik.

'Ik moet de metro halen. Kom op.'

'Misschien had je het moeten vragen aan de vrouw voor je, of het oké was.'

'Mijn metro…'

'De metro rijdt de hele dag,' zeg ik terwijl we het regelmatige gedender van de metro twee trappen onder ons kunnen horen. Toen ik hier begon te werken vroeg mijn kleine zusje of ik niet bang was voor terroristen met sarin. Tijdens de burgeroorlog, voordat we vluchtten, vreesden we altijd sarin. Dat de guerrilla het giftige gas zou laten ontsnappen zoals volgens de verhalen een Japanse sekte ergens in de jaren negentig had gedaan in de ondergrondse van Tokio. Mijn zusje was negen jaar en had elke nacht nachtmerries over het giftige gas en metrostations.

'Mijn metro gaat één keer in het kwartier,' zegt hij sissend. 'Ik heb een afspraak, oké?'

'Des te meer reden om het haar vriendelijk te vragen,' zeg ik en ik knik naar de dame achter hem die haar pas heeft kunnen vinden om de drie artikelen te kunnen betalen die voor me op de toonbank liggen. De jongen – ik gok dat hij halverwege de twintig is, regelmatig naar de sportschool gaat en traint met gewichten en explosieve workouts doet – verliest het geduld dat hij volgens zichzelf duidelijk heeft gehad.

'Nu, zwarte kuttenkop!'

Mijn hart gaat sneller kloppen, niet zozeer door zijn poging me te kwetsen. Ik weet niet of hij een racist is of dat hij me probeert te beledigen met wat me het meest provoceert en pijn doet. Bijvoorbeeld dat hij me een dwerg had genoemd als ik klein was of vet varken als ik dik was. Het kan me niet verdommen met welke vooroordelen hij rondloopt, mijn hart klopt sneller omdat ik bang ben, omdat er een grote jongen in mijn winkel staat die in de loop van enkele minuten een grens is overgegaan, wat betekent dat hij problemen heeft met zijn zelfbeheersing. Ik kan niet aan zijn pupillen of lichaamstaal zien of hij onder invloed is van verdovende middelen zoals de soldaten vaak waren, maar er kunnen natuurlijk anabole steroïden in het spel zijn. Mijn ex-man zegt dat ik altijd, omdat ik scheikundige ben, de wereld tracht te begrijpen met behulp van chemie. Net als iemand met een hamer alle problemen als spijkers ziet.

Dus, ja, ik ben bang, maar ik ben banger geweest. En ik ben kwaad, maar ik ben kwader geweest.

'Nee,' zeg ik kalm.

'Zeker?' Hij haalt iets uit de zak van zijn goede, warme Moncler-jas.

Een rood Swiss Army Knife. Hij trekt het lemmet eruit. Nee, het is het nagelvijltje. Hij tilt zijn hand op en steekt zijn middelvinger in de lucht. Hij begint te vijlen terwijl hij naar me lacht. Een van de voortanden heeft een zwarte vlek. Dat kan van de methamfetamine komen, waarin chemicaliën zitten als watervrije ammonia en rood fosfor die het glazuur van je tanden aantasten. Maar het kan ook komen van slecht tandenpoetsen natuurlijk.

Hij draait zich om naar de vrouw achter zich. 'Hé, dame. Is het oké als ik eerst afreken?'

De vrouw staart met open mond naar het mes en lijkt iets te willen gaan zeggen, maar er komt geen geluid. In plaats daarvan knikt ze zo snel als een specht en ze maakt een geluid of ze in ademnood is terwijl haar bril boven het mondkapje beslaat.

De jongen draait zich naar me om. 'Zie je. Kom op nu.'

Ik haal diep adem. Misschien heb ik de jongen onderschat. Hij is in elk geval slim genoeg om te weten dat de bewakingscamera's in de 7-Eleven-winkels alleen de beelden opnemen en niet het geluid zodat er in een rechtszaak geen onomstotelijk bewijs zal zijn dat hij me zwarte kuttenkop heeft genoemd of iets anders waarmee hij de wet heeft overtreden. Tenzij de oudere vrouw die achter hem staat een beter gehoor heeft dan ik denk. En nergens staat dat het verboden is je nagels te vijlen.

Ik draai me langzaam om en pak het blikje snus terwijl ik nadenk over de kwestie.

Ik heb zoals gezegd al sinds mijn geboorte in de rij gestaan en ik herinner me ze allemaal. De rij voor voedsel waarin mijn moeder en ik stonden toen ik klein was. De rij voor de vrachtwagen van de VN toen de eerste onlusten begonnen. De rij voor de gezondheidsdienst waar mijn zusje de diagnose tuberculose kreeg. De rij voor het personeelstoilet op de universiteit omdat er geen toiletten waren voor vrouwelijke studenten op de faculteit scheikunde. De rij met vluchtelingen toen de oorlog in onze stad uitbrak. De rij om aan boord te komen van een schip waarvoor mijn moeder alles had verkocht zodat mijn zus en ik een plaats kregen. Opnieuw in de rij voor voedsel in een vluchtelingenkamp waar de kans om te worden verkracht of aangevallen net zo groot was als thuis waar de oorlog woedde. De rij voor het wachten op emigratie naar een ander land, naar een asielzoekerscentrum dat de hoop op een beter leven gaf. De rij om een verblijfsvergunning en toestemming te krijgen te mogen werken in dit land dat ons heeft opgenomen en waarvan ik hou. Ik hou er zo van dat een van de drie foto's die ik heb opgehangen boven het bed in ons kleine flatje, een foto is van het koninklijk paar. De twee andere zijn een foto van mijn moeder en Madame Curie, mijn andere helden.

Ik leg het blikje snus op de toonbank en de jongen houdt zijn creditcard voor de lezer.

Terwijl we wachten op het signaal dat de kaartlezer de aankoop heeft goedgekeurd, open ik een la onder de toonbank waarin een doos met schone mondkapjes zit. Ik open het kleine flesje dat naast de doos staat, pak een mondkapje en laat er een druppel van de inhoud op vallen terwijl ik aan mijn zus denk. Gisteren heeft ze de foto van het koninklijk paar weggehaald. Ze zei dat ze voorgekropen waren in de rij. In de krant stond dat het koninklijk paar het vaccin al had gekregen waar de rest van de bevolking nog op moest wachten. De regering bood het koninklijk paar aan als eerste in de reddingsboot te stappen, zonder dit openbaar te maken en voor het hun beurt was volgens de opgestelde regels die voor de rest van de bevolking golden. En de twee personen op de foto accepteerden het aanbod. Twee personen wier taak het was symbool te zijn, het volk in tijden van crisis en oorlog bij elkaar te houden, ze hadden de kans gehad om die taak betekenisvol in te vullen door een voorbeeld te zijn als het ging om het volgen van de regels van de regering, om solidair, gedisciplineerd en geduldig in de rij te wachten. Maar het koninklijk paar, dat zoveel privileges heeft, pakte die mogelijkheid niet. Ze maakten van de gelegenheid gebruik om voor te dringen in de rij. Ik vroeg mijn zus of ze niet hetzelfde gedaan zou hebben. Ze antwoordde met ja, maar dat ze niet de kapitein op het schip was. Ik zei dat de koning het misschien deed om een voorbeeld te zijn, om het volk te laten zien dat het veilig was het vaccin te nemen. Mijn zus zei dat ik naïef was, dat dit hetzelfde excuus was dat de Algerijnse kapitein had gebruikt toen de vluchtelingenboot zonk en hij als eerste in de reddingsboot stapte.

De kaartlezer laat zien dat de koop is goedgekeurd.

Ik pak het mondkapje uit de la en geef het aan hem.

Hij staart me verbaasd aan terwijl hij het blikje in zijn jaszak stopt.

'Je hebt dat nodig in de metro,' zeg ik. 'Dat is nu verplicht.'

'Ik heb geen tijd om...'

'Je krijgt het gratis.'

De jongen lacht spottend, grist het mondkapje van de toonbank en loopt weg.

'En nu wij,' zeg ik lachend tegen de oudere vrouw.

Het is bijna elf uur 's avonds als ik de deur van het flatje van het slot draai. Het is er steenkoud want ik doe de verwarming alleen aan als ik 's avonds thuis ben en de elektriciteit goedkoper is.

Ik ben moe, doe het licht niet aan, wel de kleine televisie, maar met het geluid zacht. Ik zie mijn zus niet, maar ze zit ergens in het donker, haar stem vult de kamer. Ze zegt dat het gevaarlijk is waar ik werk. Dat er twee maanden geleden een vrouw dood is aangetroffen in een metro en dat ze in haar bloed sporen van organofosfaat hebben gevonden dat gebruikt wordt als insectenverdelger en sterk lijkt op sarin. En dat nu hetzelfde is gebeurd met een jongen. Mijn zus wijst naar het televisiescherm waar de nieuwslezer ernstig in de camera kijkt.

Terwijl ik luister naar haar gedachtespinsels, maak ik eten, dat wil zeggen ik warm de restjes van gisteren op. Ik maak niets voor haar klaar, mijn zus heeft niet meer gegeten sinds ze op haar tiende stierf aan tuberculose terwijl ze tevergeefs wachtte op behandeling in de rij van tuberculosepatiënten. Vorig jaar zijn er wereldwijd net zoveel mensen aan tuberculose gestorven als aan de nieuwe virusziekte. Maar daar komt uiteraard niets van op het journaal want het is geen probleem in het rijke Westen.

'Arme jongen,' zegt mijn zus met tranen in haar stem terwijl de reporter een zomerse foto van de jongen in een zeilboot met vrienden laat zien. Hij lacht breed en het valt me op dat hij geen zwarte vlek op zijn voortand heeft.

'Kijk hem nou,' zegt ze snikkend. 'Het is zo zinloos dat iemand zo jong moet sterven.'

'Ja,' zeg ik en ik maak het bovenste knoopje van mijn jas los. 'Daar is hij ook voorgekropen.'

VUILNIS

Iemand moet de rotzooi opruimen.

Behalve het feit dat ik het vuilnis in de stad ophaal, weet ik niet waarom die zin nu juist vanmorgen in me opkomt. Ik had het gevoel dat het iets was wat ik vannacht had gedacht, maar ik heb last van black-outs als ik te veel heb gedronken en zo'n nacht was het.

De vuilniswagen stopte met een zucht en ik sprong van de treeplank. Ik zag in de spiegel een oog van Pijus voordat ik naar de containers voor het appartementencomplex liep. Vroeger rende ik vaak. Dat was in de tijd dat het de chef op het hoofdkantoor niet uitmaakte of we de route sneller dan de voorgeschreven tijd van zes tot halftwee aflegden en een uur of twee eerder naar huis gingen. Of dat we de route voor de hele week in vier dagen deden en zodoende de vrijdag vrij hadden. Maar dat was vroeger, nu moesten we de regels voor vaste werktijden van de gemeente Oslo volgen, dus als we nu eerder klaar waren dan dronken we koffie of speelden op kantoor een spelletje op onze mobiel. We mochten niet naar huis om onze vrouw te neuken of het gras te maaien, om het zo maar te zeggen.

Dus ik rende niet, zelfs geen looppas, ik liep huiverend in de ochtendschemering naar de groene vuilniscontainer, een lichte op twee wielen. Ik duwde hem naar de wagen, zette hem op de bakkieper en zag de plastic bak de lucht in gaan vergezeld van de repetitieve hymne van het hydraulische en elektrische systeem, gevolgd door een dreun als hij wordt omgedraaid, het vuilnis op de metalen vloer valt en de compactor het afval begint samen te persen. Daarna reed ik de container terug naar zijn plaats en zorgde ervoor dat die op de juiste plek naast de garage kwam te staan want de chef had klachten gekregen van de bewoners. *Fuck you*, zeg ik nu, maar er waren een beetje te veel klachten geweest de laatste tijd. Niet dat je zo makkelijk ontslagen kan worden als wat ze tegenwoordig milieuwerker noemen, maar sommige mensen zeggen dat ik een agressieprobleem heb. Oké, ik héb een agressieprobleem. Daarom ben ik bang dat de chef nog een keer tijdens de pauze opduikt en tegen me tekeergaat in het bijzijn van de andere vuilnismannen (oké, er is één meisje dat op een wagen zit. Eén op de honderdvijftig medewerkers) en dat ik hem te grazen neem. En dan volgt er ontslag, dat is duidelijk.

Ik ging naast Pijus in de cabine zitten. Wreef mijn handen in de warme lucht uit de verwarming. Hoewel het juli was en vakantie, was het in Oslo om zes uur 's morgens zo koud dat ik niet steeds op de treeplank bleef staan voordat ik goed warm was gedraaid. Bovendien kon je met Pijus praten. Dat was lang niet altijd het geval met de andere jongens, die kwamen voornamelijk uit Estland, Letland, Roemenië, Servië, Hongarije en weet ik waarvandaan nog meer. Zij spraken maar een beetje Engels. Maar Pijus sprak Noors. Hij beweerde dat hij psycholoog was geweest voordat hij naar Noorwegen kwam, maar dat heb ik wel vaker gehoord. In elk geval wat hij ook deed, het was waar dat hij slimmer was dan wij (Pijus noemde dat een hoger intellectueel ambitieniveau). En hij had een woordenschat zo enorm en geleerd als een woordenboek. Maar het was Noors en waarschijnlijk had de chef ons daarom op dezelfde wagen gezet. Nu is het niet zo belangrijk dat je met elkaar kunt praten op een vuilniswagen, beiden wisten we wat ons te doen stond, maar de chef meende dat er minder ruzie en misverstanden waren als je dezelfde taal sprak. En hij dacht vast dat Pijus in staat was me uit de problemen te houden.

'Hoe ben je aan die wond op je hoofd gekomen?' vroeg Pijus in zijn pedante maar toch verstaanbare Noors.

Ik keek naar mezelf in de spiegel. De wond zat als een scheur in het ijs recht boven mijn wenkbrauw.

'Weet ik niet,' zei ik en dat was waar. Ik heb zoals gezegd last van black-outs en ik herinner me geen donder van afgelopen nacht, alleen dat ik wakker werd en dat mijn vrouw op haar zij lag met haar rug naar me toe. Ik was kennelijk vergeten de wekker te zetten, was uit gewoonte wakker geworden, maar een beetje later dan gebruikelijk en had begrepen dat ik nog steeds te dronken was om achter het stuur van de Corolla te kruipen. Ik moest dus maken dat ik snel het huis uit kwam om de bus te halen. Dus nee, ik had geen tijd gehad om mijn lelijke kop te bestuderen in de spiegel van de badkamer.

'Heb je weer gevochten, Ivar?'

'Nee, ik was gisteravond thuis met mijn vrouw,' zei en ik ging met mijn vinger over de wond. Nat. Vers. Ik herinnerde me in elk geval dat mijn vrouw en ik wat hadden gedronken. Dat wil zeggen, Lisa had het in haar hoofd gehaald helemaal te stoppen met alcohol. Dus ik had wat gedronken. En nog wat. Plus nog een paar, kennelijk.

Pijus stopte de wagen en we sprongen eruit. Op dit adres stonden twee grote containers op vier wielen die geleegd moesten worden en daarvoor waren twee man nodig. Normaal gesproken is het de chauffeur die de baas is op de wagen, hij kan lekker achter het stuur blijven zitten met zijn vrachtwagenrijbewijs en een salaris dat drie schalen hoger ligt dan dat van zijn collega. Maar Pijus weet heel goed dat toen hij uit dat kleine schijtlandje kwam dat ik toen de chauffeur was en hij het hulpje. Dat ik mijn rijbewijs ben kwijtgeraakt is een ander lang, saai verhaal gedrenkt in promillages, een verkeersagent met een grote bek en blaasapparaat die in de rechtbank verscheen met een blauw oog en beweerde dat hij mij niet had uitgedaagd.

Ik pakte de zware sleutelbos en vond de juiste sleutel. Op het hoofdkantoor worden zeker zevenduizend sleutels bewaard van heel Oslo. Hopelijk wordt er goed op gepast.

'Dus je hebt gevochten met jouw kleine vrouwtje?' zie Pijus.

'Hè?'

'Waarom hebben jullie gevochten? Ontrouw? Vrouwen die worden bedrogen kunnen net zo agressief worden als mannen. Vooral als ze kinderen hebben, maar dan is de agressie meestal gericht op de indringer. Zo werkt oxytocine. De vrouw wordt zwanger en door de chemie wordt ze monogamer, empathischer en aardiger. Maar tegelijkertijd vijandiger tegen potentiële bedreigingen.'

'Fout, fout en fout,' zei ik en ik begon een van de containers in de richting van de straat te duwen. 'We hebben geen kinderen, ik heb niemand geslagen. En vrouwen zijn niet monogaam.'

'Aha, zij is dus ontrouw geweest.'

'Wat zeg je verdomme?' Ik liet de container los en Pijus moest blijven staan om niet tegen me aan te botsen.

Hij haalde zijn schouders op. 'Daarom hebben jullie gevochten. Je voelde dat je positie werd bedreigd. Jouw amygdala werd geactiveerd. *Fight, flight or freeze.* Ze is klein dus jij koos ervoor te vechten. Dat is logisch.'

Ik voelde al dat het bloed in mijn hoofd langzaam begon te koken. Dat was een zeer bekend teken. De druk liep op en om te voorkomen dat mijn schedel uit elkaar sprong moest ik een ventiel openen, een alternatieve afvoer, want anders zou die openbarsten en kleine kwakjes gele hersenmassa zouden door de lucht vliegen en aan muren, fietsen, kinderwagens en brievenbussen blijven kleven en aan een ventje dat beweert dat hij een verrekte psycholoog is.

De oplossing is meestal om mijn mond open te trekken en de druk op die manier te verlagen net zoals je doet bij het opstijgen van een vliegtuig. Ik moest schreeuwen. Iets schreeuwen.

'Mijn amagy...' begon ik. Ik was kalm. Tamelijk kalm. Oké, ik sprak wat luider.

'Amygdala,' zei Pijus met een tamelijk irritant lachje. 'Denk aan een meisje dat Amy G...'

Toen knapte er iets in me.

'Jij hebt verdomme het recht niet zo tegen me te praten, jij verrekte homonazi-neger!' Ik duwde zo hard mijn container terug dat die verrekte Letlander tussen de containers kwam vast te zitten. Ik was al op weg hem flink op zijn donder te slaan toen er een stem door de ochtend sneed.

'We proberen te slapen!'

Ik keek omhoog. Op een balkon op de tweede verdieping stond een vrouw, ze was zeker veertig, maar zag eruit als vijftig, ze had verdomme niet best voor haar lijf gezorgd. Dat kon ik zeggen want ze was poedelnaakt.

'Houd je bek en trek wat aan, smerige, oude hoer!' zei ik. Oké, schreeuwde ik.

De vrouw lachte, het klonk als nagels die over een schoolbord gaan, stak beide handen in de lucht, tilde een knie op en ging met haar heupen heen en weer in een groteske glamourmodel-pose. 'Ik bel jullie chef,' schreeuwde ze. 'Morgen zitten jullie in de bijstand, heren!'

Door het rode waas van razernij zag ik het duidelijk voor me. Mijn chef die me zei wat hij al zo lang had willen zeggen: 'Svendsen, je bent verdomme ontslagen!'

Ik voelde een stoot in mijn buik. Pijus duwde tegen de andere kant, knikte naar de straat en gebaarde dat we moesten maken dat we wegkwamen.

'Denk je dat ze dat gaat doen?' vroeg ik terwijl de wielen van de containers over de straat denderden.

'Ja,' zei Pijus.

'Komt me slecht uit,' zei ik.

'O?'

'De Corolla moet een APK-keuring hebben en ik heb mijn vrouw beloofd dat we met kerst naar de *Canaries* gaan. Hoe zit het met jou?'

Pijus haalde zijn schouders op. 'Ik stuur mijn geld naar mijn ouders. Ze redden het wel, maar zonder mijn geld moeten ze slecht voedsel kopen en hebben ze geen elektriciteit.'

Ik hielp hem de container bij de hydraulische lift te zetten. 'Ik moet niet klagen, wil je dat zeggen?'

'Nee, ik zeg alleen dat we ieder onze eigen problemen hebben, Ivar.'

Misschien. Mijn probleem was dat als ik kwaad werd dat ik zaken dan niet van elkaar kon scheiden. Ik zou optische detectoren moeten hebben die dat voor me doen, net als bij de afvalsortering in Klementsrud. We dumpen onze lading in zo'n verrekte onbemande fabriek en dan komt het vuilnis op een lopende band waar robotogen klein van groot scheiden, organisch materiaal naar de ovens sturen, glas, plastic en metaal naar de recycling enzovoorts. Stel je voor dat ik zou leren dat ik sommige dingen gewoon moest laten gaan.

Ik werd rustiger en terwijl we de containers leegden, trachtte ik me de afgelopen nacht te herinneren. Wat was er verdomme gebeurd? Ik wist alleen dat het heel wat moest zijn, want toen ik wakker werd had ik niet alleen een kater, maar ook het gevoel twee marathons te hebben gelopen. Had ik met Lisa gevochten? Had ik – die tijdens ons dertigjarig huwelijk nooit mijn hand naar haar had opgeheven – haar iets aangedaan? Ze had met haar rug naar me toe gelegen toen ik opstond. Op zich was dat een beetje vreemd want ze sliep altijd op haar rug. Maar vechten? Ik zag het niet voor me. Maar nu ik erover nadacht hadden we wel ruzie gehad. Er bereikte me een echo van harde, nare woorden. Een ervan kwam een paar tellen geleden uit mijn mond. Hoer. Ik had Lisa door de jaren heen met verschillende woorden uitgescholden, maar nooit voor hoer uitgemaakt.

We rolden de containers terug. De dame op het balkon was weg.

'Ze zit binnen de chef te bellen,' zei ik.

'Die is nog niet opgestaan,' zei Pijus. Hij keek op naar de gevel, knikte terwijl zijn lippen bewogen alsof hij in zichzelf telde. 'Kom, Ivar.'

Ik volgde Pijus mee naar binnen in de hal waar hij het namenpaneel bestudeerde.

'Tweede verdieping, tweede van rechts,' mompelde hij en hij drukte op de betreffende knop. Hij wachtte terwijl hij me aankeek met dat lachje van hem dat nu niet zo irritant was.

Er kraakte een stem uit de luidspreker van de intercom. 'Hallo?' De schoolbordstem.

'Goedemorgen, mevrouw Malvik,' zei Pijus en hij leek iemand te imiteren. Iemand die beter Noors sprak dan hij. 'Dit is Iversen, politie Oslo. De alarmcentrale heeft zojuist een telefoontje van de milieudienst van de gemeente Oslo binnengekregen met een klacht over exhibitionisme door iemand op de tweede verdieping. Aangezien we net in de buurt waren met onze surveillanceauto en het immers een overtreding is waar drie jaar op staat, komen we dit toch even checken. Gaat het om iemand die u kent, mevrouw Malvik?'

Er volgde een lange stilte.

'Mevrouw Malvik?'

'Nee, nee, ik ken niemand.'

'Niet? Dan zeggen we voorlopig dank voor de medewerking.'

Er volgde een schrapend geluid toen de vrouw de hoorn neerlegde en Pijus keek me aan. We renden naar de vuilniswagen zodat de vrouw geen tijd had om naar het raam te lopen en kon zien dat wij het waren. Pas toen we wegreden, begonnen we te lachen. Ik lachte tot ik begon te huilen.

'Is er iets, Ivar?' vroeg Pijus die al een poos geleden gestopt was met lachen.

'Alleen maar een kater,' zei ik en ik snoot mijn neus in de mouw van mijn jas. 'Die dame zal de chef niet bellen, denk ik.'

'Nee,' zei Pijus en hij stopte voor 7-Eleven waar we altijd koffie haalden en een eerste rookpauze namen.

'Ik vraag me alleen af,' zei ik toen ik een grote beker koffie had gekocht en de helft in een lege extra kartonnen beker schonk die ik had meegenomen en aan Pijus gaf. 'Als je iemand kunt nadoen die beter Noors spreekt dan jij waarom doe je dat dan niet de hele tijd?'

Pijus blies in zijn koffie, maar trok toch een grimas toen hij de eerste slok nam.

'Omdat ik alleen maar nadoe.'

'Dat doen we toch allemaal,' zei ik. 'Zo leren we praten.'

'Klopt,' zei Pijus. 'Dus ik weet het niet. Misschien omdat het nep klinkt. *Phoney*. Alsof ik de boel loop te bedriegen. Ik ben een Letlander die Noors heeft geleerd en ik wil zo ook klinken, niet als een oplichter. Als ik Noors praat waardoor jij denkt dat ik een Noor ben en vervolgens verraad ik me door kleine fonetische en grammaticale foutjes dan zullen mensen zich, bewust of onbewust, bedrogen voelen en me niet meer vertrouwen. Begrijp je? Ik kan me beter gedeisd houden en mijn versie van het Noors spreken.'

Ik knikte. Zo was het op het werk. Iedereen sprak zijn versie van het Noors. Het Kebabnoors, Engelsnoors, Russischnoors, al dat koeterwaals dat de immigranten spreken.

'Waarom ben je eigenlijk naar Noorwegen gekomen?' vroeg ik.

We zaten al een paar jaar op deze wagen en dit was de eerste keer dat ik het vroeg. Nou ja, ik had het eerder gevraagd, maar het verschil was dat ik het nu écht vroeg. Ik vroeg naar meer dan de standaardantwoorden, dat het salaris beter was, dat het moeilijk was om aan werk te komen in het land waar hij vandaan kwam. Dat was allemaal waar, maar niet de volledige waarheid. Dit was dus de eerste keer dat ik echt interesse toonde.

Hij wachtte even voor hij antwoordde. 'Ik werd intiem met enkele van mijn patiënten.' Hij haalde diep adem en voegde eraan toe om me niet in de stress te jagen: 'Vrouwelijke patiënten. Ze stelden zich open voor hun psycholoog, ze waren kwetsbaar en ik maakte daar gebruik van.'

'Niet zo mooi,' zei ik.

'Nee,' zei hij. 'Sommigen waren ongelukkig en eenzaam. Maar dat was ik ook, ik had net mijn vrouw aan kanker verloren. Ik kon de verleidingen van deze vrouwen niet weerstaan. We hadden elkaar nodig.'

'Dus wat was het probleem?'

'Ten eerste mag een psycholoog geen romantische relatie hebben met zijn patiënten, ongeacht zijn burgerlijke status. Ten tweede waren een paar van deze vrouwen getrouwd.'

'Juist ja...' zei ik langzaam.

Hij keek naar me. 'Iemand had gekletst,' zei hij. 'Het kwam uit en ik kreeg ontslag. Ik had altijd ander werk kunnen krijgen, als docent aan de universiteit van Riga bijvoorbeeld. Maar een paar echtgenoten koesterden nog wraak, zij huurden een paar mannen uit Siberië in die ervoor zouden zorgen dat ik in een rolstoel zou belanden. Een van de vrouwen waarschuwde me en ik had geen andere keus dan te vluchten. Letland is een klein land.'

'Dus jij bent zo'n rokkenjager die alle schuld legt bij jouw zielige verhaal?'

'Ja,' zei Pijus. 'Ik ben de slechte versie van een slecht persoon, iemand die excuses zoekt voor zijn slechte gedrag. Jij bent een beter mens dan ik, Ivar.'

'O?'

'Jouw zelfverachting is oprechter dan die van mij.'

Ik snapte niet waar hij het over had en concentreerde me op mijn koffie.

'Dus met wie heeft jouw vrouw je bedrogen?' vroeg hij en ik spuugde de koffie over het dashboard. De druk in mijn hoofd was er gelijk weer.

'Kalm,' zei hij. 'Gebruik je prefrontale cortex. Die zal je vertellen dat ik je alleen maar wil helpen. En dat het beste wat je kunt doen is erover praten. Bedenk dat ik geheimhoudingsplicht heb.'

'Geheimhoudingsplicht?' zei ik en de koffie klotste over mijn hand.

'Dat hebben alle psychologen.'

'Dat weet ik verdomme ook wel, maar jij bent mijn zielenknijper niet.'

'Jawel, dat ben ik nu wel,' zei Pijus en hij gaf me de rol keukenpapier die we altijd tussen ons in hadden staan.

Ik veegde de koffie van mijn hand, mond en dashboard. Frommelde het papier in elkaar en siste tussen mijn tanden door: 'De chef op haar werk. Die lelijke gluiperd. Die vent hoort bij het vuilnis.'

'Dus jij kent hem?'

'Nee.' Wat had ik verdomme net gezegd? Dat Lisa me had bedrogen met haar chef van de afdeling distributie. Had ze dat gedaan? Hadden we daar ruzie over gemaakt?

'Heb je hem nooit ontmoet?' vroeg Pijus.

'Nee. Of wel. Of...' Ik dacht na. Lisa had het immers vaak over

Ludvigsen, zo vaak dat ik haast het gevoel had hem te kennen. De nieuwe chef gaf haar complimenten voor wat ze allemaal deed, iets wat de oude chef nooit had gedaan en Lisa straalde. Natuurlijk, ze hield altijd al van complimentjes. Zo erg dat je je moest inhouden want dan raakte ze er te veel aan gewend en dat niveau was onmogelijk vol te houden voor een echtgenoot of een chef. Maar Ludvigsen bleef maar doorgaan en ik vermoedde dat hij dat niet alleen deed om zijn werknemers te motiveren. Behalve dat ze vrolijker werd dan ik me haar ooit kon herinneren, had Lisa zich ook een nieuw, korter kapsel aangemeten, was ze kilo's afgevallen en was ze vaak tot 's avonds laat naar culturele evenementen met vriendinnen van wie ik niet eens wist dat ze die had. Het was of ze ineens een leven had waarin ik werd buitengesloten en om die reden begon ik haar mobiel te checken. Toen vond ik een bericht van Ludvigsen. Of Stefan zoals Lisa hem had opgeslagen.

Nu zat ik dit aan Pijus te vertellen.

'Wat stond daarin?' vroeg Pijus.

'Ik MOET je weer zien.'

'Met de nadruk op moet?'

'In hoofdletters.'

'Waren er nog meer berichten?'

'Nee.'

'Nee?'

'Ze heeft ze waarschijnlijk gewist. Het bericht dat ik zag was slechts een dag geleden gestuurd.'

'En haar antwoord?'

'Niets. Misschien dat ze dat ook gewist had.'

'Als ze bang was dat iemand haar antwoord zou lezen dan had ze zijn bericht ook gewist.'

'Misschien heeft ze geen tijd gehad om te antwoorden.'

'In een dag? Hm. Of misschien had ze geen reden voor een slecht geweten, misschien dat ze het bericht daarom niet heeft gewist. Misschien probeerde hij iets bij haar, maar was ze niet geïnteresseerd en heeft ze ook niet geantwoord.'

'Dat beweerde ze ook, die verrekte...' Ik haalde diep adem. Hoer. Als dat woord eenmaal was gezegd dan was de geest uit de fles en was er geen weg meer terug, verdomme.

'Je bent bang,' zei Pijus.

'Bang?'

'Misschien moet je vertellen wat er vannacht is gebeurd.'

'Duh, nu klink je meer als een agent dan een psycholoog.'

Pijus lachte. 'Dan vertel je het niet.'

'Zelfs al wilde ik het vertellen, ik herinner het me niet. Alcohol.'

'Of verdringing. Probeer het.'

Ik keek op mijn horloge. We lagen nog steeds voor op schema en zoals gezegd: we hadden geen enkele reden om voor halftwee klaar te willen zijn met onze route.

Hij had eigenlijk gelijk, ik was bang. Omdat Lisa op haar zij had gelegen? Ik wist het verdomme niet, maar er klopte iets niet, dat voelde ik. Iets moest eruit want de druk in mijn hoofd liep op.

Ik begon te vertellen, maar stopte al snel weer.

'Rustig aan, begin bij het begin,' zei Pijus. 'Met zo veel mogelijk details. Herinneren is als het afwikkelen van een bol garen, elke associatie leidt weer tot een nieuwe.'

Ik deed wat hij zei en verdomd hij had gelijk.

Lisa en ik hadden zoals gezegd wat gedronken toen ze zei dat ze het weekend wegging. Er knapte iets bij mij en ik confronteerde haar met het sms'je. Ik was eigenlijk van plan geweest dat niet te doen, het nog even aan te kijken, maar in plaats daarvan begon het te koken in mijn hoofd en ik schreeuwde dat ik wist dat zij en Ludvigsen iets hadden samen. Ze ontkende het, maar ze had zo weinig ervaring met liegen dat het bijna pathetisch was om er getuige van te zijn. Ik drukte een beetje door en ze brak, jankte en gaf toe dat er dingen in het voorjaar waren gebeurd tijdens een reisje naar Helsingfors met het bedrijf waar te veel werd gedronken. Ze bekende dat ze om die reden helemaal gestopt was met drinken want zoiets moest niet weer gebeuren. Ik vroeg haar of dit niet zo'n *me too*-ding was en dat het Ludvigsen was, tenslotte haar chef, die volledig, en niet deels, schuld had aan alles. En Lisa antwoordde dat hij misschien wel iets meer schuld had want hij had haar volgens een collega dronken gevoerd. Ik was woedend, ik bedoel, je spuugt niet in het glas dat je chef je aanbiedt, je drinkt want het gaat toch om je baan.

'En daarna?' had ik gevraagd.

'Hij nodigde me bij hem thuis uit,' zei Lisa.

'Waar is dat?'

'Kjelsåsvei 612.'

'Je bent daarnaartoe gegaan!'

'Nee!'

'Hoe weet je zijn adres dan?'

'Dat zei hij toch!'

'Maar om nog precies te weten dat het 612 was, dat is wel... verrekte verdacht.'

Ze begon te lachen, waarop ik haar een hoer noemde, de autosleutels pakte en het huis uit stoof voordat er ergere dingen gingen gebeuren.

'Erger dan in beschonken toestand achter het stuur kruipen?' vroeg Pijus.

'Ja, erger dan dat,' zei ik.

'Ga door.'

'Ik reed rond en ja, ik overwoog terug te gaan en haar te vermoorden.'

'Maar dat heb je niet gedaan?'

'Dat...' Ik sloeg mijn hand voor mijn mond, kneep met mijn duim en wijsvinger in mijn wang. 'Dat weet ik dus niet, Pijus.'

Ik weet niet of ik zijn naam al eerder had gebruikt. Ik had zijn naam natuurlijk vaak gedacht, maar hardop gezegd? Nee, ik geloof verdomd dat ik dat niet eerder had gedaan.

'Maar je hebt het gevoel dat je dat kan hebben gedaan?'

Mijn maagpijn kwam zo heftig en plotseling op dat ik me automatisch vooroverboog.

Ik zat een poosje dubbelgevouwen toen ik een hand op mijn rug voelde.

'Kom op, Ivar, het komt goed.'

'Is dat zo?' zei ik hikkend. *Fucking out of control.*

'Ik kon aan je zien dat er wat was gebeurd toen je op het werk kwam, maar ik geloof niet dat je je vrouwtje hebt vermoord.'

'Wat weet jij daar verdomme van?' schreeuwde ik tussen mijn benen.

'Je bent het huis uit gegaan zodat je niets doms kon doen,' zei hij. 'En dat nadat je bevestigd had gekregen wat je al een poosje vermoedde. Je bent vertrokken om je frontale cortex de kans te geven te verwerken wat je amygdala niet zo snel kon en dat wist je. Dat was een volwassen reactie, Ivar, daaruit blijkt dat je begint te begrijpen hoe je met je woede om moet gaan. Ik geloof dat je misschien beter even naar huis kunt bellen om te checken of je vrouw in orde is, oké?'

Ik tilde mijn hoofd op en keek hem aan. 'Wat kan jou dat schelen?'

'Omdat het jou wat kon schelen.'

'Hè?'

'Toen ik hier nieuw was en jouw hulpje op de wagen werd, toen heb jij mij geholpen. Je vertelde me in het Engels wat ik moest doen. Terwijl ik kon zien dat je het haat om Engels te praten.'

'Ik haat het Engels niet, ik kan het gewoon niet.'

Pijus lachte. 'Maar dat is het nou juist, Ivar. Je was bereid een beetje dom over te komen zodat ik een beetje minder dom over zou komen.'

'Nou, ik wilde iemand hebben die wist wat hij deed anders waren het lange dagen geworden en had ik meer werk, begrijp je?'

'Ik begrijp het, meer dan je denkt misschien. Je kunt het merken als mensen je willen helpen. Merk je dat nu niet? Of denk je dat ik je alleen maar wil helpen omdat ik je nodig heb op de wagen en niet wil dat je naar huis gaat?'

Ik schudde mijn hoofd. Oké, ik wist wel dat Pijus me wilde helpen. Dat deed hij altijd, vandaag met dat gekke wijf op het balkon was niet de eerste keer dat hij me gedekt had. Het is alleen verrekte irritant als een buitenlander niet alleen jouw baan krijgt, maar ook je chef wordt. Het is ergens gewoon niet juist. Zo'n vent kan niet zomaar van alles overnemen waarop hij geen recht heeft. Iets waarop ik wel recht heb. Dan wordt het oorlog. Dan moet er iemand dood. Oké, oké, zo moet ik niet denken, zulke gedachten zorgen ervoor dat ik in de problemen kom, ik weet het, ik weet het. Maar verdomme nog an toe!

'Ik heb te veel testeron,' zei ik.

'Testosteron,' zei Pijus. Kijk, daar was die irritante grijns van hem weer.

'Die maakt me agressief,' zei ik.

'Dat hoeft niet,' zei Pijus.

'Meer agressief dan geil in elk geval. Misschien niet zo gek dat Lisa op zoek is gegaan naar een ander.'

'Fout, fout en fout,' zei Pijus en ja hoor, ik hoorde dat hij me nadeed. 'Toen met die testen bij dieren leek het erop dat testosteron de beesten agressiever maakte en dat ze in kritieke situaties eerder geweld gebruikten. Maar dat is omdat de hersenen van dieren geen andere oplossingen zien. Nieuw onderzoek wijst uit dat de functie van testosteron algemener is. Testosteron zorgt ervoor dat je scherper bent in kritieke situaties en dat je met agressie en woede kunt reageren, maar ook een tegenovergestelde reactie kunt hebben.'

'Een tegenovergestelde?'

'Stel je een diplomatieke crisis voor die de wereldvrede kan bedreigen. Dan is er geen agressie nodig, maar een snelle switch naar generositeit en empathie voor degene die je eigenlijk haat. Of stel je voor dat je een raket naar de maan moet sturen, het computersysteem begeeft het en jij moet de vaart, de hoek en de afstand in je hoofd uitrekenen. Dan is woede niet handig. Testosteron schiet ons in dergelijke situaties te hulp.'

'Nou zit je vreselijk te liegen,' zei ik.

Pijus haalde zijn schouders op. 'Herinner je je die situatie bij Storo nog? Tijdens de ijzel. We reden achteruit naar het huis waar we de containers die daar stonden moesten legen en stapten uit.'

Hij keek me aan. Ik schudde mijn hoofd.

'Denk na, Ivar. De wagen stond op een helling en begon naar beneden te glijden.'

Ik herhaalde het hoofdschudden.

'Ivar, ik stond met mijn rug naar de wagen en zou doodgedrukt worden als jij niet bliksemsnel de grootste container op zijn kant had gesmeten tussen de wagen en de gevel.'

'O, die keer. Nou, toen zou je heus niet zijn doodgedrukt.'

'Mijn punt is dat je weet dat je spontaan en tegelijkertijd rationeel kunt reageren. Jij raakt niet onmiddellijk je hoofd kwijt als je de adrenaline en testosteron door je lijf voelt gieren. Wees niet bang, je bent slimmer dan je denkt, Ivar. Bel haar. Gebruik je testosteron voor je empathie. En gebruik je verstand.'

'Verdomme, ja.' Ik belde.

Ze nam niet op.

Ik keek op mijn horloge. Acht uur. Ze kon natuurlijk in de bus naar haar werk zitten, daar nam ze de telefoon niet op. Ik stuurde een bericht. Mijn voeten roffelden als trommelstokjes op de vloer terwijl ik wachtte. De zon kwam op en scheen door de voorruit. Het zou een warme dag worden. Een warme dag in hel, dacht ik en trok mijn jas uit.

'We moeten weer verder,' zei Pijus en hij draaide het contactsleuteltje om.

Ik kwam Lisa tegen op een feest toen ik op de ambachtsschool zat.

Ik was een jongen uit Ljan aangevlogen omdat hij meende dat hij me iets moest leren over respect. Ik wist dat hij me provoceerde omdat hij had gehoord dat ik snel op de kast zat en ik wist dat hij het deed omdat hij goed kon vechten en indruk wilde maken op de meisjes die daar waren. Maar het hielp niet om dergelijke zaken te weten als de vent in kwestie bepaalde dingen zei met een verwaande kop waarin je wel een vuist moest planten. Om een kort verhaal nog korter te maken: hij sloeg me in elkaar. Lisa depte mijn bloedneus met wc-papier, hielp me op de been en ging met me mee naar huis. Een appartementje in Sogn. En ze bleef slapen. Tot de volgende dag, de volgende week. Kort samengevat: ze bleef.

We werden nooit verliefd, gingen niet door die pijnlijke en tegelijkertijd heerlijke onzekerheid of de ander je wel wilde hebben. Heel dat spel, die twijfel, die extase, sloegen we allemaal over. We waren een stel, wat viel er verder over te zeggen? Sommige mensen vonden dat ze te goed voor me was, of dat vonden ze toen in elk geval, want Lisa was vroeger eigenlijk een stil grijs muisje zonder de vormen die ze na wat extra kilo's kreeg en zonder de uitstraling die ze met de tijd kreeg toen haar verlegenheid verdween.

Ze zeiden dat ze een goede invloed op me had, dat ik rustiger werd, niet zo volatiel meer was, zoals een jeugdpsychiater me had genoemd omdat hij het woord labiel niet wilde gebruiken. En het was waar, Lisa wist hoe ze me moest kalmeren. Als ze niet in de buurt was of als ik een glas te veel op had, liep het uit de hand. Ik heb een paar keer kort gezeten vanwege lichamelijke mishandeling. Maar zoals gezegd: ik heb Lisa nooit geslagen en daar ook nooit een reden voor gehad. Tot nu toe. Ik geloof niet dat ze ooit bang voor me is geweest. Wel dat ik anderen, familieleden of vrienden, iets aan zou doen als die een lullige opmerking maakten. Ik verdacht haar ervan dat ze deels opgelucht was toen de dokter vertelde dat zij en ik geen kinderen konden krijgen. Verdomme, ik was zelf opgelucht, maar zei dat uiteraard niet. Lisa was nooit bang geweest voor haar eigen veiligheid, dat was waarschijnlijk de reden dat ze die kwestie met Ludvigsen durfde op te biechten. Maar hoe kon ze nou denken dat ze mijn grenzen kende als ík die verdomme niet eens kende? Ik zat nu maar te wachten en vroeg me af wat ik had gedaan.

Toen ik tien jaar was, kregen mijn grote broer en ik ieder een glas limonade voordat onze ouders een avondje uitgingen. Ze waren de deur nog niet uit of mijn broer spuugde een flinke klodder slijmerig spuug in de twee glazen en daarmee hoopte hij dat beide glazen voor hem waren. Je kan echter geen glas leegdrinken met een gebroken kaak en in het ziekenhuis kreeg hij alleen maar water met een rietje.

En nu was Lisa een van die glazen limonade geworden. Ze was bevuild, verontreinigd. Ik kon het niet op een andere manier bekijken. Ik was kwijtgeraakt wat van mij was en het enige wat ik nog kon doen was wraak nemen, de druk verminderen. *Fuck me. Fuck me.*

Ik voelde het weer komen, de druk nam toe.

Misschien kwam het omdat we de Kjelsåsvei naderden en langs nummer 600 waren gereden.

Tussen de huizen en containers sprong ik soms in en uit de cabine en soms op en van de treeplank. Ik checkte elke keer mijn mobiel.

Misschien had ze een vergadering.

Met Ludvigsen.

Oké, zo moest ik niet denken. Bovendien deed ze zoiets niet. Ik weet niet waarom ik daar zo zeker van was, maar dat was ik.

Toen waren we er, de Kjelsåsvei 612.

Het was een villa, niet meer of minder opvallend dan de andere in deze straat. Zo'n villa die je je vroeger kon veroorloven zonder bijzonder rijk te zijn, als je geld had geërfd van je ouders en zij hoefden ook niet heel erg rijk te zijn geweest. Maar als je er nu eentje wilde kopen moest je heel wat geld op de bank hebben. Boomgaarden kosten veel geld, ook in het oostelijk deel van de stad waar ik woon.

Het viel me op dat de buitenlamp boven de trap aan was. Dus Stefan Ludvigsen bespaarde niet op elektriciteit of hij was vergeetachtig. Of hij was niet op zijn werk, maar nog steeds thuis. Was het om die reden dat mijn hart sneller klopte toen ik naar de garage liep? Dat hij naar buiten zou komen, me zou zeggen dat hij geen contact met Lisa kon krijgen en me dan vertellen dat hij de politie had gebeld en dat die onderweg was naar ons huis? Het was niet alleen het sneller kloppen van mijn hart waardoor ik ineens met zekerheid wist: ik had iemand gedood vannacht. Ik voelde het niet alleen in mijn pijnlijke onderarmen, mijn vingertoppen, mijn duimen die een strot dicht hadden geknepen, maar ook in mezelf. Ik was een moordenaar. Ik zag de uitpuilende ogen, de smekende, stervende blik die vertwijfeld naar me opkeek voordat het licht langzaam doofde als een rood indicatorlampje als de stroom uitvalt.

Wist Ludvigsen dat? Zat hij achter het raam en keek hij naar me? Misschien durfde hij het huis niet uit te komen en wachtte hij gewoon op de politie? Ik luisterde in de stille zomerochtend of ik politiesirenes hoorde voordat ik de poort van de garage, die niet op slot zat, omhoogwipte waarachter de container stond. Er stond ook een BMW. Een fonkelnieuwe, zwarte. Boeven rijden in zwarte BMW's. Alleen was ik nu de boef, of niet? Ik duwde de container naar buiten, die was zo zwaar dat de wielen in het grind zakten en ik moest flink duwen. Ik zette hem op de lift en ontmoette de blik van Pijus in de spiegel. Hij riep, maar het werd overstemd door de hydraulische lift.

'Hè?' riep ik terug.

'Is dat niet jouw auto?' hoorde ik hem zeggen.

'Ik heb verdomme toch geen BMW,' zei ik.

'Die niet!' riep Pijus. 'Die!'

Ik zag dat hij verderop de straat in wees. En daar, vijftig meter van ons vandaan, stond een witte Corolla. Een auto die binnenkort APK-gekeurd moest worden, een auto die een duidelijke deuk in de motorkap had van de keer dat ik er met mijn vuist op had geslagen om mijn punt te onderstrepen tegen de parkeerwachter.

Op dat moment ging de telefoon.

Ik nam op.

'Hoi,' zei Lisa. 'Ik zie dat je een paar keer hebt gebeld. Sorry, maar het is een beetje chaotisch op het werk. Niemand weet waar Ludvigsen is. Kunnen we later praten?'

'Ja, dat is goed,' zei ik en ik keek naar de container die op het hoogste punt was gekomen. 'Ik hou van je.'

In de stilte die volgde, merkte ik haar verwarring.

'Je bent niet...' begon ze.

'Jawel, ik vind het erg en ik ben boos,' zei ik. De container begon te kiepen. 'Maar ik hou van je.'

Ik verbrak de verbinding en wierp een blik op de Corolla. Hij stond in de schaduw en de ramen waren nog beslagen. Hij moest hier de hele nacht hebben gestaan.

De inhoud van de groene container stortte naar beneden en er viel iets met een flinke klap op de metalen bodem. Ik keek in de vuilniswagen. En daar, tussen in elkaar geperste en vlekkerige verpakkingen en lege pizzadozen, lag een bleek, mollig lichaam in een blauwe pyjamabroek. Ik moet Stefan Ludvigsen eerder hebben gezien want ik herkende hem. De starende, gebroken blik keek langs me heen. De plekken op zijn strottenhoofd waren zwart geworden. Het leek of de mist begon op te trekken, de zon brak door en versterkte het proces, net als het smelten van de poolkappen: het geheugenlandschap werd in een steeds sneller tempo zichtbaar.

Ik herinnerde me zijn huilerige bekentenis. Hij weet het aan zijn recente scheiding en dat hij een vergissing had begaan. Het keukenmes dat hij had gepakt zwaaide hij voor mijn gezicht, kennelijk dacht hij dat ik te dronken was om snel te reageren. Hij verwondde me op mijn voorhoofd voordat ik het mes uit zijn hand kon slaan. Dat gaf me een kick en een adrenalinestoot. En een excuus had ik ook. Zelfverdediging, verdomme. Dus ik kneep het leven uit hem. Dat ging niet te snel en niet te langzaam. Niet dat ik ervan genoot, dat zou een overdrijving zijn, maar hij kreeg in elk geval wel de tijd om het te begrijpen. Om spijt te hebben. Om te lijden. Net als ik.

Ik draaide me om en keek naar het grindpad naar zijn voordeur. Geen sleepsporen. Ik had opgeruimd achter me. Eventuele sporen binnen en buiten verwijderd.

Als ik dronken was geweest toen ik in de Corolla stapte en hier midden in de nacht naartoe was gereden dan was ik bij het zien van het levenloze lichaam van Ludvigsen op slag nuchter geworden. Nuchter genoeg om te begrijpen dat ik niet achter het stuur moest gaan zitten, want als ik aangehouden werd en een hoog promillage in mijn bloed had dan zou dat geregistreerd worden en later mogelijk in verband worden gebracht met de verdwijning van Ludvigsen. Want hij zou verdwijnen. Verdampen, eigenlijk. Was dat mijn plan al geweest toen ik bij hem aanbelde? Want Pijus had inderdaad gelijk. Ik was duidelijk in staat om zowel snel als goed doordacht te handelen.

Ik liep naar de bestuurderscabine en ging op mijn plaats zitten.

'En?' zei Pijus me aankijkend.

'Wat?' vroeg ik.

'Iets te vertellen? Ik heb zoals gezegd geheimhoudingsplicht.'

Wat moest ik daar verdomme op antwoorden? Ik keek naar het oosten, naar de bergkam waar de zon bovenuit kwam. De route was bijna klaar en dan zouden we naar het afvalverwerkingsbedrijf van Klemetsrud gaan waar Ludvigsen gesorteerd zou worden als organisch afval, wat hij was, en de lopende band zou hem naar de brandende hel brengen die hij verdiende en daar zouden alle sporen, alle herinneringen, alles wat achter ons lag worden vernietigd en niets van wat we waren verloren zou worden gerecycled.

Toen schoten de woorden me te binnen, die meestal halverwege bleven steken, maar nu rolden ze van mijn tong als muzieknoten.

'Iemand moet de rotzooi opruimen,' zei ik.

'Amen,' zei Pijus.

De vuilniswagen schokte en kwam in beweging.

DE BEKENTENIS

‘Kan ik ergens mee helpen, rechercheur?’

Ik zet het kopje van Simone op het tafelkleed dat over haar salontafel ligt. Haar koffiekopje, haar tafelkleed, haar salontafel. Zelfs de schaal met chocola midden op tafel is van haar. Dingen. Vreemd hoe weinig betekenis dergelijke dingen krijgen als je dood bent.

Niet dat dingen zo belangrijk voor haar waren toen ze nog leefde. Dat heb ik allemaal aan de agent uitgelegd. Dat ze me alles had aangeboden toen ze me eruit gooide – stereo, televisie, boeken, keukenspullen, *you name it*. Ze was voorbereid, ze had besloten dat we op een beschaafde manier uit elkaar zouden gaan.

‘In onze familie maken we geen ruzie om de theelepeltjes,’ zei ze.

Ik maakte ook geen ruzie. Ik staarde haar slechts aan in een poging te bevatten wat de eigenlijke reden was, wat er achter de lege clichés zat die uit haar mond waren gekomen: ‘beter voor beide partijen’, ‘we ontwikkelen ons in verschillende richtingen’ en ‘tijd om verder te gaan’. Oké, bedankt.

Toen legde ze een papier op tafel en vroeg me een kruisje te zetten bij wat ik wilde hebben.

‘Dit is slechts een inventarislijst die ik heb opgesteld. Laat je gevoel niet je verstand overnemen, Arne. Zie het als een gecontroleerde afwikkeling van de zaak.’

Zei ze. Alsof het om een van haar vaders bedrijven ging en niet om een huwelijk. Natuurlijk was ik te trots geweest om ook maar een blik te werpen op de lijst. Te gekwetst om ook maar iets mee te willen nemen uit de veel te grote villa in Vindern waar we goede dagen hadden gehad en, voor zover ik het me kon herinneren, erg weinig slechte dagen.

Misschien had ik te snel besloten dat ik niets wilde hebben. Ze was immers een bemiddelde jonge vrouw, goed voor achttien miljoen kronen terwijl ik een fotograaf was met schulden en een te groot vertrouwen in zijn eigen administratieve talenten. Simone had mijn idee gesteund een studio te beginnen met zes andere fotografen. Niet financieel gesteund, maar wel moreel.

'Vader ziet niet dat het financieel iets kan opleveren,' zei ze. 'Ik vind dat je het op eigen houtje moet doen, Arne. Laat hem zien wat je kunt, hij is altijd bereid geld te investeren in een project waarin hij vertrouwen heeft.'

In naam was het haar geld, maar het was haar vader die de besluiten nam. Mij geen geld te lenen was uiteraard zijn idee geweest. Hij zag het al gebeuren dat ze genoeg zou krijgen van de langharige fotograaf met zijn vage dromen en artistieke ambities.

Dus ik begon: verbitterd en vast van plan te bewijzen hoezeer hij zich had vergist. Ik nam een toplening in een tijd dat banken zelfs geld achter je aan gooiden als je maar iets had wat op een businessplan leek. Het kostte me zes maanden om te bewijzen dat Simones vader gelijk had. Meestal is het moeilijk om precies de vinger te leggen op het moment dat een vrouw besluit niet meer van je te houden. Bij Simone was dat makkelijk. Het gebeurde toen ze de voordeur opendeed voor een man op de trap die vertelde dat hij deurwaarder was en beslag kwam leggen op mijn bezittingen. Ze behandelde de man met ijzig respect, schreef een cheque uit en we konden de auto houden. Dezelfde ijskoude beleefdheid gebruikte ze toen ze me vroeg uit te zoeken wat ik wilde hebben. Ik nam mijn kleren mee, een set beddengoed en een persoonlijke schuld van meer dan een miljoen kronen.

Ik had de salontafel mee moeten nemen. Want ik hou van die tafel. Ik hou van de kleine putjes in het tafelblad, herinneringen aan de feesten die we gaven, de vlekken van die keer dat ik besloot dat alles in de kamer groen moest zijn en de tafelpoot die een beetje scheef stond van de eerste en laatste keer dat we vreeën op de tafel.

De rechercheur van de afdeling Moord zat recht tegenover me in een leunstoel en zijn notitieboekje lag werkeloos voor hem op tafel.

'Ik heb gelezen dat ze op deze bank is gevonden,' zeg ik en ik til mijn kopje weer op.

Een overbodige opmerking natuurlijk want dat had in alle kranten gestaan. De politie wilde een misdrijf niet uitsluiten en de familienaam wakkerde de nieuwsgierigheid uiteraard aan. De obductie had uitgewezen dat de doodsoorzaak cyanide was. Ooit was Simone begonnen aan een opleiding tot goudsmid met het idee de winkelketen van haar vader over te nemen, maar zoals zo vaak had ze er genoeg van gekregen. In de kelder stonden de flessen cyanide die ze stiekem uit de werkplaats mee naar huis had genomen. Voor de spanning, beweerde ze. Aangezien er geen aanwijzingen waren dat de cyanide uit haar eigen flessen kwam of hoe ze de stof binnen had gekregen, wilde de politie niet zonder meer concluderen dat het zelfmoord was.

‘Ik weet wat jullie denken, rechercheur.’

Ik voel de veren onder de overtrek van de bank in mijn dijen prikken. Een oude rococobank, haar stijl. Had die nieuwe architect haar op deze bank genomen? Hij trok hier slechts een paar weken na mijn vertrek in.

Voor zover ik wist, neukte hij haar hier al op de bank terwijl ik nog steeds in het huis woonde. De rechercheur vraagt me niet uit te leggen wat ik bedoel met dat ik weet wat ze denken, maar ik ga toch verder: ‘Jullie denken dat ze het type niet was om zich van het leven te beroven. Daarin hebben jullie helemaal gelijk. Vraag me niet hoe, maar ik weet dat ze vermoord is, rechercheur.’

Mijn toelichting lijkt geen indruk op hem te maken.

‘Ik weet ook dat een moord mij verdacht maakt omdat ik de verstoten echtgenoot ben. Ik heb een motief, ik kan haar hebben bezocht, ik wist waar ze het vergif bewaarde, ik had het in haar koffie kunnen doen en dan weggaan. Om die reden zijn jullie in mijn woning geweest om te kijken of jullie kledingstukken konden vinden die matchen met de vezels die jullie in Simones woning hebben gevonden.’

De rechercheur geeft geen antwoord. Ik zucht.

‘Aangezien noch vezels, noch schoenafdrukken, noch vingerafdrukken overeenkomen met die van mij, hebben jullie geen concrete bewijzen. Dus een slimmerik heeft besloten me hierheen te halen om te kijken hoe ik me gedraag op de plaats delict. Een beetje psychologische oorlogsvoering. Heb ik gelijk?’

Nog steeds geen antwoord.

‘De reden dat jullie niets hebben gevonden is heel simpel. Ik ben hier niet geweest, rechercheur. In elk geval niet het laatste jaar. En de huishoudelijke hulp doet hier grondig werk met de stofzuiger.'

Ik zet mijn koffiekopje neer en neem een Twist van de schaal met chocola. Kokos. Niet mijn favoriet, maar goed genoeg.

'Het is bijna triest, rechercheur. Dat alle sporen van je zo snel en makkelijk kunnen worden verwijderd. Alsof je nooit bestaan hebt.'

Als je aan de uiteinden van de verpakking trekt, draait het stukje chocola vier keer rond. Ik verwijder het zilverpapier, vouw het vier keer, schraap er met mijn nagel over en leg het op de salontafel. Dan sluit ik mijn ogen en breng de chocola naar mijn mond. Hostie. Vergeving van de zonde.

Simone hield van chocola. Vooral van Twist. Het was een van onze vaste gewoonten dat ik elke zaterdag een grote zak Twist kocht als ik boodschappen deed bij Kiwi. Het was een soort anker in ons samenzijn dat gebouwd was op opportunisme, bevliegingen, af en toe samen eten en meestal samen wakker worden in hetzelfde bed. We zeiden dat het kwam door ons werk en ik dacht dat het anders zou worden als we kinderen kregen. Een kind. Ik herinner me hoe geschokt ze was toen ik daar de eerste keer over begon. Ik doe mijn ogen weer open.

'We waren het perfecte Twist-stel, Simone en ik.'

Terwijl ik het zeg verwacht ik dat de rechercheur een wenkbrauw optrekt en me vragend aankijkt.

'Ik denk niet aan de dans, maar aan de chocola.' Ik wijs. De rechercheur heeft duidelijk geen gevoel voor humor.

'Ik hou van zoethout en nougat en haat bananen. Dat was fijn want zij hield juist van die met bananensmaak, die met de geelgroene wikkel, u kent ze wel. O ja, u heeft ook... Als we gasten kregen moest ik ze van de schaal halen zodat zij ze de volgende dag kon opeten.'

Ik dacht erover even te grinniken, maar in plaats daarvan – en volkomen onverwachts – maakt die herinnering een lawine van gevoelens los. Ik voel mijn keel dikker worden, wil niets zeggen, maar hoor me met gekwelde stem zeggen: 'We hielden van elkaar, rechercheur. Ja, het was meer dan houden van. We waren de lucht die we inademden, we hielden elkaar in leven, begrijpt u? Nee, waarom zou u ook?'

Ik word nu bijna kwaad. Hier zit ik mijn diepste en persoonlijkste gevoelens tentoon te spreiden, ik vecht tegen mijn tranen terwijl die rechercheur geen spier in zijn gezicht vertrekt. Hij kon op zijn minst deelnemend knikken of doen alsof hij iets noteert, vind ik.

'Simone leefde een zinloos leven voordat ze mij ontmoette, ze was op weg naar de afgrond. Aan de oppervlakte leek alles zo mooi – knappe vrouw, geld en zogenaamde vrienden, maar zonder inhoud en richting, begrijpt u? Ik noem dat de terreur der dingen. Dingen kunnen worden gemist, hoe meer je hebt, hoe groter de angst. Ze was eigenlijk bezig in haar eigen overvloed te verdrinken, kon niet meer ademen. Ik kwam met ruimte. En lucht.'

Ik stop, het gezicht van de rechercheur begint voor me te zwemmen.

'Lucht. Het tegenovergestelde van cyanide, rechercheur. Die verlamt de ademhaling, je kunt niet ademhalen en stikt in de loop van enkele seconden. Maar dat weet u al, toch?'

Dit is beter. Over iets anders praten. Ik slik, krijg mezelf weer onder controle en ga verder: 'Die architect, Henrik Bakke, ik weet niet waar ze hem is tegengekomen. Ze beweerde de hele tijd dat ze hem had ontmoet nadat ik was verhuisd en ik geloofde haar eerst. Maar vrienden zeiden dat ik naïef was, ze wezen erop dat die vent direct na mijn vertrek bij haar was ingetrokken. Nog voordat mijn kant van het bed was afgekoeld, zoals een vriend het uitdrukte. Maar toch, rechercheur – en dit klinkt wellicht heel vreemd – is het een troost te weten dat gevoelens voor een ander ons huwelijk kapot hebben gemaakt. Dat wat Simone en ik samen hadden niet van het type was dat vanzelf doofde, maar dat de liefde werd verslagen door liefde.'

Ik werp een snelle blik op de rechercheur, maar kijk weg als zijn standvastige, stijve blik die van mij ontmoet. Ik ben gewoonlijk terughoudend met praten over gevoelens, vooral als het die van mijzelf betreft, maar er is iets in gang gezet bij mezelf wat ik niet kan stoppen. En misschien ook niet wil stoppen.

'Ik geloof dat ik een normale, jaloerse man ben. Simone was dan wel geen klassieke schoonheid, maar ze had iets dierlijks over zich wat haar mooi maakte op een gevaarlijke manier. Wanneer ze naar je keek, kon je je een goudvis voelen die alleen thuis is met de kat. Toch zwermden de mannen om haar heen zoals de krokodillenwachter rond de bek van een krokodil. Ze deed iets met hun hersenen, ze... ja, u heeft haar zelf gezien. Mijn zwarte doodsengel, noemde ik haar vaak. Ik zei voor de grap dat ze nog eens mijn dood zou worden als een van haar bewonderaars besloot me naar de andere wereld te helpen. Maar diep vanbinnen vreesde ik dat minder dan de dag dat ze zou vallen voor een van haar opdringerige aanbidders. Ik ben, zoals gezegd, een gewone, jaloerse man.'

De rechercheur is dieper in de leunstoel weggezakt. Niet zo

vreemd misschien, ik heb tot nu toe nog niets verteld wat interessant kan zijn voor het onderzoek. Maar hij wekt ook niet de indruk dat hij me gaat stoppen.

'Toch was ik niet jaloers op Henrik Bakke. Is dat niet gek? Niet op de manier dat ik hem haatte of iets tegen hem had. Ik geloof dat ik vond dat hij gewoon een man was die net als ik Simone boven alles op de wereld liefhad. Ik keek eigenlijk naar hem als iemand die in hetzelfde schuitje zat als ik in plaats van dat hij mijn concurrent was.'

Ik duw mijn tong tegen mijn kiezen waarop de kokos zit geplakt en ik voel me ongemakkelijk worden. Het zwijgen van de rechercheur is oorverdovend.

'Oké, dat is niet helemaal waar. Ik was jaloers op Henrik Bakke. In elk geval de eerste keer dat ik hem zag. Laat ik dat even uitleggen. Op een dag belde hij me op mijn kantoor en vroeg of we konden afspreken omdat hij wat papieren van Simone aan me wilde geven. Ik begreep dat het de scheidingspapieren waren en hoewel het natuurlijk onbehoorlijk van haar was dat ze haar nieuwe minnaar vroeg die aan me te geven, was ik nieuwsgierig naar wie hij was en daarom stemde ik in met een ontmoeting in een restaurant. Ik nam aan dat hij net zo nieuwsgierig was als ik. Hoe dan ook, hij bleek een erg prettig persoon te zijn – beleefd zonder kruiperig te zijn, intelligent, maar niet opschepperig en met een goede portie humor wat de gevoelige situatie betrof. We dronken een paar biertjes en na een poosje begon hij over Simone te praten en het duurde niet lang of ik begreep dat hij dezelfde problemen met haar had als ik. Ze was als een kat, ze kwam en ging zoals het haar uitkwam. Ze was verwend en humeurig en loyaliteit was niet een van haar sterke karaktereigenschappen, om het zo maar te zeggen. Hij beklaagde zich over al de mannenvrienden met wie ze omging en vroeg zich af waarom ze geen vriendinnen had zoals andere vrouwen. Hij vertelde over de nachten dat ze thuiskwam als hij al in bed lag en onder invloed van alcohol enthousiast vertelde over de nieuwe en spannende mensen die ze had ontmoet. In een bijzin vroeg hij of ik haar nog had gesproken sinds ik was vertrokken, waarop ik dat lachend ontkende. Lachend omdat ik me realiseerde dat hij jaloerser was op mij dan ik op hem. Is dat niet paradoxaal, rechercheur?'

De rechercheur opent zijn mond, maar bedenkt zich duidelijk weer en laat zijn mond half openhangen. Het ziet er idioot uit. Eigenlijk was ik van plan geweest om niet zoveel te vertellen, maar het is opvallend hoe het zwijgen van de ander je kan beïnvloeden. In het begin vond ik het bedreigend, maar nu merk ik dat het niet een zogenaamd sprekende stilte is. De rechercheur lijkt niet overmatig geïnteresseerd te luisteren, het is meer een neutraal niets. Een afwezigheid van praten, een lege ruimte die als een vacuüm woorden uit me zuigt.

'We dronken nog een biertje en lachten smakelijk toen we onze verhalen over haar gewoonten met elkaar begonnen te vergelijken. Bijvoorbeeld dat ze altijd spijt kreeg als ze eten had besteld en je de kelner weer te pakken moest zien te krijgen om de bestelling te veranderen. Of dat ze altijd naar de wc moest als je het licht had uitgedaan en goedenacht had gezegd. En dan natuurlijk het boodschappen doen op zaterdag en hoe rampzalig het was als je vergeten was Twist te kopen. Daarom was ik ook niet erg verbaasd dat ik Bakke een paar weken later op zaterdag bij de Kiwi trof. We lachten allebei veelzeggend naar de zak Twist in zijn winkelwagentje.

Hij vroeg trouwens naar de scheidingspapieren en zei dat Simones advocaat daarop zat te wachten. Ik zei dat ik het druk had, maar dat ik het volgende week zou regelen. Misschien was ik een beetje geïrriteerd dat hij erover begon. Ik bedoel, waarom had het zo'n haast? Hij had mijn plaats naast haar in bed overgenomen, dat moest voorlopig toch genoeg zijn. Het leek haast of hij niet kon wachten met haar te trouwen. En met haar miljoenen. Dus ik vroeg het hem plompverloren. Of ze huwelijksplannen hadden. Hij was met stomheid geslagen dus ik herhaalde mijn vraag. Toen lachte hij flauwtjes en schudde zijn hoofd. Toen begreep ik het.'

Ik trok het snoeppapiertje strak. In drie talen – Noors, Zweeds en Deens – stond erop wat erin zat. Makkelijk te begrijpen, het is fijn als buren ongeveer dezelfde taal spreken.

'Er was iets in zijn blik, een pijn die ik herkende van mijn eigen spiegelbeeld toen. Bakke stond al op het punt afgeschreven te worden. Simone had genoeg van hem. Het was slechts een kwestie van tijd en hij wist het, hij kon de bittere smaak van de nederlaag al proeven. Heeft u dat al onderzocht, rechercheur? Rondgevraagd of ze dergelijke plannen had? Dat moet u doen want in dat geval heeft hij immers een motief, toch? Crime passionnel, noemen ze dat niet zo?'

Zie ik daar een lachje rond de lippen van de rechercheur? Hij antwoordt niet. Natuurlijk niet, hij zal wel geheimhoudingsplicht hebben als het om onderzoek gaat. Maar toch, de gedachte dat Henrik Bakke verdacht wordt, maakt dat ik ook onwillekeurig moet lachen. Ik heb niet eens zin te proberen het te verbergen. We lachen beiden.

'Het is tamelijk paradoxaal, niet? Ik heb de scheidingspapieren nooit op kunnen sturen dus Simone en ik waren nog steeds man en vrouw toen ze stierf. Daarmee ben ik de enige erfgenaam, rechercheur. Dus als Henrik Bakke haar echt heeft gedood dan betekent het dat de man die mijn grote liefde heeft geroofd, me miljonair heeft gemaakt. Mij. Dat noemen ze de ironie van het lot.'

Mijn lach wordt weerkaatst door de muren met zijdebehang en door het parket. Ik overdrijf een beetje, sla me op mijn dijen en leg mijn hoofd in mijn nek. Dan zie ik de ogen van de rechercheur. Ze zijn koud als haaienogen en ze nagelen me vast op de bank. Ik slik de rest van mijn woorden in. Heeft hij het begrepen? Ik pak nog wat van de schaal met chocola. Een Daim dit keer, ik heb die al opengemaakt als ik me bedenk en een Bali pak. Ik verpak de Daim weer in het papiertje. Ik moet nadenken. Nee, ik hoef niet na te denken. Een blik op de rechercheur is voldoende.

'Het fijne aan Twist is de verpakking,' zeg ik. 'Dat je spijt kunt krijgen. Je kunt de chocola opnieuw verpakken zonder dat iemand merkt dat die al open is geweest. Dat is met veel dingen niet het geval. Bij bekentenissen bijvoorbeeld. Zodra je die hebt uitgepakt is het te laat.'

De rechercheur knikt. Het lijkt wel een buiging.

'Oké,' zeg ik. 'Geen spelletjes meer.'

Het klinkt alsof ik hier en nu dat besluit neem, maar dat is natuurlijk niet zo. Ik had al een tijdje gewacht op het juiste moment. En dat is nu gekomen.

'Jullie hebben de kleine flesjes cyanide in de kelder gevonden, niet waar, rechercheur?' De chocola smelt op mijn tong en ik voel de harde kern tegen mijn gehemelte drukken. 'Er ontbreekt er eentje. Dat heb ik meegenomen toen ik het huis uit werd gegooid.

Ik weet niet precies waarom. Ik zat behoorlijk in de put, misschien had ik het plan het zelf te nemen. Er wordt blauwzuur van cyanide gemaakt, maar dat wist u natuurlijk al?'

Mijn vingers gaan door de schaal met chocolaatjes, ik vind er eentje met bananencrème, maar laat dat automatisch liggen. Oude gewoonte.

'Een paar dagen nadat ik Bakke bij de Kiwi was tegengekomen kocht ik een zak Twist. Bij de apotheek kocht ik een wegwerpspuit die ik bij thuiskomst vulde met cyanide. Toen maakte ik de zak Twist open en haalde er de chocolaatjes met bananencrème uit. Ik pakte ze voorzichtig uit, spoot het vergif erin, pakte ze opnieuw in en stopte ze terug in de zak. De rest was verbijsterend simpel. De volgende zaterdag wachtte ik voor de Kiwi tot Bakke in Simones Porsche de parkeerplaats opreed. Ik ging voor hem naar binnen met de zak Twist onder mijn jas. Ik zette de zak vooraan in het schap met Twist en controleerde vanachter een stelling of hij de juiste pakte.'

De rechercheur zit met zijn hoofd gebogen. Alsof hij en niet ik de man is die de gifmoord bekent.

'Ik las dat toen Henrik Bakke haar vond, hij eerst dacht dat ze sliep. Jammer dat hij er niet bij was toen ze stierf. Hij had daar iets van kunnen leren. Ik bedoel, het moet toch fascinerend zijn om een mens te bestuderen in de transit van leven naar dood?'

De rechercheur lijkt een antwoord voor te bereiden. Een erg lang, moeilijk antwoord dat lang nadenken vergt. Ik ga verder: 'Ik rekende erop dat jullie Henrik Bakke direct zouden aanhouden nadat jullie obductie op Simone hadden gedaan. Ik dacht eigenlijk dat het een uitgemaakte zaak was dat de cyanide uit de chocola kwam die hij zonder twijfel had gekocht.'

Ik leun over de tafel.

'Maar jullie hadden het niet door, rechercheur. Jullie waren niet in staat het gif te koppelen aan de chocola die ook in haar maag zat omdat die al was gesmolten en opgelost. Ik werd bang dat Henrik Bakke de dans zou ontspringen.'

Ik drink het laatste restje koffie op. Die van de rechercheur staat onaangeroerd. 'Maar de patholoog-anatoom zal het begrijpen als hij nog een lijk voor zich krijgt, denkt u niet, rechercheur? Dat het moordwapen de hele tijd al recht onder jullie neus was.'

Ik wijs naar de schaal met chocola en kijk hem glimlachend aan. Geen respons.

'Nog een Twist voordat ik alarm sla, rechercheur?' In de stilte die volgt, hoor ik het zachte gekraak van het in elkaar gefrommelde bananencrèmepapiertje dat langzaam als een geelgroene roos weer opengaat op de salontafel voor hem. Die mooie salontafel.

ODD

Odd Rimmen stond – gezien vanuit de zaal – rechts in de coulissen.

Hij trachtte normaal adem te halen.

Hoe vaak had hij zo gestaan terwijl hij opzag tegen het moment dat hij voor het publiek moest gaan staan dat nu werd opgewarmd met wat overdreven beweringen door degene die hem ging interviewen? Vanavond moesten de verwachtingen al behoorlijk hooggespannen zijn omdat een entreekaartje vijfentwintig euro kostte, meer dan enkele van zijn dunne boeken. Met mogelijke uitzondering de eerste druk van de Engelse vertaling van zijn debuut. Hij had gehoord dat die niet meer antiquarisch te krijgen was en dat ze via internet voor driehonderd pond werden verkocht.

Kwam het daardoor dat hij zo moeilijk kon ademhalen? Dat hij bang was dat de echte Odd Rimmen, de schrijver in levenden lijve, de verwachtingen niet kon waarmaken? De hype die was ontstaan, die hem tot een soort superman had gemaakt, daaraan kón hij eenvoudigweg niet voldoen. Hij werd neergezet als een helderziende intellectueel die niet alleen het lot van mensen kon analyseren, maar ook sociaal-culturele trends kon voorspellen en de problemen van de moderne man kon diagnosticeren. Begreep men niet dat hij alleen maar schreef?

Jazeker, de gedachten van een auteur hadden altijd een tweede laag waarvan hij zich niet eens bewust hoefde te zijn, dat betrof zeker de schrijvers die hij bewonderde: Camus, Saramago en zelfs Sartre verdacht hij ervan dat ze hun eigen diepten niet kenden en dat ze vooral bezig waren geweest met de formulering van seksuele aantrekkingskracht.

Voor de onbeschreven bladzijden, dat wil zeggen het beeldscherm van zijn pc, kon hij de Odd Rimmen zijn, de man die de recensent van *The Boston Globe* eerbiedig Odd Dreamin' had genoemd, een bijnaam die aan hem was blijven kleven. Maar *face to face* was Odd gewoon Odd, een man die elk moment verwachtte dat hij ontmaskerd zou worden als middelmatig intelligent met een gevoel voor taal dat iets boven het gemiddelde lag en een onvermogen tot zelfkritiek en impulscontrole. Hij dacht dat het door het laatste kwam – de ontbrekende impulscontrole – dat hij zo ongehinderd zijn gevoelsleven blootlegde voor duizenden, ja, honderdduizenden (geen miljoenen) lezers. Want zelfs al gaf het papier/scherm de mogelijkheid tot terugtrekken, de kans om iets te veranderen als hij spijt kreeg, hij deed dat nooit als hij zag dat het goed was. Zijn roeping als schrijver ging voor zijn persoonlijk welzijn. Hij kon zijn zwakke karakter uitdagen en uit zijn comfortzone komen zolang het op papier gebeurde, in zijn fantasie, in zijn dromen en in het schrijven waardoor hij, wat het thema ook was, binnen de intimiteit van zijn eigen comfortzone kon blijven, veilig afgezonderd van het leven daarbuiten. Hij kon van alles schrijven en zichzelf vertellen dat het voor de onderste bureaula was en dat het nooit gepubliceerd zou worden. En als Sophie, zijn redacteur, het had gelezen en zijn auteursego voldoende had gemasseerd dat hij haar bewering geloofde dat het een literaire misdaad zou zijn om het zijn lezers te onthouden, was het een kwestie van zijn ogen sluiten, te huiveren, in zijn eentje te drinken en het maar te laten gebeuren.

Maar met een interview op een podium kon dat niet.

Esther Abbots stem bereikte hem als gerommel in de verte, een naderend onweer op het podium. Ze stond bij de lessenaar en achter haar stonden de leunstoelen waarin ze moesten gaan zitten. Op die manier werd een sfeer van een woonkamer gecreëerd waardoor hij minder gespannen moest worden. Het was een elektrische stoel geplaatst in een bloemenperk, verdomme.

'Hij heeft ons lezers een nieuwe invalshoek gegeven vanwaar we onszelf, onze levens, onze naasten en onze omgeving kunnen observeren,' zei de stem. Hij kon maar net de Engelse woorden onderscheiden. Hij gaf de voorkeur aan interviews in het Engels boven zijn eigen taal, hij overdreef zijn accent zodat het publiek dacht dat het kwam door de vreemde taal dat hij moeite had met formuleren en niet door het feit dat hij in zijn moedertaal een clown was die struikelde over de eenvoudigste woorden en problemen had zich mondeling uit te drukken.

'Hij is een van de scherpste observeerders van onze tijd en beschrijft compromisloos het individu en de samenleving.'

Wat een onzin, dacht Odd Rimmen en hij veegde zijn handpalmen af aan zijn dure pantalon. Hij was een schrijver die zijn commerciële succes puur en alleen te danken had aan de seksuele fantasieën die hij beschreef en die zo op het randje waren dat ze werden omschreven als controversieel en moedig, maar dus ook weer niet zo ver over het randje dat je ze niet kon lezen zonder ernstig geschokt te worden, ze waren gewoon onderhoudend. Zijn boeken fungeerden als therapie voor eventuele schaamtegevoelens omdat je dezelfde fantasieën had als de schrijver. Pas later had hij beseft dat de rest van de inhoud meedeinde op de golven van deze seksfantasieën. Odd Rimmen wist – zijn redacteur en hij wisten, hoewel ze daar nooit over spraken – dat hij in de volgende boeken variaties van deze fantasieën beschreef hoewel ze thematisch gezien vreemde elementen waren, lange, misplaatste gitaarsolo's zonder enige relevantie, het lezerspubliek verwachtte ze van hem. Het provoceren was zo'n routine geworden dat het slaapverwekkend had moeten zijn, in plaats van opwekkend. Een trucje waarvan hij bijna moest overgeven, maar hij maakte zichzelf wijs dat het noodzakelijk was voor de rest van de tekst want op die manier kon zijn eigenlijke boodschap bij een groter publiek bekend worden. Maar hij vergiste zich. Hij had zijn ziel verkocht en als schrijver was hij daardoor beschadigd. Dus daar moest nu een eind aan komen.

In de roman waaraan hij nu werkte en die hij nog niet aan zijn redacteur had laten lezen, had hij alle elementen die neigden naar uitbuiting van commercieel succes weggelaten en in plaats daarvan had hij het dichterlijke gecultiveerd, de sprookjesachtige visie, maar ook het ware en het slechte. Geen compromissen meer.

Toch stond hij hier en zou hij over een paar seconden onder daverend applaus van een afgeladen Charles Dickens Theatre op het podium worden geroepen. Mensen die nog voordat hij zijn mond had geopend al besloten hadden dat ze van hem hielden zoals ze van zijn boeken hielden, alsof die een eenheid waren, alsof zijn oeuvre, zijn leugens, allang verteld heeft wat ze over hem willen weten.

Het ergste was dat hij het nodig had. Ja, hij had hun slecht gefundeerde bewondering en onvoorwaardelijke liefde nodig. Hij was er afhankelijk van geworden want wat hij in hun blikken zag, het gestolen goed dat hij met zich meenam, was als heroïne. Hij wist dat die hem kapot zou maken, hem corrumpeerde als schrijver, maar tóch moest hij het hebben.

'... vertaald in veertig talen, gelezen over de hele wereld en door alle lagen van de bevolking...'

Charles Dickens moest zelf zo'n heroïneverslaafde zijn geweest. Hij publiceerde hoofdstuk na hoofdstuk van zijn romans en luisterde goed wat de reacties van zijn lezers waren voordat hij het volgende schreef, hij ging ook op tournee waar hij uit zijn eigen boeken voorlas en dat niet met de gegeneerde afstand die een schrijver vaak tot zijn eigen tekst heeft, de aandoenlijke schroom van een bescheiden man, maar met een schaamteloze passie waarbij hij niet alleen zijn acteerambities liet zien, wellicht ook zijn acteertalent, maar ook zijn gretigheid om de massa te verleiden, van hoog tot laag, los van rang, stand en intellect. Was Charles Dickens – de sociale activist en voorvechter van de armen – niet net zo inhalig geweest waar het geld en sociale status betrof als sommige van zijn eigen, minder sympathieke karakters in zijn boeken? Toch was het niet het belangrijkste wat Odd Rimmen tegen Charles Dickens had. Dat was het feit dat hij optrad met zijn kunst. Optreden in de slechtste zin van het woord. Een combinatie van een marktkoopman en een tamme circusbeer, een beest dat de oppasser aan een ketting heeft zodat hij er gevaarlijk uitziet terwijl in werkelijkheid zijn testikels, tanden en nagels zijn verwijderd. Dickens gaf zijn publiek wat het wilde en wat het publiek in die tijd wilde was maatschappijkritiek.

Waren de boeken van Charles Dickens beter geweest – je moet eigenlijk zeggen nog beter – als hij bij zijn leest was gebleven?

Odd Rimmen had zijn roman *David Copperfield* gelezen en had ooit gedacht dat hij het beter had kunnen doen. Niet veel beter, maar beter. En op dat moment was dat ook zo, daar was hij zeker van. Maar kon hij dat nog steeds of misten zijn pen, tanden en nagels al de scherpte als gevolg van het circus waaraan hij zich had onderworpen? En als dat het geval was, was er dan een weg terug?

Ja, zei hij tegen zichzelf. Want de nieuwe roman waaraan hij nu schreef was toch precies die weg terug, of niet?

Toch stond hij hier en het was nog maar even of hij ging zich warmen aan de bewonderende blikken en de schijnwerpers, het applaus oogsten met zijn bestudeerde vanzelfsprekendheid, om het kort samen te vatten: zijn shot van vanavond.

'Mijne dames en heren, jullie hebben op hem gewacht en hier is hij...'

Doe het gewoon! Dat was niet alleen de beste reclameslogan aller tijden voor sneakers, maar het was ook zijn vaste repliek als jonge mensen aan hem vroegen hoe ze moesten beginnen met schrijven. Er was geen reden het uit te stellen, er hoefde niets te worden voorbereid, het was gewoon een kwestie van je pen op papier zetten, niet figuurlijk, maar letterlijk. Hij zei dat ze vanavond moesten beginnen met iets, wat dan ook, op te schrijven.

Zo was het met Aurora ook gegaan toen hij eindelijk in staat was geweest haar te verlaten na de eindeloze rondes van discussies, tranen en verzoeningen waarbij hij altijd weer terug moest naar Start. Je moest het gewoon doen, fysiek de deur uit lopen om nooit meer terug te keren. Zo eenvoudig en zo moeilijk. Als je verslaafd bent kun je niet stapsgewijs stoppen, een beetje heroïne nemen, dat had Odd gezien bij zijn broer met een fataal resultaat. Er was maar één weg hieruit: *cold turkey*. Vanavond. Nu. Want morgen zou het niet makkelijker zijn, het werd alleen maar moeilijker. Als je jezelf toestaat het uit te stellen dan sta je daarna nog een beetje dieper in de shit dus wat levert het op als je het een dag uitstelt?

Vanuit de coulissen zag Odd het verblindende licht. Hij kon het publiek niet zien, alleen maar een zwarte muur. Misschien was het er ineens, misschien bestond het niet. En misschien bestond hij ook niet, wie zal het zeggen.

En daar was het, die ene verlossende, bevrijdende gedachte. Daar stond zijn paard. Hij hoefde alleen maar zijn voet in de stijgbeugel te zetten en zijn been over de paardenrug te zwaaien. Doe het gewoon. De andere optie was: niet doen. Die twee alternatieven waren er. Of dat alternatief, om taalkundig streng te zijn. En dat zou hij vanaf nu zijn. Streng, waarachtig. Compromisloos.

Odd Rimmen draaide zich om en vertrok. Hij trok de microfoon en zender van zijn kleren en gaf die aan de man van de techniek, die verbijsterd opkeek toen Odd langs hem liep. Hij liep de trap af naar de kleedkamer waar hij en de interviewer Esther Abbot en de verantwoordelijke voor de pr van de uitgeverij een paar vragen hadden doorgenomen. Nu was de ruimte verlaten en het enige geluid dat hij hoorde was de stem van Esther, de woorden verstond hij niet, er was slechts een holle weerkaatsing tegen het plafond. Hij greep zijn jas die hij over de stoel had gehangen, pakte een appel van de fruitschaal en liep naar de artiestenuitgang. Hij duwde die open en snoof de benauwde Londense lucht op die rook naar uitlaatgassen, verbrand metaal en eten dat uit de ventilatieroosters van restaurants kwam. Odd Rimmen had nooit eerder zo'n frisse, bevrijdende lucht opgesnoven.

Odd Rimmen kon nergens naartoe.

Odd Rimmen kon overal naartoe.

Je zou kunnen zeggen dat het begon toen Odd Rimmen, een paar seconden voordat hij het podium op moest om te praten over zijn laatste boek *The Hill*, het Charles Dickens Theatre verliet.

Of je zou kunnen zeggen dat het begon met het artikel dat hierover in *The Guardian* verscheen waarin gesteld werd dat het verraad was aan het betalende publiek, de organisatie van het Camden Literary Festival en Esther Abbot, de jonge journalist die zich had verheugd op het interview. Of je zou kunnen zeggen dat het startte toen *The New Yorker* contact opnam met de contactpersoon van de uitgeverij omdat ze een interview wilden. En de contactpersoon verklaarde dat Odd Rimmen helaas geen interviews meer wilde geven waarna *The New Yorker* om zijn telefoonnummer vroeg zodat ze hem konden overhalen, maar dat ze te horen kregen dat hij geen telefoon meer had. Ja, dat de uitgever niet wist waar Rimmen was, niemand had meer van hem gehoord sinds hij die avond het Charles Dickens Theatre verliet.

Dat was maar de halve waarheid, maar *The New Yorker* schreef een artikel over Odd Rimmen *in absentia* waarin ze andere schrijvers, literatuurcritici en belangrijke personen uit de culturele sector aan het woord lieten over de auteur in het algemeen en *The Hill* in het bijzonder.

In het huis van zijn ouders in Zuid-Frankrijk kon Odd Rimmen zich er alleen over verbazen dat al die bekende namen ineens zijn boeken hadden gelezen, maar ook dat ze beweerden hem persoonlijk te kennen. Dat ze daarover konden liegen om hun naam maar in dat prestigieuze blad te kunnen zien, was misschien niet zo verbazingwekkend en ze konden in een paar dagen best wat bladzijden gelezen hebben in zijn boeken of de samenvattingen op internet hebben doorgenomen. Maar dat ze uitspraken deden over zijn enigmatische persoonlijkheid en zijn zeer speciale charisma verbaasde hem vooral want hij kon zich herinneren dat hij met deze mensen alleen maar beroepsmatig – op festivals, boekenbeurzen, prijsuitreikingen – een paar beleefdheidsfrasen had uitgewisseld, want in deze branche grenst beleefdheid aan paranoia. (Odd Rimmens theorie was dat schrijvers doodsbang zijn om andere schrijvers voor het hoofd te stoten omdat ze beter dan wie ook weten dat een gevoelige ziel met een pen is als een kind met een uzi.)

Maar door de belofte aan hemzelf van ascese, puurheid en onthouding van alles wat opgevat werd (beter: opgevat moest worden) als verkooptruc, intellectuele zwendel en zelfverheerlijking, had Odd Rimmen zichzelf het recht ontzegd de indruk te corrigeren die bij de lezers van *The New Yorker* was ontstaan dat hij een literaire cultheld was.

Hoe het ook begon, het ging door. Dat was ook wat zijn redacteur hem vertelde toen hij vanuit een telefooncel in het dorp belde.

'Er is iets gebeurd, Odd. En het is niet te stoppen, het groeit alleen maar.'

Sophie Hall had het niet alleen over de verkoopcijfers, maar ook over het aantal verzoeken tot een interview, uitnodigingen voor festivals, smeekbedes van zijn buitenlandse uitgevers om een bezoek in verband met de lancering van *The Hill*.

'Het is een gekkenhuis,' zei ze. 'Na dat artikel in *The New Yorker*...'

'Dat waait wel weer over,' zei hij. 'Eén artikel in een blad verandert de wereld niet.'

'Jij hebt jezelf geïsoleerd, je krijgt niet mee wat er gebeurt. Iedereen heeft het over je, Odd. Iedereen!'

'O ja? En wat zeggen ze dan?'

'Dat je...' Ze lachte even. 'Dat je een beetje gek bent.'

'Gek? *In a good way*?'

'*In a very good way*.'

Hij wist precies wat ze bedoelde, ze hadden het daarover gehad. Dat schrijvers die ons fascineren, schrijvers zijn die een herkenbaar beeld van de wereld schetsen, maar toch met een bril die een beetje anders is dan de onze. Of die van hen, dacht Odd Rimmen, want wat zijn redacteur nu zei was dat hij nu behoorde tot de groep die de wereld anders bekeek, tot de intellectuele excentriekelingen. Maar hoorde hij daarbij? Had hij dat altijd gedaan? Of was dit bluf, was hij een conventionele wannabee die speelde dat hij gek was om het effect? Nu hij de redacteur hoorde over de belangstelling voor Odd Rimmen, hoorde hij ook een toenemend respect in haar stem. Alsof zelfs zij die hem toch van dichtbij had gevolgd, van zin tot zin om het zo maar te zeggen, niet immuun bleek te zijn voor de plotselinge stemmingswisseling die was opgetreden na één gebeurtenis: dat hij bijna in een impuls vlak voor een interview de zaal had verlaten. Ze vertelde dat ze *The Hill* opnieuw had gelezen en verbijsterd was hoe goed het boek eigenlijk was. Hoewel Odd Rimmen haar ervan verdacht dat ze het boek alleen maar had gelezen in een nieuw licht, namelijk in het licht van de bewondering van anderen, zei hij niets.

'Wat probeer je te zeggen, Sophie?' vroeg hij toen ze ademhaalde.

'Warner Brothers heeft contact met ons opgenomen,' zei ze. 'Ze willen de filmrechten kopen van *The Hill*.'

'Echt waar?'

'Ze willen Terrence Malick of Paul Thomas Anderson vragen als regisseur.'

'Ze wíllen?'

'Ze vragen of je met een van hen kunt instemmen.'

Of ik kon instemmen met Malick of Anderson, dacht Odd Rimmen. *Thin Red Lines, Magnolia.* We hebben het hier over twee topregisseurs die het onmogelijke voor elkaar hebben gekregen: het publiek enthousiast maken voor een cultfilm.

'Wat zeg je ervan?' Sophies stem had de opgewonden toon van een veertienjarige die zelf niet kon geloven dat ze hem dit vertelde.

'Ik zou met beiden blij zijn,' zei hij.

'Mooi, ik bel Warner Brothers en...'

Voorwaardelijke wijs. 'Zou zijn'. Ooit had ze hem uitgelegd dat het eigenlijk een taalkundige vereenvoudiging is van 'zou zijn geweest', maar de corrector had het goedgekeurd. Maar wel voorwaardelijk, iets wat zou gebeuren als er aan de voorwaarden was voldaan. En nu vroeg ze zich waarschijnlijk af wat die voorwaarden konden zijn. Dus hij vertelde haar dat.

'Als ik de filmrechten zou willen verkopen.'

'Je... je wilt dat niet?' De enthousiaste toon was weg en nu klonk ze echt alsof ze niet kon geloven wat ze zelf zei.

'Ik hou van *The Hill* zoals het is,' zei hij. 'Als boek. Zoals je zelf al zei: het boek blijkt eigenlijk goed te zijn.'

Hij wist niet of ze de ironie hoorde, normaal gesproken zou ze dat doen, Sophie had een goed oor, maar nu was ze zo in de war van alles wat er gebeurde dat hij er niet zeker van was.

'Heb je daar goed over nagedacht, Odd?'

'Ja,' zei hij. Dat was zo merkwaardig. Nog maar een minuut geleden had hij te horen gekregen dat de grootste filmproducent ter wereld twee van de beste filmregisseurs wilde vragen zijn boek *The Hill* te verfilmen en daardoor zou niet alleen de verkoop van dit boek als een raket omhoogschieten, maar ook van de andere boeken, zijn eerdere maar ook zijn toekomstige, met zijn naam op de kaft. Hij had erover gedroomd om een echt groot filmaanbod te krijgen. Over gedagdroomd, kon hij beter zeggen. Want afgezien van de reeds genoemde seksscènes was er niets filmisch aan de romans van Odd Rimmen, eerder het tegendeel, het ging vooral om innerlijke monologen zonder speciale gebeurtenissen of een conventionele dramatische structuur. Toch had hij erover nagedacht. Alleen hypothetisch natuurlijk, als gedachte-experiment waarbij hij de argumenten tegenover elkaar had gezet terwijl hij over de Golf van Biskaje uitkeek. Charles Dickens had niet alleen juichend ja geschreeuwd, die clown had er ook op gestaan minstens een van de hoofdrollen te willen spelen.

De vorige Odd Rimmen (die van voor het Charles Dickens Theatre) zou ook ja hebben gezegd, maar met een nare smaak in zijn mond. Hij zou zich hebben verdedigd met de opmerking dat hij in een ideale wereld bedankt zou hebben voor de eer omdat hij het boek niet wilde bezoedelen, het met rust wilde laten en voorbehouden aan de geduldige lezer, de lezer die simplificaties niet zou tolereren, die elke zin in zijn eigen tempo wilde laten bezinken, bepaald door de bewegingen van zijn ogen en zijn vermogen tot contemplatie. Maar in een wereld waarin geld en leeghoofdig vermaak heersten kon hij niet bedanken voor de aandacht die zijn type boeken (serieuze, literaire boeken) werd gegeven want hij had de plicht om het (literaire) woord te verspreiden, niet alleen voor zichzelf, maar voor iedereen die iets probeerde te zeggen met wat hij schreef.

Ja, dat zou hij gezegd hebben en stiekem zou hij genieten van de aandacht voor de film, zijn boek en voor zijn klaarblijkelijke dilemma.

Maar de nieuwe Odd Rimmen stond dergelijke huichelarij niet toe. Omdat hij daar al over had nagedacht en de realiteit nauwelijks verschilde van de dagdroom, preciseerde hij het voor zijn redacteur: 'Ik heb daar al over nagedacht, Sophie, en nee, *The Hill* zal niet worden teruggebracht tot een synopsis van twee uur.'

'Maar het boek is al kort. Heb je *No Country for Old Men* gezien?'

Natuurlijk had Odd Rimmen dat en natuurlijk kwam ze daarmee, dacht hij. Sophie wist dat hij hield van Cormac McCarthy, wist dat hij wist dat het de gebroeders Coen gelukt was het korte boek te verfilmen in een één-op-éénverhouding, wat hij bij nog geen enkele andere film had gezien. Sophie wist ook dat Odd Rimmen wist wat de film had betekend voor de verkoop van zijn eerdere cultboeken en dat ogenschijnlijk zonder (al te veel) schade aan zijn reputatie bij de literaire elite.

'Cormac schreef de eerste versie als een filmscript,' zei hij. 'De gebroeders Coen hebben zelf verteld dat toen ze het script schreven de een het boek openhield terwijl de ander schreef. Dat gaat met *The Hill* niet. Bovendien zit ik midden in een nieuw boek dus ik moet ophangen en weer aan het werk.'

'Wat? Odd, niet...'

Odd Rimmen stond in de rij van museum het Louvre in Parijs toen hij haar naar buiten zag komen. Esther Abbot leek te willen doen of ze hem niet had gezien, maar ze wist blijkbaar dat haar verblufte gezicht haar verraadde.

'En dan komen we elkaar hier weer tegen,' zei ze. Ze liep arm in arm met een man die ze steviger naar zich toe trok alsof ze door het zien van Odd Rimmen eraan werd herinnerd dat mannen ineens konden verdwijnen als je niet goed oppaste.

'Het spijt me,' zei Odd Rimmen. 'Ik kreeg nooit de kans om me te verontschuldigen.'

'Kréég nooit? Was er iets wat je tegenhield of hinderde?'

'Nee, eigenlijk niet. Excuus.'

'Dat zou je misschien moeten zeggen tegen alle mensen die waren gekomen.'

'Absoluut, daar heb je gelijk in.'

Hij vond haar er goed uitzien. Beter dan hij het zich herinnerde in het theater. Hij vermoedde dat ze toen zo geconcentreerd was op haar werk. Te druk met strooplikken om de veroveraar bij hem wakker te maken, als een prooi die speelt dat hij dood is waardoor het roofdier zijn interesse verliest. Maar nu ze zo voor hem stond, gebruind, beetje boos, wind in haar haren en een man aan haar arm was ze gewoonweg aantrekkelijk. Zo aantrekkelijk dat Rimmen het opvallend vond dat zij degene was geweest die de man naar zich toe had getrokken, dat zou eigenlijk omgekeerd het geval moeten zijn. Dat de man discreet zijn territorium markeerde tijdens de ontmoeting met een andere man van zijn leeftijd die waarschijnlijk een hogere sociale status had na dat artikel in *The New Yorker.*

'Kan ik jullie een glas aanbieden om aan te geven dat ik het meen?' vroeg Odd Rimmen en hij keek de man vragend aan die er beduusd uitzag en leek te zoeken naar een excuus, maar hij hoorde Esther Abbot al zeggen dat haar dat leuk leek.

De man tekende met moeite een lach op zijn gezicht.

'Misschien een andere keer,' zei de man. 'Jij staat immers in de rij om naar binnen te mogen en het Louvre is groot.'

Odd Rimmen nam het niet-matchende paar op. Zij blond en met de zon in haar ogen, hij donker met een zwaarmoedige blik. Hoe kon zo'n aantrekkelijke vrouw vallen voor zo'n man zonder charme, kende ze haar eigen marktwaarde niet? Jawel, dat deed ze, dat kon hij zien en hij besefte dat Esther haar geliefde/man/minnaar dichter naar zich toe had getrokken om hem te laten voelen dat hij niets te vrezen had van deze Rimmen. Waarom had deze man een dergelijke bevestiging nodig? Had ze een geschiedenis van promiscuïteit of ontrouw? Of hadden ze het over hem, de onbetrouwbare schrijver, gehad? Had Esther op de een of andere manier signalen afgegeven aan de man naast haar dat hij concurrentie vreesde van Odd Rimmen? Was dat de reden dat hij iets in de blik van de ander meende te zien, een mix van haat en angst?

'Ik kom vaak in het Louvre dus ik heb het meeste gezien,' zei Odd en hij beantwoordde de blik met vriendelijke kalmte. 'Kom, ik weet een plek waar ze een goede bourgogne schenken.'

'Perfect,' zei Esther.

Ze vonden het restaurant en al bij het eerste glas begon Esther vragen te stellen die volgens Odd uit het interview kwamen dat ze nooit had kunnen afnemen. Waar Odd zijn inspiratie uit haalde? In hoeverre de hoofdpersoon gebaseerd was op hemzelf? Of de seksbeschrijvingen gebaseerd waren op zijn eigen ervaringen of slechts fantasie? Bij de laatste vraag zag Odd het gezicht van de man (Ryan, hij had verteld dat hij op de ambassade in Parijs werkte) vertrekken. Odd antwoordde, maar hij probeerde niet te imponeren of grappig te zijn zoals hij zo vaak (met succes) deed wanneer hij 'optrad'. Toen hij optrad. Maar langzaam lukte het hem het gesprek zo om te buigen dat het gesprek over Esther en Ryan ging.

Ryan wilde duidelijk geen antwoord geven op de vraag wat zijn werk op de ambassade inhield en liet daarmee doorschemeren dat het belangrijk en geheim was en hij vertelde liever hoe de internationale onderhandelingstechnieken beïnvloed werden door het onderzoek van de psycholoog Daniel Kahneman naar *priming*, het feit dat we met simpele middelen een gedachte of idee in het hoofd van de tegenpartij kunnen planten zonder dat de betreffende persoon dat in de gaten heeft. Als je personen eerst een poster laat zien met de letters E A T erop en daarna S O . P en ze vraagt de ontbrekende letter in te vullen, dan zullen de meeste mensen er eerder SOUP dan SOAP van maken als je het vergelijkt met de personen die de E A T-poster niet hebben gezien.

Odd merkte dat Ryan echt zijn best deed om interessant over te komen, maar aangezien deze populaire psychologie onder oud nieuws viel, wendde hij zich liever tot Esther. Ze vertelde dat ze in Londen woonde waar ze nog steeds als freelance journalist voor de kunstredactie werkte, maar dat Ryan en zij heen en weer pendelden om elkaar zo vaak mogelijk te zien. Het viel Odd op dat het laatste vooral bedoeld was voor de oren van Ryan en minder voor die van hem. De subtekst luidde misschien: hoor je dat, Ryan? Ik beschrijf de situatie alsof we nog steeds een gepassioneerde relatie hebben en we zouden wensen dat we meer tijd samen hadden. Ben je nu tevreden, saaie windbuil?

Odd besefte dat Odd Dreamin' nu in het spel was. Maar misschien zat hij er niet zo erg naast.

'Waarom heb je je teruggetrokken?' vroeg Esther toen de kelner het derde glas inschonk.

'Dat heb ik niet. Ik schrijf meer dan ooit. En beter, hoop ik.'

'Je begrijpt wat ik bedoel.'

Hij haalde zijn schouders op. 'Alles wat ik te zeggen heb staat in mijn boeken. De rest is bluf en leidt maar af. Ik ben maar een trieste, pathetische clown, met iets vertellen over mijzelf als persoon bewijs ik mijn boeken geen dienst.'

'Eerder het omgekeerde, zo lijkt het,' zei Esther en ze tilde haar glas op. 'Het heeft er alle schijn van dat hoe minder men van jou ziet, des te meer je wordt besproken.'

'Ik hoop dat je mijn boeken bedoelt.'

'Nee, jou.' Haar blik bleef iets te lang op hem hangen. 'En, als gevolg daarvan ook jouw boeken, natuurlijk. Jij staat op het punt van cult-cultschrijver over te gaan naar mainstream-cultschrijver.'

Odd Rimmen genoot van de wijn. En van de karakterisering. Genoot. Tja, hij voelde nu al dat hij meer wilde hebben. Meer van alles.

Toen Ryan opstond om naar het toilet te gaan, leunde hij naar voren en legde een hand op die van Esther.

'Ik ben een beetje verliefd op je,' zei hij.

'Ik weet het,' zei ze en hij dacht dat ze dat onmogelijk kon weten omdat hij het pas nu was. Of had hij het – in tegenstelling tot haar – nog niet eerder begrepen?

'Stel dat het gewoon de wijn is?' zei hij. 'Of Ryan die naast je zit en je onbereikbaar maakt?'

'Speelt dat een rol?' vroeg ze. 'Of komt het doordat je eenzaam bent of doordat ik geboren ben met een symmetrisch gezicht? Onze verliefdheden hebben banale redenen, maar dat maakt ze niet minder heerlijk, vind je ook niet?'

'Misschien. Ben jij verliefd op mij?'

'Waarom zou ik dat zijn?'

'Ik ben een beroemd schrijver. Is dat niet banaal genoeg?'

'Je bent een bijna-beroemd schrijver, Odd Rimmen. Je bent niet rijk. Je hebt me in de steek gelaten toen ik je het hardst nodig had. En ik heb het gevoel dat je dat weer zou doen als je de kans kreeg.'

'Dus je bént verliefd op me?'

'Ik was al verliefd op je lang voordat we elkaar ontmoetten.'

We tilden beiden ons glas op en dronken zonder elkaars blik los te laten.

'Dat is toch ongelooflijk!' Sophie schreeuwde haast in de telefoon. 'Stephen Colbert!'

'Is dat groot?' Odd Rimmen leunde achterover en de wankele houten stoel kraakte gevaarlijk. Hij keek naar de oude appelbomen waarvan zijn moeder beweerde dat die ooit vrucht hadden gedragen. De lucht was zwaar van de geuren van de wilde, niet onderhouden tuin en de zee zorgde voor een behaaglijk briesje van de Golf van Biskaje.

'Groot?' zei Odd Rimmens redacteur kreunend. 'Hij is bekender dan Jimmy Fallon! Je bent uitgenodigd voor de grootste talkshow ter wereld, Odd!'

'Vanwege...'

'Vanwege de verfilming van *The Hill*.'

'Ik begrijp het niet, de verfilming heb ik toch geweigerd?'

'Juist daarom! Iedereen schrijft erover, lees de sociale media, Odd, die zijn eensgezind in hun loftuitingen voor jouw integriteit. De man die in een vervallen huis in Frankrijk zit te schrijven aan een boek over niets dat niet zal verkopen bedankt ervoor vanwege de kunst van het schrijven om steenrijk en wereldberoemd te worden. Je bent de coolste schrijver ter wereld, begrijp je dat?'

'Nee,' loog Odd Rimmen. Want natuurlijk snapte hij heel goed dat zijn compromisloze, puriteinse keuzes die hij die avond in het Charles Dickens Theatre had gemaakt niet noodzakelijkerwijs kónden, maar zóúden resulteren in wat er nu gebeurde.

'Laat me er nog even over nadenken.'

'De opnames zijn volgende week, maar ze willen in de loop van de dag antwoord hebben. Ik heb je vliegticket naar New York al geboekt.'

'Je hoort van me.'

'Mooi, je klinkt gelukkig, Odd.'

Er viel een stilte waarin Odd zich een ogenblik afvroeg of ze onwillekeurig gemerkt had wat hij voelde. Triomf. Nee, geen triomf want dat veronderstelde dat hij bewust naar een doel toe had gewerkt. Het enige wat hij had gewild was dat hij waarachtig kon schrijven zonder rekening te houden met wie of wat en zeker niet met zijn zogenaamde populariteit.

Maar toch. Hij had zojuist een artikel van de neuro-endocrinoloog Robert Sapolsky gelezen over hoe het beloningscentrum van een drooggelegde alcoholist kan worden geactiveerd door alleen maar door de straat van zijn oude stamkroeg te lopen, dat, zelfs als de alcoholist niet van plan is te gaan drinken, de aangeleerde verwachting uit de tijd dat hij nog dronk er toch voor zal zorgen dat er dopamine vrijkomt. Was dat wat er nu gebeurde met hem, was het de kans op bekendheid in de hele wereld die maakte dat de haren in zijn nek omhoog gingen staan? Hij wist het niet zeker, misschien was het de paniek om weer te belanden in de oude situatie dat hij de telefoon steviger vastgreep en luid en duidelijk nee zei.

'Nee?' herhaalde Sophie met lichte verwarring in haar stem waardoor Odd begreep dat ze dacht dat hij reageerde op haar uitspraak dat hij gelukkig klonk.

'Nee, ik wil niet deelnemen aan de talkshow,' verduidelijkte hij.

'Maar... je boek. Odd, het is een fantastische gelegenheid om de wereld te vertellen dat het bestaat. Dat echte literatuur bestaat.'

'Maar dan zou ik mijn belofte van zwijgen verbreken. Ik zou de mensen verraden die volgens jou mijn integriteit zo roemen. Ik zou dan weer de clown worden.' (Hij merkte dat hij de voorwaardelijke wijs gebruikte.)

'Ten eerste is er geen sprake van verraden, Odd, alleen jij hebt die zwijgbelofte gedaan. En wat die clown betreft, daar spreekt je ijdelheid en niet de man die de literatuur als zijn roeping ziet.'

Er was een scherpte in de toon van zijn redacteur gekomen die Odd Rimmen nog niet eerder had gehoord. Alsof de emmer voor haar bijna overliep. Wás overgelopen. Ze geloofde gewoon niet dat hij helemaal oprecht was. Dat hij met zijn anti-Charles Dickens-houding meer Charles Dickens was geworden dan Dickens ooit zelf was geweest. Was dat zo, speelde hij alleen maar de principiële schrijver? Tja, ja en nee. De frontale hersenkwab, die volgens Sapolsky verantwoordelijk was voor weloverwogen besluiten, die was waarschijnlijk oprecht. Maar hoe zat het met de nucleus accumbens, het lustcentrum dat bevrediging en onmiddellijke beloning verlangde? Als die twee engelen waren die ieder op zijn schouder in zijn oor fluisterden dan was het niet eenvoudig te bepalen naar wie hij luisterde, wie zijn eigenlijke heer en meester was. Wat Odd Rimmen wel met zekerheid kon zeggen was dat hij oprecht was geweest op de avond dat hij het theater had verlaten. Maar was er niet iets gebeurd toen hij ontdekte dat zijn standvastige weerstand tegen publiekelijke promotie tot het tegenovergestelde had geleid? Was hij niet de priester die met zijn belofte van een celibatair leven paradoxaal genoeg juist een sekssymbool was geworden en hield hij daar in het geheim – ook in het geheim voor zichzelf – van?

'Odd,' zei Sophie. 'Je moet naar het licht gaan. Hoor je me? Ga naar het licht, niet naar het donker.'

Odd kuchte. 'Ik moet een boek schrijven, Sophie. Dat kun je ze vertellen. En ja, je hebt gelijk, ik ben gelukkig.'

Hij verbrak de verbinding. Voelde dat er een warme hand in zijn nek werd gelegd.

'Ik ben zo trots op je,' zei Esther die in een tuinstoel naast hem zat.

'Is dat zo?' Odd draaide zich om en kuste haar.

'In een tijd dat mensen voortdurend streven naar duimpjes en *likes*? *You bet.*' Ze stak haar armen in de lucht en gaapte, soepel als een kat. 'Zullen we de stad in gaan of thuis eten vanavond, wat vind je?'

Odd vroeg zich af wie gelekt had dat hij nee had gezegd tegen de verfilming van *The Hill*. Of het Sophie was. Of dat hij het indirect zelf was geweest omdat hij het immers tegen meerdere mensen had gezegd die het nieuwtje hadden kunnen verspreiden.

Toen ze die avond naar bed gingen dacht hij aan wat Sophie had gezegd, dat hij naar het licht moest gaan. Was dat niet iets wat je tegen iemand zei die bezig was dood te gaan, wanneer ze aan gene zijde kwamen dan zouden ze een helder licht zien. Als een mot in de buitenlamp die al snel zijn vleugels zou verbranden, dacht Odd. Maar hij dacht ook aan iets anders: had Sophie willen zeggen dat hij als schrijver stervende was?

De herfst kwam en daarmee verwelkte ook Odd Rimmens creativiteit.

Hij had andere schrijvers horen praten over een writer's block, maar daarin had hij zelf nooit zo geloofd. In elk geval niet wat hemzelf betrof, hij was hoe dan ook Odd Dreamin'. Het gouden haantje waaruit de verhalen vanzelf kwamen of hij nu wilde of niet. Dus hij rekende erop dat het over zou gaan en hij maakte van de gelegenheid gebruik om meer tijd met Esther door te brengen. Ze maakten lange wandelingen, hadden discussies over literatuur en film, en reden een paar keer in Odds oude Mercedes naar Parijs en bezochten het Louvre.

Maar de weken verstreken en hij kon nog steeds niet schrijven, zijn hoofd was leeg. Dat wil zeggen, het was gevuld met dingen waarover je geen goede literatuur kon schrijven: goed eten, goed drinken, goede seks, goede gesprekken, echte nabijheid. De verdenking kwam: gebeurde dit door al het geluk? Had dat ervoor gezorgd dat hij de vertwijfeling kwijt was, de wanhopige moed die hem in de donkerste krochten had gedreven waaruit hij altijd had gerapporteerd? Maar erger dan de euforie van het geluk was de gezapige zekerheid. Het gevoel dat er elke dag niet veel meer op het spel stond zolang Esther en hij elkaar hadden.

Ze hadden hun eerste ruzies. Over de manier waarop ze het huishouden deed, waar dingen in huis moesten liggen, bagatellen, zaken waar hij zich anders niet druk om had gemaakt. Maar zoveel dat ze haar tas inpakte en zei dat ze een paar dagen naar haar ouders in Londen ging.

Odd vond het best, op die manier kon hij testen of hij Odd Dreamin' weer aan de gang kon krijgen.

Op zondagochtend was hij van zijn werkkamer naar de tuintafel onder de oude appelbomen verhuisd en daarna weer naar binnen naar de eetkamertafel. Zonder dat het hielp. Hoe hard hij het ook probeerde, hij kon niet meer dan een paar betekenisloze zinnen opschrijven.

Hij overwoog Esther te bellen en te zeggen dat hij van haar hield, maar hij deed het niet. In plaats daarvan stelde hij zichzelf de vraag of hij bereid was het geluk en Esther in te ruilen voor het terugkrijgen van het vermogen te kunnen schrijven. Het antwoord verraste hem wellicht niet, maar wel dat het zo snel en overtuigend kwam. Ja, die ruil zou hij doen.

Hij hield van Esther en nu haatte hij het schrijven. Maar hij kon zonder Esther leven. Zonder schrijven daarentegen zou hij sterven, wegrotten.

De deur ging open.

Esther, ze moest zich hebben bedacht en een eerdere trein hebben genomen. Maar Odd hoorde voetstappen die niet van haar konden zijn.

In de deuropening naar de woonkamer stond een gedaante. Lang, openstaande jas met een kostuum eronder. Donker haar met een lok die nat was van het zweet en die vastplakte op zijn voorhoofd. Buiten adem.

'Jij hebt haar van me afgepakt,' zei Ryan met schorre, bevende stem. Hij deed een stap naar voren en tilde zijn rechterarm op. Odd zag dat hij een pistool vasthield.

'Daarom wil je me vermoorden?' vroeg Odd. Hij was ietwat verbaasd over zijn eigen *matter-of-factness*, maar hij zei eigenlijk wat hij dacht. Hij was eerder nieuwsgierig dan bang.

'Nee,' zei Ryan, hij draaide het pistool in zijn hand en gaf dat aan Odd. 'Ik wil dat je het zelf doet.'

Odd, die nog steeds zat, nam het wapen aan en keek ernaar. Een lange rij getallen – die hem deed denken aan een telefoonnummer – was in het zwarte staal van de loop gegraveerd. Nu hij veilig was voelde hij iets wat nog vreemder was. Een milde teleurstelling dat de dreiging weer net zo snel verdwenen was als die was gekomen.

'Zo, bedoel je?' vroeg Odd en hij zette de loop tegen zijn slaap.

'Precies zo,' zei Ryan. Zijn stem was nog onvast en hij had een omfloerste blik waardoor Odd dacht dat hij misschien onder invloed was van verdovende middelen.

'Je weet dat je haar niet terugkrijgt, zelfs niet als ik dood ben?' zei Odd.

'Ja.'

'Dus waarom moet ik dan opgeruimd worden? Dat is niet logisch.'

'Ik sta erop dat je je van het leven berooft, hoor je me?'

'Wat als ik weiger?'

'Dan moet ik jou doden,' zei Ryan. De stem was niet langer schor, die werd verstikt door tranen.

Odd knikte langzaam terwijl hij nadacht. 'Eén van ons moet dus verdwijnen,' zei hij. 'Betekent het dat je niet in een wereld kan wonen waarin ik ook leef?'

'Schiet een van ons neer dan hebben we het achter de rug!'

'Of wil je dat ik je vermoord en dat Esther daarachter komt, me verlaat en over jou droomt, de man die ze niet meer kan krijgen?'

'Houd je bek en doe het!'

'Wat als ik nog steeds weiger?'

'Dan vermoord ik jou.' Ryan stak zijn hand onder zijn jas en haalde een ander zwart pistool tevoorschijn. Dat was merkwaardig mat. Odd kon het plastic horen kraken, zo hard klemde Ryan zijn hand rond het heft. Hij richtte het pistool op Odd die zijn pistool optilde waarna hij de trekker overhaalde.

Het ging snel. Heel snel. Zo snel dat Odd Rimmens advocaat later een jury zou kunnen (voorwaardelijke wijs) overtuigen dat alleen de amygdala in zijn hersenen met zijn vecht-, vlucht- of bevriesrespons tijd had om te reageren, dat de frontale kwab, die zegt: 'hé, wacht even, denk hierover na,' de tijd niet kreeg om ingeschakeld te worden.

Odd Rimmen stond op van zijn stoel en liep naar Ryan. Hij keek naar hem. Naar Esthers voormalige minnaar. Naar dit voormalig levende mens. Naar het kogelgat rechts in zijn voorhoofd. En naar het speelgoedpistool dat naast hem lag. Odd boog voorover en pakte het op. Het woog bijna niets en het heft had een barst.

Hij zou het aan de jury uit kunnen leggen, maar zou hij worden geloofd? Dat de dode hem zijn eigen pistool had gegeven om hem vervolgens te bedreigen met een onschuldig, kapot stuk speelgoed? Misschien wel, misschien niet. Liefdesverdriet kan iemand natuurlijk gek maken, maar een betrouwbare medewerker van de Britse diplomatieke dienst had waarschijnlijk geen geschiedenis van abnormaal gedrag of psychische problemen. Nee. Nee, de bewering van de verdediging dat Ryan hem bewust had geprovoceerd om de ultieme wraak te bewerkstelligen zou overkomen als te vergezocht voor de gemiddelde man en vrouw in de jury.

Een andere gedachte schoot door Odds hoofd: als hij zich aangaf dan zou dat een sensatie van de bovenste plank zijn. En aanleiding voor vele mythische verhalen. Schrijver doodt rivaal in een liefdesdrama. Maar deze gedachte kwam gelukkig wel in de frontale hersenkwab en werd daarmee uiteraard afgewezen.

Hij liep naar de voordeur en zag een onbekende Peugeot staan, geparkeerd bij de tuinpoort. Het dichtstbijzijnde huis van de buren was zo ver weg dat ze zeer waarschijnlijk geen schot hadden gehoord. Hij liep terug naar het lijk, doorzocht de jaszakken en vond de autosleutels, een mobiele telefoon, een portemonnee, een paspoort en een zonnebril.

De volgende uren gebruikte Odd om het lijk van Ryan in de tuin te begraven. Het graf dat Ryan kreeg lag recht onder de grootste appelboom waar Odd de tafel zette als hij werkte of waar Esther en hij aten. Hij koos die plek niet omdat hij morbide was, maar omdat de plek kaal was en niemand het vreemd zou vinden dat er geen gras stond. En de zeldzame keren dat Odd honden in de tuin had gezien was dat altijd aan de rand, ze durfden niet dicht bij het huis te komen.

Het begon licht te regenen en zijn kleren waren nat en vuil toen hij klaar was. Hij douchte, stopte de kleding in de wasmachine, maakte de vloer in de woonkamer schoon en wachtte in het donker.

Toen het voldoende donker was, trok hij Ryans jas aan en zette zijn zonnebril en een donkere muts op die hij in een van de laden van Esther vond en trok zijn eigen handschoenen aan. Hij propte een dunne regenjas in een van de jaszakken en liep naar buiten.

Hij was in een merkwaardig goed humeur toen hij in Ryans Peugeot de zes kilometer naar de rotspunt bij Vellet reed. Overdag en vooral in de weekenden waren hier vaak mensen, maar zelden na zonsondergang. Odd had hier nooit mensen gezien als het regende. Hij parkeerde de auto op een parkeerplaats en liep de honderd meter naar het uitzichtpunt. Hij bleef op de punt staan en keek naar de golven die kapotsloegen op de rotsen en wit schuim werden. Hij pakte de mobiel uit de jaszak en liet die naar beneden vallen. Hij zag hem geluidloos in het donker verdwijnen. Hij trok de regenjas uit een van de zakken en verzekerde er zich van dat de autosleutels, het paspoort en de portemonnee nog steeds in de zakken van Ryans jas zaten voordat hij de jas opvouwde en op de grond legde. Goed zichtbaar en met een steen erop zodat de jas niet kon wegwaaien.

Toen trok hij de regenjas aan en begon aan de terugweg. De ene gedachte wisselde de andere af terwijl hij liep. Had hij diep vanbinnen geweten toen hij schoot dat Ryan een speelgoedpistool in zijn hand hield? Als dat het geval was, waarom had hij dan toch de trekker overgehaald? Hadden de hersenen wel de tijd gehad om te reflecteren over de alternatieven? Wat als hij niet had geschoten? Wat zou de volgende stap van Ryan dan zijn geweest? Hem fysiek aanvallen zodat Odd wel moest schieten?

Toen Odd thuiskwam was het tien uur. Hij zette koffie. Hij ging achter zijn computer zitten en schreef. En schreef. Hij werd terug naar deze wereld geroepen toen het al een eind na middernacht was en de deur openging.

'Hoi,' zei Esther en ze bleef afwachtend staan.

'Hoi,' zei hij en hij liep naar de vrouw van wie hij hield en kuste haar.

'Nee, maar,' zei ze zacht en ze legde een hand tegen zijn kruis. 'Jij hébt naar me verlangd.'

De politie deed geen poging te verbergen dat de verdwijning van Ryan Bloomberg zelfmoord moest zijn. Niet alleen omdat de omstandigheden en de vondsten daarop duidden, maar ook omdat Ryans beste vrienden en zijn familie konden vertellen dat hij erg uit zijn doen was toen Esther hem verliet en dat hij suïcidale gedachten had gehad. De theorie dat hij de hand aan zichzelf had geslagen werd nog eens bevestigd toen duidelijk werd dat hij onlangs een pistool had aangeschaft van het merk Heckler & Koch en dat hij ervoor had gekozen zelfmoord te plegen in de buurt van de plek waar Esther nu met haar nieuwe geliefde Odd Rimmen woonde.

Esther was de bewuste zondag in Londen geweest en was pas laat die avond thuisgekomen, maar Odd Rimmen kon de politie vertellen dat hij een Peugeot geparkeerd had zien staan en dat hij meende dat er een man in zat. Hij had aangenomen dat de persoon op iemand zat te wachten. Dat klopte ook met de signalen van de mobiele telefoon die de politie had onderzocht en die vertelden waar Ryan Bloomberg was geweest en wanneer. Aan de signalen die de basisstations ontvingen van de mobiele telefoon konden ze zien dat Ryan/de mobiele telefoon heel vroeg die ochtend ten westen van Parijs was, dat die een paar uur in de buurt van Rimmens huis was geweest voordat de laatste signalen werden opgevangen rond de rotspunt bij Vellet.

De activiteiten van de politie in verband met de verdwijning beperkten zich tot een korte en intensieve zoektocht en het verbaasde niemand – gegeven de sterke stromingen in de zee – dat er geen lijk werd gevonden.

Na een poos geaarzeld te hebben besloot Esther niet naar de begrafenis in Londen te gaan omdat ze daarmee waarschijnlijk de familie en vrienden van Ryan zou krenken omdat zij vonden dat zij schuld had aan zijn dood. Dat deelde ze de Bloombergfamilie mee en ze zei daarbij dat ze liever op een later tijdstip zijn graf bezocht.

Odd Rimmen schreef met hernieuwd animo. En hij vrijde ook met nieuw animo.

'Laten we deze heerlijke dag vieren met een glas,' kon hij zeggen terwijl de zon bezig was met rode, oranje en lila kleuren onder te gaan. Hij ging naar de kelder en haalde een van de bestofte flessen appelcider. Dan gebeurde het ook wel dat hij naar de kleine houtkachel liep die niet meer werd gebruikt, het deurtje opende, zijn hand naar binnen stak en voelde aan het koude staal van de Heckler & Kock en de getallenreeks op de loop.

'Ik ben zwanger,' zei Esther.

Ze stond in de keuken met een appel in haar hand te kijken naar de lucht boven de Golf van Biskaje die dramatisch grauwzwart was en naar de witte schuimkoppen die erop duidden dat er een winterstorm in aantocht was.

Odd legde zijn pen neer. Hij had vanaf vanmorgen geschreven, de deadline was al een paar weken verstreken, maar het belangrijkste was dat hij weer schreef. En dat het goed was. Ja, eigenlijk heel erg goed.

'Weet je het zeker?'

'Behoorlijk zeker.' Ze legde een hand op haar buik alsof ze het al voelde groeien. 'Ja, heel zeker.'

'Dat is...' Hij zocht naar het woord. En ineens leek het of de blokkade weer terug was. Hij wist dat het juiste woord bestond. Situaties waren als bouten, ze hadden één, slechts één moer die paste, het ging erom net zo lang in de la te zoeken tot je die vond. De laatste weken stroomden de woorden, ze presenteerden zich zonder dat hij hoefde te zoeken, maar nu was er ineens een totale leegte. Was het juiste woord fantástisch? Nee, zwanger worden was triviaal, iets wat de meeste gezonde vrouwen lukte. Móói? Dat zou als een onbewuste onderschatting worden gezien, ironisch en daarmee een dubbele leugen. In de loop van de negen maanden dat ze nu samenwoonden had hij haar uitgelegd dat het werk alles voor hem was, dat niets daarvoor in de plaats kon komen, zelfs zij niet, de vrouw die hij boven alles liefhad (beter gezegd: boven welke andere vrouw ook). Een catastrófe? Nee. Hij wist dat ze kinderen wilde, dat had ze niet met zoveel woorden gezegd, maar het was duidelijk dat ze niet de rest van hun leven met hun tweeën zouden blijven en dat ze op een gegeven moment op zoek zou gaan naar een vader van haar kind/kinderen. Nu was het haar gelukt en ze was een zelfstandige vrouw die zich heel goed kon redden als alleenstaande moeder. Ongelégen misschien, maar geen catastrofe.

'Dat is...' herhaalde zij.

Verdacht hij haar ervan het opzettelijk te hebben gedaan, dat ze gestopt was met de pil om hem te testen? En mocht dat het geval zijn: was dat gelukt? Verdomd dat het haar was gelukt. Odd Rimmen voelde tot zijn eigen verbazing dat hij misschien niet gelukkig, maar wel blij was. Een kind.

'Het is wat?' zei ze uiteindelijk. Hij had ook hier de deadline duidelijk overschreden. Odd stond op en liep naar het raam waar ze stond. Hij omhelsde haar terwijl hij naar de tuin keek. Naar de grote appelboom die na een pauze van twaalf jaar ineens weer vrucht was gaan dragen. Toen ze de grote rode appels oogstten en naar de kelder hadden gebracht, had Esther gevraagd hoe het kon. Hij had geantwoord dat de wortels kennelijk meer voeding hadden kunnen vinden. Hij zag aan haar dat ze wilde vragen wat hij daarmee bedoelde en hij wist eerlijk gezegd niet wat hij daarop had moeten antwoorden. Maar ze had het laten zitten.

'Een wónder,' antwoordde Odd Rimmen. 'Zwanger. Een kind. Dat is toch een wonder.'

Het nieuws dat Odd Rimmen had bedankt voor de grootste talkshow ter wereld ging een poosje rond, maar voor zover Odd het kon beoordelen had dat niet hetzelfde effect als het artikel in *The New Yorker* of zijn veto tegen de verfilming. Het leek of de zaak-Odd Rimmen *The Recluse* al was verteld en uitgedoofd, het was alleen meer van hetzelfde.

De reden dat Odd daar een mening over kon hebben was dat hij de sociale media en het nieuws weer was gaan volgen. Hij vertelde zichzelf dat het was omdat hij als aanstaande vader uit zijn isolement moest komen, *reconnect with the world*, zoals hij het tegen Esther zei.

Hij ging met haar mee naar Londen waar ze een aanbod had geaccepteerd om de belangrijkste vrouwelijke stemmen in de literatuur, film en muziek in kaart te brengen en te interviewen. Ze woonden er in een klein appartement en Odd verlangde naar Frankrijk.

Elke dag nadat Esther naar haar werk was vertrokken, ging hij achter zijn laptop zitten en las hij wat er op internet over hem was geschreven. Om te beginnen was hij geschokt hoe groot de interesse was of hoeveel tijd mensen kennelijk hadden. Want ze analyseerden niet alleen tot op het laatste woord wat hij had geschreven, ze kwamen ook met nieuwtjes waar en met wie hij het laatst gezien was (Odd kon vaststellen dat negentig procent van de gevallen pure nonsens was), over geheime kinderen bij geheime moeders, welke soort drugs hij gebruikte, zijn seksuele geaardheid en wie van de karakters in zijn boeken hij écht was. Hij moest toegeven dat de artikelen hem amuseerden. Ja, dat zelfs de artikelen waarin hij werd uitgescholden of arrogant en een wannabee artiest die vervreemd was van de werkelijkheid werd genoemd, hem het gevoel gaven van… wat was eigenlijk de juiste formulering? Te leven? Nee. Relevant was? Misschien. Gezien werd? Ja, dat moest het zijn. Hij moest toegeven dat het zo banaal was, bijna een beetje deprimerend, dat hij zo ongecompliceerd was dat hij verlangde naar iets waar hij anderen om verachtte. Het vasthoudende, irritante geschreeuw van een verwend kind dat roept: 'Kijk naar me!' terwijl er niets anders te zien viel dan een diepgeworteld egocentrisme.

Maar deze reflecties en (laten we zeggen) dit zelfinzicht verhinderden hem natuurlijk niet om verder te zoeken. Hij vertelde zichzelf dat het belangrijk was te weten wat zijn status was in de wereld nu hij op het punt stond een boek uit te brengen. Want het was niet alleen zijn beste werk tot nu toe, dat wist hij al een tijd, maar het was ook – en dat had hij pas onlangs begrepen – zijn meesterwerk. De enige roman door hem geschreven die ook in de verre toekomst van waarde zou kunnen zijn. Het probleem was natuurlijk dat die – juist omdat het een meesterwerk was – ook veeleisend was. Hij had hard moeten werken en de lezer zou hard moeten werken. Het was niet zo dat de schrijver Odd Rimmen blind en doof was voor het feit dat grote literatuur afmattend kon zijn. Zelf was hij bijna gestopt met het lezen van James Joyces *Ulysses* en David Foster Wallaces *Infinite Jest*. Maar aangezien de laatste zijn favoriet was wist hij dat hij hetzelfde moest doen: aansturen op het doel zonder ook maar een duimbreed te wijken. Een meesterwerk moest overigens ook – om een meesterwerk te kunnen worden – gepresenteerd worden in de juiste context. Alleen God weet hoeveel meesterwerken er verloren zijn gegaan, in de vergetelheid zijn geraakt, nee, niet in de vergetelheid, ze werden nooit ontdekt, maar verdwenen in de lawine van honderden of duizenden boeken die elke dag in de wereld worden uitgegeven. Dus om een indruk te krijgen van zijn status, begon Odd Rimmen chronologisch door de berichten over hem in de sociale media van de afgelopen jaren te gaan. Hij stelde vast dat het aantal tweets, verwijzingen naar zijn naam en berichten in de pers het afgelopen jaar duidelijk was afgenomen. En wat er nu werd geschreven was voornamelijk veel van hetzelfde en soms gewoon ouwe koek.

Het duurde nog vijf maanden voor het boek werd uitgegeven (en vier maanden voor de deadline verstreek), en tijdens een vergadering met de uitgever in Vauxhall Bridge Road discussieerde Odd Rimmen met Sophie en haar erg jonge collega (Jane-nog-wat, Odd herinnerde zich haar achternaam niet).

'Het slechte nieuws is dat het natuurlijk een moeilijk boek is om te promoten,' zei Jane alsof iedereen dat al wist. Ze zette haar veel te grote en waarschijnlijk trendy bril recht en lachte breed en met veel tandvlees.

'Wat bedoel je?' zei Odd en hij hoopte dat hij niet zo geërgerd klonk als hij zich voelde.

'Ten eerste is het bijna onmogelijk in twee of drie zinnen te beschrijven waar het boek over gaat. Ten tweede is het moeilijk een specifieke doelgroep te vinden binnen de literair geïnteresseerden en jouw eigen lezers. Het lijkt overigens bijna dezelfde groep te zijn. En bovendien is dat een…' Ze wisselde een blik met Sophie. '… een tamelijk kleine, exclusieve groep.'

Ze haalde adem en Odd Rimmen begreep dat er ook een derde zou komen.

'En ten derde is het een erg donkere en lege roman.'

'Leeg?' floepte Odd Rimmen eruit, die wel kon instemmen met erg donker.

'Dystopisch,' voegde Sophie eraan toe.

'En bijna zonder mensen,' zei Jane. 'In elk geval geen mensen met wie de lezer zich kan identificeren.'

Odd Rimmen begreep dat ze vooraf met elkaar hadden gesproken en het eens waren. Hij stelde het in elk geval op prijs dat ze niet hadden geklaagd dat er in het nieuwe boek (*Nothing*) geen seksscènes zaten, zijn handelswaar. Hij haalde zijn schouders op. 'Het is wat het is. *Take it or leave it*.'

'Ja, maar we zitten hier nu om te bekijken hoe we ervoor kunnen zorgen dat het *take it* wordt,' zei Sophie. Odd herkende weer de scherpe ondertoon.

'Het goede nieuws is,' zei Jane, 'dat we jou hebben. De media zijn geïnteresseerd in jou. De vraag is alleen of jij gaat helpen het boek in de markt te zetten.'

'Heeft Sophie dat nog niet aan je uitgelegd?' vroeg Odd Rimmen. 'Dat ik help door níet in de openbaarheid te verschijnen? Dat is – voor wat het waard is – mijn *image* geworden.' Hij spuugde het woord eruit met alle verachting die hij kon mobiliseren. 'De afdeling pr zal dat niet kwijt willen en zo het *selling point* van de auteur verliezen, is het wel?'

'Stilte kan effectief zijn,' zei Jane. 'Maar dat heeft slechts een tijdelijke functie voordat het vervelend en contraproductief wordt. Zie het zo: wat de stilte heeft gezaaid, moeten we nu oogsten. Alle kranten en tijdschriften zullen in de rij staan om het eerste, exclusieve interview te krijgen met de man die gestopt was met praten.'

Odd Rimmen dacht na over haar woorden. Er was iets vreemds aan, een verborgen tegenstelling.

'Als ik mezelf ga prostitueren waarom moet dat dan exclusief?' vroeg hij. 'Waarom niet volledig *gangbang*, voor iedereen alles open en bloot?'

'Dan zijn de oplagen lager,' zei Sophie zacht. Zij en Jane-nog-wat hadden inderdaad duidelijk samen gesproken.

'En waarom niet in een talkshow?' vroeg hij.

Jane zuchtte. 'Iedereen wil dat en tenzij je een filmster, sportheld of reality star bent is het heel erg moeilijk.'

'Maar Stephen Colbert...' Nu was het niet ergernis, maar vertwijfeling en Odd hoopte dat ze het niet zouden merken.

'Dat was toen,' zei Sophie. 'Deuren gaan open en weer dicht, zo gaat dat in deze wereld.'

Odd Rimmen ging rechtop zitten, stak zijn kin naar voren en richtte zijn blik op Sophie. 'Ik reken erop dat je beseft dat ik dit puur uit nieuwsgierigheid vraag, niet omdat het ook maar een optie voor me is om weer de mediaclown te gaan spelen. Laat het boek voor zichzelf spreken.'

'Je kunt niet van twee walletjes eten,' zei Jane. 'Je kunt niet zowel een icoon zijn in de hipsterwereld als gelezen worden door de massa. Voordat we het marketingbudget bepalen willen we weten wat jij het belangrijkste vindt.'

Odd Rimmen draaide zijn hoofd langzaam, haast met tegenzin naar haar.

'En dan nog iets,' zei Jane-nog-wat. '*Nothing* is een slechte titel. Niemand koopt een boek over niets. Er is nog tijd om die te veranderen. De afdeling pr stelt *Loneliness* voor. Nog steeds donker, maar het is in elk geval iets waarmee de lezer zich kan identificeren.'

Odd Rimmen keek weer naar Sophie. Haar gelaatsuitdrukking leek te willen zeggen dat ze met hem mee leed, maar ook dat Jane gelijk had.

'Het boek houdt zijn titel,' zei Odd Rimmen terwijl hij opstond. Door de onderdrukte woede trilde zijn stem waardoor hij nog woedender werd en dat deed hem besluiten te schreeuwen om het trillen te elimineren. 'En de titel vertelt ook wat ik van plan ben te doen in dit verrekte mediacircus. *Fuck them.* En *fuck*...'

Hij maakte zijn zin niet af en marcheerde de vergaderruimte uit, de trappen af want wachten op een lift die niet kwam zou zijn vertrek bederven, langs de receptie en de Vauxhall Bridge Road op waar het natuurlijk regende. Verdomde klote-uitgeverij, verdomde rotstad, verdomd rotleven.

Hij wachtte op groen om de straat over te steken.

Rotleven?

Hij ging het beste boek dat hij had geschreven uitgeven, hij zou vader worden, hij had een vrouw die van hem hield (misschien liet ze dat niet meer zo duidelijk merken als in hun eerste tijd samen, maar iedereen weet toch wat een merkwaardig effect de hormoonchaos tijdens de zwangerschap kan hebben) en hij had de beste baan die een mens kan hebben: uitdrukking geven aan wat hij belangrijk vond, en mensen die naar hem luisterden, die hem zagen/lazen, verdomme!

En dat was precies wat ze van hem wilden afpakken. Het enige wat hij in het leven had van hem afpakken. Want het was het enige. Hij kon doen alsof het andere iets voor hem betekende, Esther, het kind, hun leven samen, maar dat was gewoon niet genoeg. Nee, dat was echt niet genoeg. Hij moest alles hebben! Beide walletjes, elke dag weer, overdosis op overdosis, hij moest dit rotleven een kopje kleiner maken. En wel nu!

Het licht sprong op groen. Odd Rimmen bleef abrupt staan. Hij bleef staan tot hij het licht op rood zag springen en de auto's aan beide kanten hun motoren lieten ronken als roofdieren die klaar zijn voor de aanval.

Hij realiseerde zich dat het hier kon stoppen. Het zou geen slecht eind van het verhaal zijn. Grote schrijvers voor hem hadden voor dit einde gekozen. David Foster Wallace, Édouard Levé, Ernest Hemingway, Virginia Woolf, Richard Brautigan, Sylvia Plath. De lijst was lang. En krachtig. De dood verkoopt, Gore Vidal noemde het een goede 'carrière *switch*' toen zijn collegaschrijver Truman Capote stierf, maar zelfmoord verkoopt beter. Wie zou nu nog de muziek van Nick Drake en Kurt Cobain downloaden als ze zichzelf niet van het leven hadden beroofd? Had hij deze gedachte niet eerder gehad? Was die niet door zijn hoofd geschoten toen Ryan Bloomberg hem vroeg zichzelf of hem dood te schieten? Als het boek toen klaar was geweest…

Odd Rimmen stapte de weg op.

Hij hoorde nog de kreet van de persoon die naast hem op het trottoir had gestaan voordat die overstemd werd door het gebrul van de auto's. Hij zag een muur van auto's naar hem op weg. Ja, dacht hij, maar niet hier, niet zo, niet in een banaal verkeersongeluk dat kon worden bestempeld als pech.

Amygdala besloot voor de vlucht en hij zag nog net kans de overkant te bereiken voordat de auto's voorbij suisden. Hij bleef niet staan, hij ging door met lopen, hij glipte tussen mensen door, duwde ze aan de kant op de overvolle trottoirs van Londen. Hij kreeg lelijke Engelse woorden naar zijn hoofd geslingerd en slingerde Franse beledigingen terug, die waren beter. Hij stak straten over, passeerde bruggen, liep over pleinen en beklom trappen. Toen hij na een uur gelopen te hebben hun kleine, benauwde appartement binnenstapte was zijn kleding doorweekt van het zweet.

Hij ging met pen en papier aan de keukentafel zitten en schreef een afscheidsbrief.

Het kostte hem maar een paar minuten, het was een toespraak die hij al zo vaak voor zichzelf had gehouden dat hij geen bedenktijd nodig had en geen correctie. Bovendien was het ineens weer terug.

De vonk. De vonk die hij had gemist toen Esther in zijn leven kwam, die hij terugkreeg toen hij Ryan had vermoord en weer gedeeltelijk was kwijtgeraakt toen Esther hem vertelde dat ze zwanger was. En hij realiseerde zich terwijl hij de zelfmoordbrief op het aanrecht legde dat dit misschien het enige volkomen perfecte was dat hij ooit had geschreven.

Odd Rimmen pakte een kleine tas en nam een taxi naar St Pancras waarvandaan elk uur de sneltrein naar Parijs vertrok.

Het huis lag donker en zwijgend op hem te wachten.

Hij draaide de deur van het slot.

Het was er stil als in een kerk.

Hij liep naar boven, kleedde zich uit en nam een douche. Toen dacht hij aan de dode Ryan in de woonkamer en ging naar het toilet. Hij wilde niet dat ze hem zouden vinden met een broek vol ontlasting en pis. Daarna trok hij zijn mooiste pak aan dat hij had, hetzelfde pak dat hij had gedragen die avond in het Charles Dickens Theatre.

Hij liep naar de kelder. Het rook er naar appels en terwijl hij bleef staan knipperde de tl-buis aan en uit alsof die geen besluit kon nemen.

Toen dat eindelijk het geval was, liep hij naar de houtkachel, deed het deurtje open en pakte er het pistool uit.

Hij had het in films gezien, in boeken gelezen, ja, hij had zelfs Hamlets gedachten over zelfmoord geproclameerd toen hij als gymnasiast (*to be or not to be*) een zeldzaam mislukte spreekbeurt had gegeven. De aarzeling, de twijfel, de innerlijke monoloog die je heen en weer slingeren. Maar Odd Rimmen voelde geen twijfel, alle wegen hadden op de een of andere manier hiernaartoe geleid. Dit was de enige juiste afsluiting. Zo juist dat het niet eens triest was, eerder het tegendeel, dit was de triomf van de verteller. *Put your gun where your pen is.* Laat de andere zogenaamde schrijvers maar op het podium zitten om zich te baden in de goedkope liefde van het publiek terwijl ze voor zichzelf en de andere aanwezigen liegen.

Odd Rimmen ontgrendelde het pistool en zette het tegen zijn slaap.

Hij zag de krantenkoppen al voor zich.

En daarna zijn plaats in de literatuurgeschiedenisboeken.

Nee, *Nothing*. De plaats van zijn laatste roman.

Zo.

Hij sloot zijn ogen en duwde zijn vinger tegen de trekker.

'Odd Rimmen!'

Het was Esthers stem.

Hij had haar niet horen komen, maar nu riep ze zijn naam. Misschien vanuit de woonkamer. En vreemd genoeg met zijn voor- en achternaam alsof ze er zeker van wilde zijn dat álles zou komen, hij alles zou laten zien.

Odd haalde over. De knal klonk knetterend als van een brullend, explosief vuur, zijn zintuigen rekten de tijd zodat hij in super slow motion het kruit vlam hoorde vatten en het geluid naar een crescendo van applaus.

Odd Rimmen opende zijn ogen. Hij dacht tenminste dat hij dat deed. Hoe dan ook, hij zag het. Het licht.

'Ga naar het licht.' Sophies woorden. De woorden van de redacteur naar wie hij had geluisterd en de redacteur op wie hij zijn hele leven als schrijver had vertrouwd.

Hij liep naar het licht. Het verblindde hem. Hij zag geen duisternis achter het licht, hoorde alleen hoe het klaterende applaus steeds sterker werd.

Hij boog licht en nam plaats op de stoel naast Esther Abbot, de energieke journalist die ondanks haar stoere, haast masculiene uiterlijk iets zachts in haar blik had wat hem een paar minuten geleden al was opgevallen in de kleedkamer.

'Laten we gelijk naar de kern van de zaak gaan, meneer Rimmen,' zei Esther Abbot. 'Ik zit hier met *The Hill* in mijn handen en daarover gaan we praten. Maar eerst: denkt u ooit nog zo'n goed boek te kunnen schrijven?'

Odd Rimmen tuurde naar de zaal. Op de eerste rij kon hij vaag wat gezichten zien. Ze staarden hem aan, sommige lachten en het leek of ze al een voorschot namen op de grappige of geniale repliek die hij zou uitspreken. Hij wist dat wat hij ook zou zeggen hij altijd het voordeel van de twijfel zou krijgen. Het was als het spelen op een instrument dat half uit zichzelf speelde, het was slechts een kwestie van de toetsen aan te raken en je mond te openen.

'Jullie zullen bepalen of het goed is of niet,' zei hij. 'Het enige wat ik kan doen is schrijven.'

Er ging een zucht door de zaal. Het publiek leek zich te concentreren op de wérkelijke betekenis van zijn woorden. Grote genade.

'Dat is toch precies wat je doet, jij bent Odd Dreamin',' zei Esther Abbot en ze bladerde in haar papieren. 'Je schrijft de hele tijd?'

Odd Rimmen knikte. 'Absoluut de hele tijd. Elke vrije minuut. Ik heb nog geschreven vlak voordat ik het podium opkwam.'

‘O ja? Schrijf je nu?’

Het gelach van het publiek werd een verwachtingsvolle stilte toen Odd Rimmen zich naar hen omdraaide en keek. Hij glimlachte even, wachtte. Deze sidderende, ademloze, maar heilige seconden…

‘Ik hoop het.’

Het geschater ging door de zaal. Odd Rimmen probeerde niet te breed te lachen. Maar het is duidelijk, het is moeilijk het niet te doen als zulke onvoorwaardelijke liefde rechtstreeks in je hart werd gespoten.

DE OORBEL

'Au!'

Ik keek in de spiegel. 'Is er iets?'

'Dit,' zei de dikke dame op de achterbank en ze hield iets omhoog tussen haar duim en wijsvinger.

'Wat is dat?' vroeg ik en ik keek weer naar de weg.

'Zie je dat niet? Een oorbel. Ik ben erop gaan zitten.'

'Het spijt me,' zei ik. 'Een passagier moet die zijn verloren.'

'Dat begrijp ik, maar hoe dan?'

'Pardon?'

'Een oorbel valt niet zomaar uit je oor als je rechtop zit.'

'Ik weet het niet,' zei ik, remmend voor het rode en enige verkeerslicht dat we hebben. 'U bent mijn eerste passagier vandaag, ik heb de auto net overgenomen.'

We stonden stil en ik wierp opnieuw een blik in de spiegel. De dame bestudeerde de oorbel. Die had waarschijnlijk in de spleet tussen de stoelen gelegen en werd omhooggeduwd toen haar dikke kont de kussens aan beide kanten naar beneden drukte.

Ik keek naar de oorbel. Een gedachte kwam in me op. Ik trachtte die weer zo snel mogelijk te negeren want er bestonden gegarandeerd duizenden varianten van zo'n eenvoudige pareloorbel.

De dame keek op en ontmoette mijn blik in de spiegel. 'De parel is echt,' zei ze en ze gaf me de oorbel. 'Je moet de eigenaar proberen te vinden.'

Ik hield de oorbel tegen het grauwe ochtendlicht. De steker was van goud. Verdomme. Ik draaide hem rond, er was geen logo of producentnaam in gegraveerd. Ik zei tegen mezelf dat ik geen overhaaste conclusies moest trekken, een pareloorbel leek op een pareloorbel.

'Het is groen,' zei de dame.

Palle – de eigenaar van de taxi – had 's avonds gewerkt dus ik wachtte tot tien uur voor ik hem belde terwijl ik op de taxistandplaats bij de kiosk stond. Twintig jaar geleden was Palle van de tweededivisieclub Grenland gekomen om ervoor te zorgen dat ons team naar de derde divisie promoveerde. Hoewel hem dat niet lukte, speelde hij het wel klaar om – volgens eigen zeggen – met iedere beschikbare vrouw tussen achttien en dertig het bed te delen.

'Ik geloof dat we gerust kunnen zeggen dat ik de topscorer van het team was,' zei hij een keer in de pub en hij ging met zijn duim en wijsvinger over zijn geweldige blonde snor. Kan zo zijn, ik was nog maar een jongen toen hij speelde en weet alleen dat hij trouwde met een van de meest beschikbare dames. Ze was de dochter van de ploegbaas van de taxichauffeurs dus toen Palle stopte met voetballen kreeg hij zijn taxivergunning zonder de wachttijd waar anderen mee te maken hadden. Als chauffeur in dienst bij Palle wachtte ikzelf in elk geval al vijf jaar op het gouden ticket.

'Is er iets?' vroeg Palle op de dreigende toon die hij altijd gebruikte als ik hem tijdens mijn dienst belde. Hij was doodsbang dat ik een botsing had gehad of dat er iets aan de hand was met de auto, iets waarvan ik wist dat hij me daar half de schuld van gaf, ook als ik was aangereden of als het om een mechanisch defect ging van de versleten Mercedes terwijl Palle te gierig was om de auto regelmatig een servicebeurt te geven.

'Heeft er iemand gebeld over een oorbel?'

'Een oorbel?'

'Die lag op de achterbank in de spleet tussen de kussens.'

'Oké, ik geef het door als ik iets hoor.'

'Ik vroeg me af...'

'Ja?' Palle klonk ongeduldig alsof ik hem wakker had gemaakt. De avonddienst zat er meestal op rond een uur of twee, dat wil zeggen een uur nadat de twee pubs hun deuren sloten. Daarna was er nog slechts één taxi die dienst had en die dienst werd bij toerbeurt door de taxibedrijven gedraaid.

'Heeft Wenche gisteren in onze taxi gezeten?'

Ik wist dat Palle er een hekel aan had dat ik het over onze taxi had omdat die eigenlijk van hem was, maar dat vergat ik weleens.

'Is het haar oorbel?' Ik hoorde Palle gapen.

'Dat vraag ik me af. Hij lijkt er wel op.'

'Dus waarom bel je haar niet in plaats van mij wakker te maken?'

'Tja.'

'Tja?'

'Een oorbel valt niet zomaar uit je oor als je rechtop zit.'

'Is dat zo?'

'Dat wordt gezegd. Was ze gisteren in de auto?'

'Even nadenken.' Ik hoorde aan de andere kant van de lijn de aansteker van Palle een klikgeluid maken voordat hij verderging: 'Niet in mijn auto, maar ik geloof dat ik haar rond één uur voor Fritt Fall in de rij zag staan voor een taxi. Ik kan even informeren.'

'Ik vraag me niet af welke taxi Wenche heeft genomen, ik wil weten van wie de oorbel is.'

‘Daar kan ik je niet mee helpen.’

‘Maar jij hebt gereden.’

‘En wat dan nog? Als de oorbel tussen de kussens lag, kan hij daar al dagen hebben gelegen. En ik ken verdomd niet de naam van iedere fucking klant die ik rijd. Als de oorbel iets waard is dan zal de eigenaar wel bellen. Heb je de remvloeistof nog bijgevuld? Ik reed gisteren bijna de zee in toen ik de auto startte.’

‘Dat zal ik doen als het wat rustiger is,’ zei ik. Dit was zo typerend voor Gierige Palle, om me naar de werkplaats te sturen in plaats van zelf te gaan. Als chauffeur bij hem in dienst werd ik niet per uur betaald, ik kreeg veertig procent van de inkomsten van de ritten die ik reed.

‘Denk aan het ritje naar het ziekenhuis om twee uur,’ zei hij.

‘Ja hoor,’ zei ik en ik verbrak de verbinding. Ik bekeek de oorbel weer. Ik hoopte zo verdomde hard dat ik me vergiste.

Het achterportier ging open en ik rook de geur voordat ik de stem hoorde. Je zou denken dat je als taxichauffeur wel gewend zou raken aan de ranzige en tegelijkertijd walgelijk zoete geur die een mengsel is van nieuwe en oude alcohol. Als de uitkering is geïncasseerd en nieuwe flessen gekocht zijn dan startte het drinken bij de bijstandsalcoholisten. In plaats van dat ik eraan wende gebeurde het omgekeerde: de stank werd met het jaar erger, tegenwoordig speelde mijn maag ervan op. Uit de tas klonk gerinkel en een hese stem zei commanderend: ‘De Nergardvei 12. *And step on it*.’

Ik draaide het contactsleuteltje om. Het waarschuwingslampje voor de remvloeistof brandde al een hele week en je moest inderdaad het rempedaal flink intrappen, maar Palle overdreef uiteraard toen hij beweerde dat hij bijna de zee in was gereden, hoewel het korte stukje vanuit zijn garage naar de kade wel steil en gevaarlijk was in de winter. En ja, als ik er schoon genoeg van had dat Palle me alle dagdiensten in de weekenden gaf en de avonddiensten doordeweeks terwijl hijzelf de diensten draaide waarin er wat te verdienen viel dan kwam het wel voor – wanneer ik de taxi in de winter voor zijn garage parkeerde en naar mijn huis reed in mijn eigen auto – dat ik een stil gebed opzei dat hij weg zou glijden met de auto waardoor ik één plek opschoof in de rij van wachtenden op een vergunning.

'Wil je niet roken in de auto?' vroeg ik.

'O, houd je bek!' werd vanaf de achterbank geblaft. 'Wie betaalt er hier?'

Dat ben ik, dacht ik. Ik werk voor de veertig procent van wat ik binnenbreng minus de veertig procent belasting zodat jij je dood kunt drinken en het enige wat ik kan hopen is dat je dat zo snel mogelijk doet.

'Wat zei je?' riep de stem vanaf de achterbank.

'Niet roken,' zei ik en ik wees naar het verboden-te-roken-bordje op het dashboard. 'De boete bedraagt vijfhonderd kronen.'

'Rustig, jongen.' De sigarettenrook hing tussen ons in. 'Ik kan cash betalen.'

Ik liet de ramen voor en achter zakken en bedacht dat de vijfhonderd kronen niet op de taximeter zouden staan en rechtstreeks in mijn zak zouden verdwijnen. Palle rookte toch zoveel dat de stank hem niet op zou vallen. Ik wist ook dat ik als ik een brave jongen was en de vijfhonderd zou opgeven daar geen øre van zou terugzien. Omdat Palle beweerde dat hij de auto grondig schoon had moeten maken, iets waarvan we beiden wisten dat hij dat nooit deed. Op een gegeven moment werd het zo smerig in de auto dat ik het niet meer kon verdragen en het zelf deed.

De taximeter stond op honderdvijfennegentig toen ik in de Nergardvei stopte.

De dronkenlap gaf me een biljet van tweehonderd. '*Keep the change*,' zei hij en wilde uitstappen.

'Hé!' riep ik. 'Ik moet zeshonderdvijfennegentig hebben.'

'Er staat honderdvijfennegentig.'

'Je hebt in mijn auto gerookt.'

'O? Dat herinner ik me niet. Ik herinner me alleen dat het verdomde tochtte.'

'Je rookte.'

'*Prove it*.'

Hij smeet het portier dicht en liep, begeleid door hoongelach en gerinkel van flessen, naar de voordeur van het woonblok.

Ik keek op de klok. Nog zes uur te gaan van wat nu al een klotewerkdag was. En dan eten bij mijn schoonfamilie. Ik wist niet wat erger was. Ik haalde de oorbel uit mijn zak en keek er weer naar. Het was alleen maar een steker die uit de ronde, grijze parel stak als een ballon aan een touw. Ik dacht terug aan de keer dat ik te klein was om alleen naar de 17 mei-optocht van de nationale feestdag te gaan, maar grootvader en ik gingen kijken en hij had een ballon voor me gekocht. Ik moest een ogenblik niet opgelet hebben en het touwtje hebben losgelaten want ineens zeilde de ballon hoog boven me weg. Ik moest natuurlijk janken. Grootvader liet me uithuilen en legde daarna uit waarom hij geen nieuwe ballon voor me kocht. 'Zo leer je dat als je geluk hebt en iets hebt gekregen wat je wenste, een kans hebt gekregen, dan moet je die vasthouden want nieuwe kansen bestaan niet in het leven.'

Misschien had hij gelijk. Toen Wenche en ik een stel werden had ik in elk geval het gevoel dat ik de ballon had gekregen die ik me wenste. Waarvoor ik geen geld had, maar die ik dus toch had gekregen. Een kans. En daarom hield ik vast. Liet geen seconde los. Misschien hield ik iets te goed vast. Af en toe meende ik te voelen dat er aan het touw werd getrokken. De oorbellen waren een iets te duur kerstcadeau geweest, zeker in vergelijking met de Bjørn Borg-onderbroek die ik van haar had gekregen. Maar was dit een van de oorbellen? Hij leek er wel op, voor zover ik kon zien was hij volkomen identiek, maar noch deze oorbel, noch het exemplaar dat ik had gekocht had speciale kenmerken die in de ene of de andere richting wezen. Wenche was gisteravond thuisgekomen toen ik al sliep, ze had een kroegentocht gehad met vriendinnen die al lang gepland stond. Jonge moeders die eindelijk kans hadden gezien een avondje voor zichzelf te regelen.

Ik maakte van die gelegenheid gebruik erop te wijzen dat je toch een eigen leven kon hebben als je kinderen kreeg, maar Wenche kreunde en zei dat ik moest stoppen met zeuren, ze was er gewoon niet klaar voor. Of ze niet klaar was voor mij of voor kinderen was me niet duidelijk, maar ik liet het zitten. Wenche had ruimte nodig om te ademen, meer dan de meeste mensen, begreep ik. Ja, ik begreep het. En ik wilde haar ook ademruimte geven, maar het lukte me gewoon niet. Het lukte me niet het touw van de ballon iets te laten vieren.

Een oorbel valt niet zomaar uit je oor als je rechtop zit.

Als ze op de achterbank van de taxi had zitten klooien met een vent terwijl Palle reed dan moest ze wel stomdronken zijn geweest want ze wist dat hij mijn werkgever was. Maar als ze dronken was werd ze ook gek. Zoals de eerste keer dat we neukten. We waren beiden ladderzat, het was twee uur 's nachts en zij wilde het per se doen op het voetbalveld tegen een van de doelpalen. Pas later hoorde ik dat ze een knipperlichtrelatie had gehad met de keeper en dat hij haar net had gedumpt.

Ik toetste haar naam in op mijn telefoon, staarde er een poos naar, zette toen de telefoon weer op de oplader tussen de twee stoelen en deed de radio aan.

Om vijf uur parkeerde ik de auto voor de garage van Palle. Om halfzes was ik klaar met douchen, had ik me omgekleed en stond in de gang te wachten op Wenche die in de badkamer bezig was zich op te maken terwijl ze belde.

'Ja, ja!' zei ze geërgerd toen ze naar buiten kwam en me in het oog kreeg. 'Het wordt alleen maar later als je me zit op te jagen.'

Ik had niets gezegd en wist dat ik dat beter kon blijven doen. Mond houden en het touwtje vasthouden.

'Moet je daar zo staan?' zei ze zuchtend terwijl ze bezig was haar lange zwarte laarzen aan te doen.

'Hoe, zo?'

'Met je armen over elkaar.'

Ik liet mijn armen zakken.

'En kijk niet op je horloge,' zei ze.

'Ik kijk nie...'

'Denk er niet aan! Ik heb gezegd dat we er zijn als we er zijn. Mijn god, je werkt me op mijn zenuwen.'

Ik liep naar buiten en ging in de auto zitten. Ze kwam achter me aan en checkte haar lippenstift in de spiegel. We reden een poosje in stilte.

'Met wie was je zo lang aan de telefoon?' vroeg ik.

'Mama,' zei Wenche en ze ging met haar vinger langs haar onderlip.

'Zo lang, vijf minuten voordat we elkaar zien?'

'Is dat verboden?'

'Komen er nog andere mensen vandaag?'

'Andere?'

'Dan wij en jouw ouders. Omdat je je zo hebt opgemaakt.'

'Het hindert toch niet dat je er mooi uit wilt zien als je uitgenodigd bent om te komen eten? Jij had bijvoorbeeld je zwarte blazer aan kunnen trekken in plaats van dat je eruitziet of je naar het zomerhuisje gaat.'

'Jouw vader heeft vast een trui aan dus dat heb ik ook gedaan.'

'Hij is ouder dan jij dus het schaadt niet om wat respect te tonen.'

'Respect, ja,' zei ik.

'Wat?'

Ik schudde mijn hoofd dat het niets was. Hield het touwtje vast.

'Mooie oorbellen,' zei ik zonder mijn blik van de weg te halen.

'Dank,' zei ze en ze klonk verbaasd en vanuit mijn ooghoek zag ik dat ze automatisch met haar hand naar haar oor ging.

'Maar waarom draag je die ik je met kerst heb gegeven niet?' vroeg ik.

'Die draag ik de hele tijd.'

'Maar waarom nu niet?'

'Jezus, hou op met dat gezeur.'

Ik zag dat ze nog steeds peuterde aan de oorbel. Een zilveren ding.

'Ik heb deze van mijn moeder gekregen dus misschien vindt ze het leuk te zien dat ik ze in heb. Oké?'

'Ja,' zei ik. 'Ik vraag het alleen maar.'

Ze zuchtte, schudde haar hoofd en hoefde het niet te herhalen. Dat ik haar op haar zenuwen werkte.

'Ik hoor dat je binnenkort je taxivergunning zal krijgen,' zei de vader van Wenche terwijl hij de zware vleesvork met drie tanden in een van de schijven droog rundvlees stak en die op zijn bord legde. Ik had het vlees nog niet geproefd, maar wist dat het droog was, ze serveerden altijd rundvlees als ik er was en het was altijd droog. Soms beeldde ik me in dat het een test was, dat ze wachtten op de dag dat ik de vleesschaal tegen de muur zou smijten en zou schreeuwen dat ik het verdomme allemaal niet meer wilde, niet het vlees en niet hun dochter. En dat ze dan een zucht van verlichting zouden slaken.

'Ja,' zei ik. 'Brorson neemt de vergunning over als zijn oom deze zomer met pensioen gaat en dan ben ik de volgende op de lijst.'

'Hoelang kan dat nog duren?'

'Dat hangt ervan af wanneer de volgende vergunninghouder ermee stopt.'

'Dat begrijp ik, ik vraag wanneer dat gaat gebeuren.'

'Nou, Ruud is de oudste. Hij is nu vijfenvijftig.'

'Maar dan kan hij nog minstens tien jaar blijven rijden.'

'Ja.' Ik bracht het glas water naar mijn lippen, wist dat mijn mond vloeistof nodig had voordat die begon aan de kauwwerkzaamheden.

'Ik las net dat taxiritten in Noorwegen het duurst van de wereld zijn,' zei mijn schoonvader. 'Dat is misschien niet zo vreemd als je bedenkt dat we de meest disfunctionele taxibranche ter wereld hebben. Idiote politici die de schurken in de branche hun klanten laten bestelen. Klanten die niet de beschikking hebben over andere vervoermiddelen en in elk ander land wel over een goed taxiaanbod kunnen beschikken.'

'Ik geloof dat je aan Oslo denkt,' zei ik. 'En vergeet niet dat de kosten in dit land hoog zijn.'

'Er zijn meerdere landen die duurder zijn dan Noorwegen,' zei mijn schoonvader. 'En de taxi's in Oslo zijn niet alleen de duurste van de wereld, ze zijn een soort apart. Er stond dat vijf kilometer met een taxi in Oslo twintig procent duurder is dan in Zürich, de bijna duurste stad ter wereld, en vijftig procent duurder dan in Luxemburg dat op de derde plaats staat. Yep, jullie steken alle concurrenten op deze lijst naar de kroon. Wist je dat je in Kiev – niet eens de goedkoopste stad ter wereld – voor de prijs van één taxi in Oslo niet twee taxi's kunt huren. Niet drie, niet vijf, niet tien, maar twintig taxi's! Ik zou schoolklassen kunnen vervoeren in Kiev voor het geld dat het in Oslo kost om naar het treinstation gebracht te worden.'

'In Oslo,' zei ik en ik ging verzitten. De oorbel in mijn broekzak prikte in mijn dij. 'Niet hier.'

'Wat me verbaast,' zei Wenches vader, en hij veegde zijn dunne lippen af aan zijn servet terwijl haar moeder water in zijn glas schonk, 'is dat een taxichauffeur in dit land, zelfs als hij bij een baas werkt, geen fatsoenlijk jaarsalaris kan verdienen. Hoe zit dat?'

'Tja, zeg het eens,' zei ik.

'Ik zal het je zeggen. In Oslo zijn er zoveel vergunningen uitgegeven dat ze de prijzen hebben moeten opschroeven om de levensstandaard te kunnen houden waaraan ze gewend zijn geraakt waardoor er minder klanten komen en de prijzen nog meer omhoog moeten, en uiteindelijk worden de mensen die niet de beschikking hebben over andere vervoermiddelen bestolen en betalen zij voor de hele club taxichauffeurs die staan te niksen bij de standplaatsen waar ze een beetje aan hun kont staan te krabben en klagen over werkloze uitkeringstrekkers. Maar in de praktijk zijn zij het die werkloos zijn en worden ze betaald door hun passagiers. En nu komt Uber en die schudt die idiote branche op en de vakbond voor taxichauffeurs en zijn belasting ontduikende chauffeurs gaan tekeer en eisen hun monopoliepositie op om betaald te worden ook als ze alleen maar geparkeerd staan. En de enige winnaar is Mercedes die auto's kan verkopen die niet worden gebruikt.'

Zijn stem steeg niet in volume, alleen maar in intensiteit en ik wist dat Wenche met een zekere geamuseerdheid naar me keek. Ze vond het leuk als haar vader me uitlegde hoe de zaken ervoor stonden. Ze had me, zonder er doekjes om te winden, gezegd dat hij me in woord en daad liet zien hoe een man zich moest gedragen, dat ik het als nuttige adviezen moest zien.

'Dat is in elk geval het plan,' zei ik.

'Wat is het?'

'Wachten op een vergunning en dan een Mercedes kopen die niet wordt gebruikt.' Ik lachte even, maar geen van de anderen rond de tafel vertrok ook maar een spier.

'Amund is net zoals de taxichauffeurs in Oslo, begrijpen jullie,' zei Wenche. 'Hij houdt ervan om in de rij te staan wachten in de hoop dat er vroeg of laat iets zal gebeuren. Hij is geen doener zoals sommige anderen.'

Haar moeder greep in en veranderde van onderwerp, ik herinner me niet welk, ik zat maar te kauwen en te kauwen op een rund dat kennelijk ook een moeilijk leven had gehad. En ik vroeg me af wie Wenche had bedoeld met 'sommige anderen'.

'Je kunt me afzetten bij de pub,' zei Wenche toen we naar huis reden.

'Nu nog? Het is negen uur.'

'De meiden zijn er. We hebben afgesproken dat we nog even een biertje pakken vanavond.'

'Daar zeg je me iets. Misschien ga ik ook...'

'Het punt is dat we even willen ontsnappen aan man en kinderen.'

'Ik kan aan een andere tafel gaan zitten.'

'Amund!'

Niet zo stevig vasthouden, dacht ik. Krijg geen kramp in je handen, anders mis je het gevoel en voel je het touw niet meer.

Toen ik alleen thuiskwam liep ik direct door naar boven en begon te zoeken in de la waar Wenche al haar blingbling bewaarde. Ik deed haar juwelendoos open en zag ringen en gouden kettinkjes, een ervan zag er nieuw uit, ik herinnerde me niet dat ik die eerder had gezien. Toen ging ik door haar oorbellen. Eerst een leeg doosje, daar had blijkbaar het zilveren paar in gezeten dat ze vanavond droeg. Toen een paar rare pareloorbellen met een blauwe ring die als een dunne equator om de grijze parels zat. Ze had die van haar vader gekregen toen ze twintig werd en noemde ze de Saturnus-oorbellen. Maar de oorbellen die ik haar had gegeven vond ik niet, ook niet in het doosje waarin ze hadden gezeten. Ik zocht in de andere laden. In de kledingkast. In de toilettas, in haar handtassen, in de zakken van haar jassen en broeken. Wat betekende dit?

Ik liep de keuken in, pakte een pilsje en ging bij de tafel zitten. Ik had geen bewijs gevonden en ik kon er niet zeker van zijn, maar toch wist ik dat er geen ontkomen aan was. Dat ik alle gedachten moest doornemen die ik maar half had doorgedacht, had verworpen en uitgesteld totdat ik het doosje met de andere oorbel had gevonden. Tot ik het zeker wist.

Het was niet in de eerste plaats de verdenking dat Wenche een heftige flirt had gehad op de achterbank die me het meest dwarszat. Het was het feit dat Palle ontkende dat hij Wenche gisteravond in de taxi had gehad. Waarom zou hij daarover liegen? Er waren slechts twee mogelijke antwoorden. Dat hij niet wilde klikken, misschien had ze hem dat zelfs gevraagd. Of het was Palle zelf geweest die op de achterbank had gezeten. Maar als ik die gedachte toeliet, lukte het me uiteraard niet de rest te negeren. Ik visualiseerde hoe de smalle kont van Palle op en neer ging op Wenche, die zijn naam riep zoals ze mijn naam had geroepen over het voetbalveld en ook nog had gedaan in het eerste jaar van ons huwelijk. Dat beeld maakte me ziek. Ja, dat deed het. Wenche was het beste en het slechtste dat me was overkomen, maar – en dat was belangrijker – ze was het enige wat me was overkomen. Niet dat ik maagd was toen ik haar ontmoette, maar de andere vrouwen kon iedereen krijgen. Wenche was de enige dame die mijn zelfbeeld behoorlijk kon opkrikken alleen al door toe te staan dat ik met haar vrijde. Naarmate de tijd verstreek en het haar duidelijk werd dat ze een betere vent had kunnen krijgen, zorgde ze er natuurlijk ook voor dat mijn zelfbeeld naar beneden werd bijgesteld. Maar nooit zo laag als voor de tijd dat ik met haar samen was. Wenche was en bleef mijn heliumballon. Zolang ik het touw vasthield, was ik iets lichter, steeg ik een beetje.

Zoals ik het nu zag, had ik twee opties: haar confronteren met mijn bevindingen en feiten. Of mijn mond houden en doen of er niets was gebeurd. Met optie één liep ik het risico zowel haar als mijn baan kwijt te raken, als het tenminste Palle was geweest die haar had geneukt.

Met optie twee liep ik het risico mijn zelfrespect te verliezen.

Optie twee had mijn onmiddellijke voorkeur.

Maar met optie één, de confrontatie, bestond ook de mogelijkheid dat er een heel andere verklaring was voor hoe de oorbel tussen de kussens was beland. Een verklaring die geloofwaardig op me over zou komen. Een verklaring die maakte dat ik de rest van mijn leven de oude, maar stevige voetbalkont van Palle niet voor me hoefde te zien. Misschien zou ik door haar te confronteren laten zien dat ik bereid was alles te riskeren, ik zou haar laten zien dat ik verdomme niet iemand was die alleen maar wachtte tot de dingen gebeurden. Dat ik kon handelen, mijn eigen lot kon bepalen. Dat het verdomd niet mijn schuld was dat de vergunningenregels zo waren.

Ja, ik moest haar ermee confronteren.

Ik maakte nog een bierflesje open en begon met wachten. Ik zweette en wachtte.

Op de koelkast hing een foto van ons samen met onze vriendenclub. Die was acht jaar geleden genomen tijdens onze bruiloft en we zagen er zo jong uit, het leek langer dan acht jaar geleden. Mijn god, wat was ik trots geweest die dag. En gelukkig. Ja, ik geloof dat ik dat kan zeggen: gelukkig. Ik was toen op een leeftijd dat je denkt dat al het goede dat je overkomt een begin is van iets en niet het einde. Het was een gedachte die ergens ver weg in me zat die dag, die maanden, misschien dat eerste jaar dat dit het enige geluk zou zijn dat me in het leven ten deel zou vallen. Ik wist verdomd goed dat ik niet op de top stond dus ik nam niet de tijd om van het uitzicht te genieten, maar dacht wel dat ik hoger zou kunnen komen. Ik heb de foto daar honderden dagen zien hangen, maar vanavond moest ik erom grienen. Ja, dat deed ik, ik griende.

Ik keek op de klok. Elf uur. Ik opende nog een flesje. Het bier verdoofde de pijn, maar slechts een beetje.

Ik wilde net het vierde flesje openen toen de telefoon ging.

Ik was razendsnel, het moest Wenche zijn.

'Het spijt me dat ik zo laat nog bel,' zei een vrouwenstem. 'Mijn naam is Eirin Hansen. Spreek ik met Amund Stenseth, de taxichauffeur?'

'Ja?'

'Ik heb uw nummer gekregen van Palle Ibsen. Ik heb begrepen dat u mijn oorbel heeft die ik gisteravond ben kwijtgeraakt in de taxi.'

'Wat voor...'

'Een gewone pareloorbel,' zei Eirin Hansen. Als ze in de keuken had gestaan dan had ik haar nu omhelsd. Mijn innerlijke gejuich was zo oorverdovend dat ik dacht dat ze het wel moest horen.

'Die heb ik,' zei ik.

'O, wat ben ik opgelucht! Ze waren een cadeau van mijn moeder.'

'Dan is het extra fijn dat de oorbel is gevonden,' zei ik en ik meende dat want het was fantastisch dat Eirin Hansen, een wildvreemde, en ik zoveel blijdschap en opluchting konden delen over de telefoon.

'Is het niet vreemd,' zei ik. 'Hoe een dag waarop je slecht nieuws krijgt dat toch niet waar blijkt te zijn, ineens een betere dag kan worden dan voordat je het slechte nieuws kreeg?'

'Zo had ik het nog niet bekeken, maar daar kun je gelijk in hebben,' zei ze lachend.

Ik weet dat het de euforie was, maar ik vond Eirin Hansens lach zo mooi, ze klonk als een goed mens, ja, ze leek me zelfs een knappe vrouw.

'Wanneer en hoe kan ik... eh, de oorbel ophalen?'

Een ogenblik schoot de gedachte door mijn hoofd dat ik nu direct naar haar toe kon gaan, maar ik kreeg mijn gedachten en gevoelens op tijd onder controle.

'Ik rijd morgen overdag in de taxi,' zei ik. 'Bel me, dan kan ik je vertellen wanneer ik op de standplaats bij de kiosk ben of in de buurt daarvan.'

'Wat fijn! Hartelijk dank, Amund!'

'Geen probleem, Eirin.'

We verbraken de verbinding. Het gejuich ging door terwijl ik het flesje bier leegdronk.

Het was na middernacht toen Wenche naast me in bed kroop. Ze begreep vast dat ik niet sliep, toch was ze stil en bewoog zich voorzichtig. Ik merkte dat ze op haar rug lag en haar adem in leek te houden alsof ze naar die van mij luisterde. Toen viel ik in slaap.

De volgende dag werd ik opgewekt en gespannen wakker.

'Wat is er met jou?' vroeg Wenche tijdens het ontbijt.

'Niets,' zei ik lachend. 'Je draagt nog steeds mijn oorbellen niet.'

'Wil je stoppen met daarover te zeuren?' zei ze kreunend. 'Ik heb ze uitgeleend aan Torill, ze vond dat ze me zo mooi stonden en wilde ze lenen voor een bedrijfsfeest. Ik zie haar vanavond en krijg ze dan terug, oké?'

'Fijn dat anderen ook vinden dat ze je mooi staan,' zei ik.

Ze keek me bevreemd aan terwijl ik mijn restje koffie opdronk en op lichte voeten bijna naar buiten danste.

Ik voelde me als een tiener op weg naar zijn eerste date, zowel blij als bang.

Toen ik bij Palle parkeerde, in de taxi stapte en wegreed voelde ik dat het rempedaal nog trager werkte. Ik belde de garage en vroeg of Todd het morgen in orde kon maken.

'Ja dat kan wel, maar ik heb vandaag meer tijd,' zei Todd.

Ik gaf geen antwoord.

'Ik begrijp het,' zei Todd grinnikend. 'Palle heeft morgen de dagdienst en jij bent het spuugzat dat jij tijdens je dienst steeds naar de garage moet.'

'Bedankt,' zei ik.

Om tien uur ging de telefoon. Ik zag op de display dat het Eirin was.

'Hoi,' zei ik slechts.

'Hoi,' zei zij alsof ze wist dat ze haar naam niet hoefde te zeggen, dat ik haar nummer herkende. En klonk zij ook niet, net als ik, een beetje gespannen, bijna nerveus? Misschien niet, misschien wilde ik alleen maar dat het zo was.

We spraken af elkaar om halfelf bij de standplaats te treffen. Ik had een kort ritje en daarna parkeerde ik en gebaarde dat de taxi's van Gelbert en Axelson voor mochten gaan. Terwijl ik wachtte probeerde ik niet te denken. Omdat alle ideeën, alle verwachtingen die rondraasden in mijn hoofd zinloos waren. Ik zou het zo weten.

Het portier aan de passagierskant ging open en ik rook de geur voor ik haar stem hoorde. Bloemenweide bij het zomerhuisje in juni. Appels in augustus. Westenwind vanuit zee in oktober. Ja ja, ik weet dat ik overdrijf, maar dat waren de associaties die ik kreeg.

'Nogmaals hoi.' Ze klonk een beetje buiten adem, misschien had ze snel gelopen. Ze was wat ouder dan ik me haar had voorgesteld. Haar stem was jonger dan haar gezicht, om het zo maar te zeggen. Mogelijk dacht ze hetzelfde van mij, dat ik aantrekkelijker had geklonken door de telefoon, ik weet het niet. Maar Eirin was ooit knap geweest, geen twijfel mogelijk. Beschikbaar, dacht ik. Ja, dat deed ik, ik dacht aan dat woord, Palles term. Beschikbaar om te nemen. Wilde ik haar nemen? Ja, dat wilde ik.

'Hartelijk dank dat je op mijn oorbel hebt gepast, Amund.'

Ze ging direct op de zaak af. Alsof ze het achter de rug wilde hebben. Ik weet niet of het verlegenheid, nervositeit was of dat ik haar teleurstelde.

'Hier is-ie,' zei ik en ik gaf haar de oorbel. 'Als ik de juiste heb gevonden, tenminste.'

Ze draaide de oorbel rond. 'O ja,' zei ze langzaam. 'Je hebt de juiste gevonden.'

'Mooi,' zei ik. 'Ik neem aan dat het niet makkelijk zou zijn geweest om er een te vinden die erbij matchte als ik de oorbel niet had gevonden.'

'Dat is helemaal waar.' Ze knikte terwijl ze naar de oorbel keek, het leek of ze mij niet durfde aan te kijken. Of er iets zou gebeuren wat ze niet wilde.

Ik zei niets, voelde alleen mijn hart zo heftig kloppen in mijn keel dat ik bang was dat mijn stem zou trillen als ik iets probeerde te zeggen, en daarmee zou ik mezelf verraden.

'Ja, nogmaals dank,' zei Eirin en ze zocht hoe ze het portier open moest doen. Ze had kennelijk net als ik last van een lichte paniek. Natuurlijk. Ze zat daar met haar trouwring om haar vinger. Ze was opgemaakt, maar de ochtendzon was genadeloos. Ze was minstens vijf, zo niet tien jaar ouder dan ik. Maar dus beschikbaar. Dat was ze zeker geweest in de tijd dat ik nog een jongen was.

'Ken jij Palle?' vroeg ik zonder een trilling in mijn stem.

Ze aarzelde. 'Kennen, kennen.'

Ik hoefde niets meer te horen. Een oorbel valt niet zomaar uit je oor als je rechtop zit. Ik keek in de zijspiegel, die een tik had gehad en vastgezet moest worden.

'Het lijkt erop dat ik een ritje heb,' zei ik.

'O ja,' zei ze. 'Hartelijk dank nogmaals.'

'Geen probleem.'

Ze stapte uit en ik keek haar na terwijl ze over het plein liep.

Ze wist het niet, niemand wist het, maar ik was zojuist uit de gevangenis gekomen. Ik stond er nu voor, snoof de frisse lucht op, voelde de nieuwe, onheilspellende vrijheid. Nu was het een kwestie van doorgaan, de vrijheid benutten, niet terugvallen in oude gewoonten waardoor ik weer snel tussen de muren zou verdwijnen. Dat moest me lukken. Met mijn volgende daad zou ik dat voor mezelf bewijzen.

Toen het vijf uur was had ik een goede dag gehad. Ik had zelfs een fooi gekregen, iets wat zelden gebeurde. Was dat vanwege mijn ongebruikelijk goede humeur, mijn nieuwe ik?

Ik parkeerde de taxi in de garage van Palle. Hij had daar gereedschap hangen en ik had twintig minuten nodig om te doen wat ik moest doen.

Ik ging in mijn auto zitten, belde Wenche en vertelde dat ik een fles witte wijn had gekocht voor bij het eten. Een goede fles.

'Wat is er met jou?' vroeg ze weer, maar nu zonder de irritatie die bij het ontbijt te horen was. Bijna nieuwsgierig. Ja, nu ik nieuw was, kon ik misschien ook nieuw voor haar worden.

Ik neuriede een liedje terwijl ik één hand op het stuur had. Ik stuurde. Ik hield ervan om te sturen. Ik stopte mijn vrije hand in mijn broekzak terwijl ik dacht aan de remvloeistof die ik in de garage had laten weglopen. Ik vroeg me af in welke greep Palle Eirin had of misschien hadden ze elkaar in de greep? Vroeg me af hoelang ze al iets hadden. Zo lang in elk geval dat hij haar kon vragen naar de taxistandplaats te gaan toen hij had begrepen dat ik de oorbel aan hem en Wenche zou koppelen. Hij had Wenche waarschijnlijk direct gebeld nadat ik hem had gevraagd naar de oorbel. En ze had direct het doosje met de overgebleven oorbel verstopt. Dat ze die had uitgeleend aan een vriendin was slim gevonden. Ze zou inderdaad vanavond uitgaan, maar ze zou Torill of andere vriendinnen niet treffen, ze zou Palle treffen en dan zou ze volgens plan de oorbel die ik aan Eirin had gegeven terugkrijgen. Maar Wenche zou die oorbel nooit terugkrijgen van Palle. Omdat Palle niet wist hoe de oorbel die op de achterbank had gelegen eruitzag. Nee, hij zou gegarandeerd niet reageren als hij zag dat er een smalle ring, als een blauwe equator, rond de pareloorbel zat die hij van Eirin had ontvangen.

Maar Wenche zou ook de Saturnus-oorbel niet terugkrijgen of

de oorbel die ze was kwijtgeraakt. En ze zou ook nooit te weten komen dat ze allebei voor de gek waren gehouden. Want Palle was vanaf vanavond niet meer onder ons. Dus ze zou het moeten doen met wat ze nu had. Mij. Maar ik geloof dat ze weer van me ging houden. De nieuwe ik. Hij die op het punt stond een taxivergunning te krijgen na Palles plotselinge dood. Ik lachte in de spiegel tegen mezelf, stuurde en mijn vrije hand in mijn broekzak hield de oorbel vast die ik ooit aan Wenche had gegeven. Niet te vast, maar stevig genoeg. Zoals je het touw van een ballon vasthoudt.